目次

真夜中の子供 5

解説 暗闇に差し込む目映い光源 田中和生 312

真夜中の子供

❶大黒橋
❷東中島橋
❸博多寿橋
❹博多大橋
❺明治橋
❻博多橋
❼❽水車橋
❾中洲新橋
❿南新橋
⓫清流橋
⓬夢回廊橋
⓭春吉橋
⓮中洲懸橋
⓯福博であい橋
⓰西大橋
⓱西中島橋
⓲弁天橋
⓳いざない橋

Ⓐ國廣神社通り
Ⓑであい橋通り
Ⓒロマン通り
Ⓓ人形町通り
Ⓔ新橋通り

中洲全域MAP

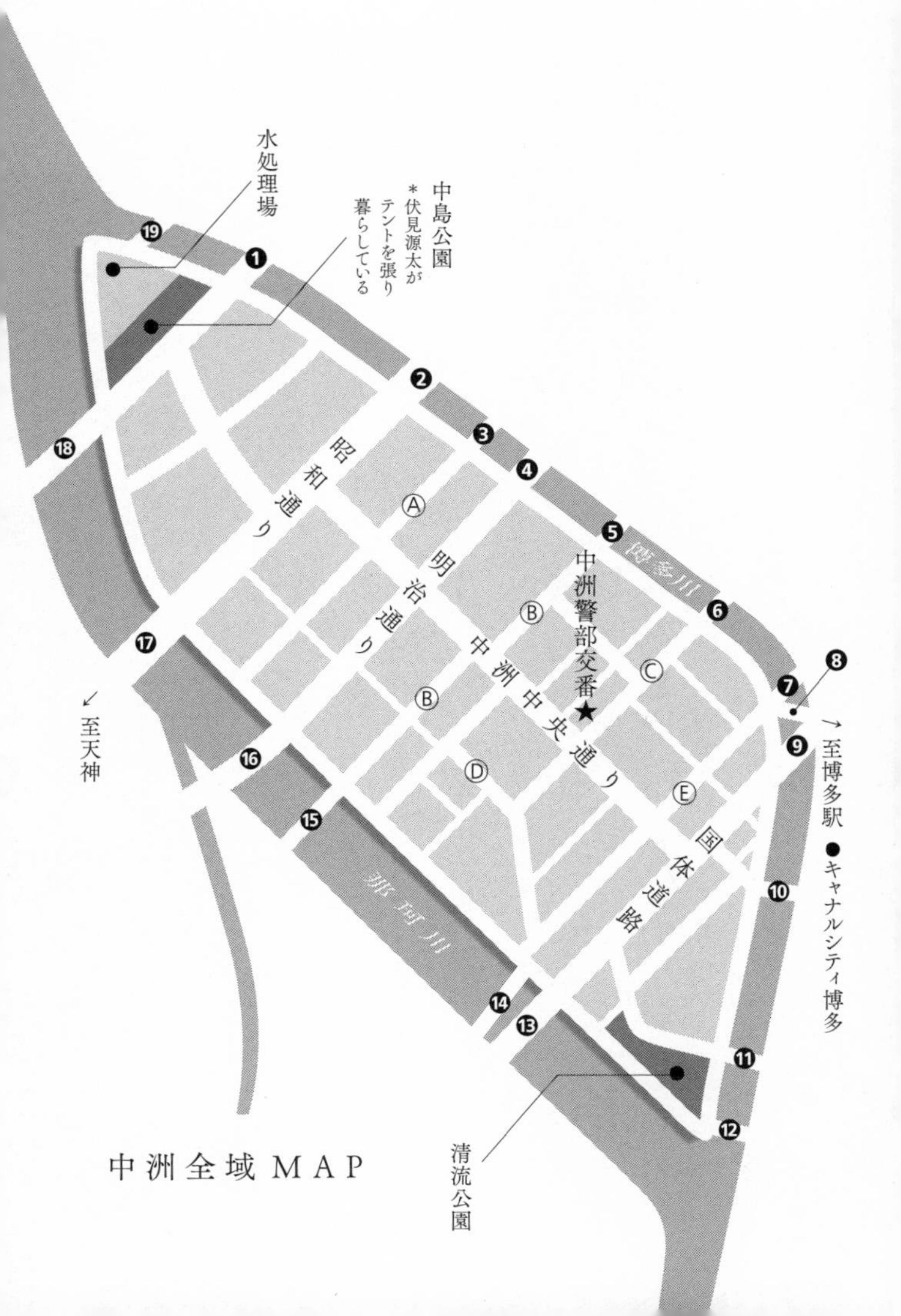

水処理場
中島公園
＊伏見源太がテントを張り暮らしている
昭和通り
明治通り
中洲中央通り
国体道路
中洲警部交番★
博多川
那珂川
↙至天神
→至博多駅
●キャナルシティ博多
清流公園
Ⓐ
Ⓑ
Ⓒ
Ⓓ
Ⓔ
1
2
3
4
5
6
7
8
9
10
11
12
13
14
15
16
17
18
19

二〇一六年八月、

再びこの中洲《なかす》に戻ってくることになるとは正直思ってもいなかった。なぜ機動隊で八年も働いた後、他の職場への異動を希望したにもかかわらず、再びここに戻されたのか、宮台響《ひびき》は異動の知らせを聞いた瞬間、言葉で言い表せない戸惑いと不満を覚えた。博多《はかた》警察署本署への異動ならまだしも、警官になりたての頃すでに勤務したことのある中洲警部交番への再登板。眠らない交番と呼ばれ、ここには二十四時間昼夜を問わず、指定暴力団同士の抗争から外国人観光客の迷子まで、ありとあらゆるトラブルが舞い込んでくる。

「逮捕するんか？　留置場にいれっとか？　お前らそげん偉いんか。わしはもっと飲みたいんじゃ、酒持ってこい、こら」

泥酔した男が酒臭い息を吐き出しながら悪態をつく。響は新米の岡田巡査と二人で男の腕を摑《つか》み、長椅子に押さえつけるが、酔っ払いはいっこうに抵抗を止めない。

「酒じゃ、ぼけ」

巡査部長に昇格したはいいが、三十一歳にもなって毎晩このような酔っ払いを相手にしなければならないのは辛い。

宮台響は博多の中呉服町《なかごふくまち》で生まれた。博多川を渡るとそこに日本屈指の歓楽街、中洲が横たわる。那珂川《なかがわ》と博多川に挟まれた北西から南東にかけて約一キロの細長い中島は北西から昭和通り、明治通り、国体道路、これに直角に交わる形で中洲中央通りが貫き、その一帯に歓楽地が形成されている。島の幅は二百メートル程しかなく、二十本近い大小さまざまな橋が商人の街博多と行政の街福岡を繫《つな》いでいる。夜になるとこれらの橋を渡って大勢の人が歓楽を求めて集まってくる。クラブやキャバクラ、ソープランドなど風営法対象業種を含め、飲食店、風俗店の数は三千五百店舗を数える。その狭い中洲で働く人は約三万人、遊びに来る人の数は日々六万に及ぶ。宮台響が勤務する中洲警部交番はその歓楽街のど真ん中に位置し、まるで中洲の臍《へそ》のような恰好《かっこう》で鎮座している。

三十人ほどの警官が二十四時間三交代で中洲を見張る。警官になりたての二十歳そこそこの頃には、職務に誇りを覚えてもいた。でも、今はどうだ。泥酔者の相手を好む警官などいない。酔っ払いは酔いが醒めれば悪態をついたことも忘れて普通の人間に戻る。しかし警官は当番が明けても、あらゆることを抱えたまま、なおも警官で居続けなければならない。響は結婚を控え、自分の将来を考えはじめている。

喧嘩《けんか》だ、と誰かが大きな声を張り上げながら交番の中へ飛び込んできた。暴れる酔っ払いの相手をしていた響は慌てて出入り口を振り返る。血相を変えた中年の男がロマン通りの方角を指さし、

「そこで大喧嘩ですばい。ものすごい数。二十とかそれ以上がやりあっとう。物騒なもんば振り回すやつもおるし、血を流して倒れとうやつもおる」

と興奮気味に捲《まく》し立てた。二階で待機していた警官たちがぞろぞろ降りてくる。何があった？　喧嘩？　どこで？　ロマン通りです、暴動みたいな感じやけん、早く！

「警杖《けいじょう》を持っていけ！」

泥酔者を新米の岡田巡査に任せ、宮台響は他の警官らと共に交番を飛び出した。八月の終わり、晩夏の汗ばむ熱気と中洲を包囲する川の湿ったにおいに出迎えられる。熱を帯びた風が響に纏《まと》わりついて離れない。中洲警部交番を出て中洲中央通りを左に折れると、最初の大通りがロマン通り。交差点に人垣ができていた。その見物人の間を強引に分け入った。若い男たちが入り乱れて素手で殴り合っている。どうやら外国人グループ同士の抗争のようだ。耳慣れないアクセントの怒号が一帯に響き渡る。酔

っ払いが喚声《かんせい》を上げた。道が塞《ふさ》がれ立往生する車がクラクションを鳴らし続けている。

「こら、なんばしよっとか？　お前ら、やめんか！」

ラグビー部だった池谷巡査部長が百二十センチの警杖を振り上げながら突進する。響たちもそれに続く。若い男たちは三々五々ばらばらに逃走した。響は逃げ遅れた一人の腕を捕まえた。別の警官がその男にタックル。取り押さえた男の入れ墨だらけの腕に手錠をかけた。池谷巡査部長が無線で本署に応援を頼んでいる。倒れている男は耳のあたりから血を流していた。救急車を、と響が池谷巡査部長に声を張り上げた時、見物人の中に記憶を弄《いじ》る異物が混じっていた。しかし、それが何だかすぐにはわからなかった。必死で思いだそうとするが、ざらざらとした記憶の残滓《ざんし》に視界は靄《もや》るばかり。混乱する現場の中にありながら、不意にそこだけがぽっかり真空となった。目の前に立つのは小柄な若い青年。夜の仕事に従事しているのであろう、茶色に染められた頭髪、その前髪は片方の目を隠している。肌は青白く、病的に痩《や》せこけ、身体《からだ》に張り付くような黒い細身のジャケットを羽織っていた。見覚えがあるのだが思い出せない。記憶が一致しないのである。宮台響は喧騒《けんそう》の中で立ち竦《すく》んだ。

「宮台、どうした？」

池谷の声が響を現実へと連れ戻す。

「いや、」

言いかけた次の瞬間、目の前の青年が口元を緩《ゆる》めた。勝ち誇るような不敵な、片方の口角だけを持ち上げ、人をどこか小馬鹿にするような笑み。鈍い痛みを伴いながら、宮台響の記憶が過去の一時期と接続される。しかし、最後に会ったのは響が二十二歳の時。機動隊へ異動になる前年だったはず。その時、彼はまだ七歳。九年の歳月が流れている。もし目の前の青年があの時の少年と同一人物であったとしても、まだ十六歳でしかない。しかし、十六にはとても見えない。響は周囲の視線など気にせず、彼に近づき、まっすぐ、その青白い顔を覗《のぞ》き込んだ。

「蓮司《れんじ》か」

老成な青年は返事をせず、もう一度口元を軽く緩めてみせると翻《ひるがえ》るように踵《きびす》を返し離れていった。遠方より救急車のサイレンが聞こえてくる。手錠をかけられた男のうめき声が近づく騒音に飲み込まれていく。宮台響は古傷のような過去の一時期を反芻《はんすう》しながら、加藤蓮司のことを思い出していた。

第一章

二〇〇五年四月、

響が蓮司とはじめて会ったのは、警察学校を出たての彼が中洲警部交番に着任した二〇〇五年春のこと。響は成人式を迎えたばかりの二十歳そこそこの若者であった。真夜中、響と日野巡査部長の二人がソープランド犇《ひし》めく清流《せいりゅう》公園通りを巡回していた時、彼らの目の前を幼い子供が過《よぎ》った。そのような場所に、そのような時間、幼い子供がいてはならない。二人は慌てて追いかけた。ソープ店のネオンが物憂《ものう》げに照らす路地の中ほどでようやく追いつき、響が少年の細い腕を摑んだ。

「ぼく、ここで何ばしよっと？　お父さんお母さんはどこにおると？」

と先輩の日野が腰を屈《かが》め少年に訊《たず》ねた。子供は怖がる様子もなく、二人の警官の顔をじっと見つめるばかり。返事もせず、あまりに無反応なので、もしかすると言葉の通じない外国の子かもしれない、と響は思った。四十代の日野巡査部長も、迷子はよく保護するが、こんな時間にこんなところをふらつく子供と遭遇したのははじめてだ、と首を捻《ひね》る。離れた場所で傍観していた客引きが近づいて来て、ホステスのあかねの子、蓮司って名前です、と日野に向かって微笑《ほほえ》みながら告げた。母親の居場所を尋ねると、さあ、とせせら笑う。別の客引きが、この子の父親がホストクラブで働いとって、今はそこに泊まり込んどるみたいですよ、と少し離れた場所から口を挟んできた。二人の警官は子供の手を引き、教えられたホストクラブを訪ねたが、対応した年配の黒服が、

「まだ客が残っとうとですよ、お巡りさんらにうろちょろされたらちょっとやりにくかでしょ。仕事が終わり次第、すぐに交番に引き取りに行かせますけん。ひとまずお帰りください」

と迷惑そうに告げた。交番で少年の相手をしたのは新入りの響であった。本来なら一旦本署で保護するところだが、親がすぐに迎えに来るというので交番で預かり待機した。二階の和室でジュースとお菓子を与えた。美味《おい》しいか、と訊ねると、少年は小さく頷《うなず》いた。当時、蓮司はまだ五歳。響は子供の心を擽《くすぐ》るアニメや漫画の話題で興味を引こうとしたが、やはり返事はない。笑顔を振りまいたり、おどけてみせたり、あの手この手で少年の心に入り込もうと努力していると、一時間ほどして、ようやく少年が口を開いた。

「ここ警察なの？　ぼく逮捕されたと？」

「いや、交番だよ。逮捕じゃない。でも、なんであんなところに一人でおったんね？」

「いつも一人だよ」

「夜中に子供がふらふらしちゃいけんとよ」

「みんな優しか人たちばかりやけん、大丈夫と」

加藤あかねがやって来たのは夜が明けて、燦々《さんさん》と太陽輝く朝のこと。仕事帰りだと一目でわかるハーフアップの髪形、上半分をアップにして高く巻き上げ、下半分をコテを使って細かくくるくると巻いたゴージャスなクラブホステス特有のヘアスタイルのままであった。子供が交番に保護されているというのに、一晩ほったらかした挙句《あげく》、悪びれた様子もなく、

「引き取りに来ました」

とぶっきらぼうに告げた。響は当番明けだったが、蓮司のことが気になり帰るに帰れず、親が来るまで面倒をみた。

「なんですぐに迎えに来《こ》んとや」

岩田巡査が強い口調で告げた。すると女は不意に表情を強張《こわば》らせ、

「あんたらのせいやけん」

と逆切れするような口調で捲し立てた。

「連れがホストクラブで働いとうけん、代表の厚意で奥で寝泊まりさせてもらっとったと。でも、あんたらが非常識にも営業時間に子供連れて店に顔出したやろ？　代表が気にして、問題が起こる前に出てけって、追い出されたったい。荷物まとめるのに今の今までかかって。わたしら、寝泊まりできる場所ば一瞬にして失った。ほっといてくれたら、この子はちゃんと一人で戻ってこられたのに。あんたらが騒ぎ立てるけん住むところなくしたと。どげんしてくれるとね」

女の剣幕は収まらない。女は鋭い目で順繰りに交番の中にいる巡査たちを睨《にら》みつけていった。

「でも、あんな時間に子供を一人で出歩かせたらいかんやろ」

響が口を挟むと、女は響に向かって、夢遊病やけんしょうがなかっちゃん、と吐き捨てた。病気やけん、勝手に出歩いてしまうったい。わたしらのせいですか？

岩田が女を宥《なだ》めて、細かく聴取しはじめた。だから今は特定の住居がない、と言い張った。女は春吉《はるよし》にある実家の住所を連絡欄に記《しる》した。響が二階でテレビを見ていた蓮司を呼び、母親に引き合わせた。壁際でぐずぐずしている蓮司の手を女は力任《ちからまか》せに摑むと引っ張った。

「だけん、今夜は実家に戻ることになります。それでよかとでしょ？　文句あるなら、実家に連絡ばください」

女は蓮司の手を引いて交番を後にした。出ていく時、蓮司が一瞬振り返り響を探すようなそぶりを見せたが、弱々しい視線が響のそれと重なりかけた次の瞬間、蓮司の目の奥で燻《くす》ぶっていた僅《わず》かな光りが吹き消され、その視線はみるみる無機質となり、闇を流離《さすら》う接続不能な信号と化した。

ところがその翌週、宮台響と岩田巡査は再び蓮司を目撃することになる。しかも深夜の三時を過ぎてのこと。明治通りを小さな影がネズミのようにちょろちょろと南東側に向かって横切って行った。響はその歩き方に見覚えがあった。響と岩田巡査は蓮司が消えた中洲中央通り方面へと急行する。大通りにはタクシーが連《つら》なり客待ちをしていた。コンビニ前に停車した配達車からは早朝の荷が次々降ろされていく。ごみを出す店員、売れ残った花を抱えて歩く外国人、街角で歌う若者、酔った会社員らで通りは真夜中とは思えない賑《にぎ》わいである。響と岩田は手分けして少年を探した。路地を回り、顔馴《な》染《じ》みの客引きたちを一人一人呼び止めては、子供を見なかったか、と訊ね回った。泥酔した酔っ払いが寝転がり、千鳥足の男女が交差点周辺を占拠し、外国人のグループがコンビニ前で弁当を啄《ついば》んでいる。店舗のネオンで一帯は昼間のような明るさだった。探しはじめて十五分程が過ぎた頃、まず宮台響があい橋通りのアダルトショップの赤い灯《あか》りに浮かび上がる五歳児のシルエットを見つけた。幼い子供がぽつんと佇《たたず》むその脇を、店を物色する中年の男たちが何食わぬ顔で通り過ぎていく。無線で岩田に伝えてから、背後から静かに少年に忍び寄った。

「蓮司」

響が声をかけた。ところが蓮司は響を認識した途端、逃げ出してしまう。

「待て！」

博多川通りから岩田が顔を出した。走ってくる少年を見つけ、通せんぼをした。響が追いつき、立往生する蓮司を背後から抱きかかえ捕まえた。

「やだ。帰りたくない。帰りたくなか！」

暴れる蓮司には意思が宿っていた。この子は夢遊病なんかじゃない、と宮台響は思った。

交番に連れていき、注意深く様子を見る。腕に痣《あざ》があった。Tシャツの袖を捲ると、青痣は肩口まで広がっている。

「これ、どげんした？」

岩田巡査が指摘すると、パパとぶつかったと、と蓮司は言った。なんでぶつかったとか？　と岩田が訊き返す。知らない、と戻した。殴られたんやなかか？　少年は黙ってしまった。虐待が疑われたので巡査たちが蓮司を囲み、身体を調べることになる。

すると腰のあたりにも青痣があった。

「こりゃ、児相に相談した方がよさそうやね」

と岩田巡査が言った。

根岸吉次郎《きちじろう》相談員は目の前に座る少年と根気強く向き合っていた。かれこれ一時間近くこの状態が続いている。お父さんやお母さんに殴られたことがあるんか、と質問しても、少年は力なく首を横に振るばかりであった。根岸は相談員になって三十五年。数えきれない子供たちを虐待や貧困から守ってきた。眼尻《めじり》には優しい笑い皺《じわ》が刻まれている。微笑みを絶やさず、警戒心を抱かれぬよう、穏やかに話しかけるが、蓮司は子供らしさを隠し、はぐらかし、不意に黙ったり、理解できないふりをしてみせた。

そして、終《しま》いに、

「あの、おじさん、おなかが空《す》いた」

と前科のあるプロの窃盗犯さながら食事の要求をした。

「おなか空いたか。よし、何が食べたいとや?」

「何があると?」

間髪《かんはつ》を容《い》れず戻ってきたので、根岸は思わず噴き出してしまった。メニューを少年に差し出すと、蓮司はそれを奪い取るようにして摑み、前屈みになって覗き込んだ。

それから、ラーメンとカレーライスを指さした。どちらも漢字ではなかった。知っている文字を指さしたに違いない。

「二つも食べきれんやろ。どっちかにせんね?」

「じゃ、カレーライスがよか」

「カツカレーもあるばい」

「それ、なん?」

「カレーライスの上にとんかつが載っとうと」

「それがよか」

蓮司は取り寄せたカツカレーを黙々と食べ続けた。顔を皿の中に埋《うず》めるような勢いで食べている。五歳児とは思えない食欲。食べるというより、漁《あさ》って掻《か》っ込む感じ、味わう前に飲み込んでいる。普段、この子は何を食べているのだろう、と根岸は思った。じっと観察し続けながら、彼が置かれているに違いない環境を想像してみる。食べ切ると蓮司は、ご馳走《ちそう》さまの代わりに、眠たか、と告げた。

博多署から福岡市の児童相談所であるこども総合相談センターにまず身柄付通告が届いた。当初、家に帰りたくないという本人の強い意思があるというのでセンターで保護された。けれども肝心《かんじん》の虐待や育児放棄の話に及ぶと、蓮司は、そんなことは知らない、と首を横に振って曖昧《あいまい》にぼやかす。じゃあ、家に帰るか、と訊くと、帰らない、と即座に戻ってくる。そもそも定住する家はないようだった。名前で住民票や戸籍まで照会したが適合するものは存在しなかった。蓮司の母親が交番で連絡先として記した実家の住所へ問い合わせをし、やっとこの子の存在を確認することができた。

けれども蓮司は一時保護所の生活を気に入っているようだった。根岸は蓮司に、ここは楽しいか、と訊ねた。

「屋根があるし、ベッドで寝れるし、テレビも見れるっちゃん。ごはんは美味しいし、ここでずっと暮らしたか」

と言った。一時保護所をここまで気に入る子供も珍しかった。

蓮司はのらりくらりと話をはぐらかし続けた。お父さんはどげんな人か、と質問すると、大きか人です、と答えた。お母さんに怒られたりするんか、と訊いても、怒らんお母さんとかおるとですか、と返ってくる。暴力をふるわれたり、いやなことをされたことはないんか、と尋ねても返事は同じであった。蓮司を診察した医者は「この痣は打撲が原因だろう」と言った。殴られた可能性もあったが、スポーツでもこうなる。痣自体ちょっと古いもので消えかかっており、殴られてできた痣かどうか判断は難しい。

「腕の痣はどうしたと?」

根岸が再度確認をすると、ぶつかったと、と蓮司は判で押したように答えた。

「どんなふうにぶつかったかちゃんと教えてもらえんね」

「もう、忘れたっちゃん」

根岸の顔が強張った。親に強く口止めされているのなら、どこかで言い淀《よど》んだり嘘が生じるはず。だが、蓮司は模範的な回答を機械的に繰り返した。そして、

「おじさん、おなか空いた」

と食事を要求した。


根岸吉次郎は蓮司と向かい合いながらも、一方で蓮司の祖父母との話し合いを続けた。まず再三、両親に会わせてほしいと伝えたが、収容から二週間もの日数が流れているというのに、二人は忙しいので自分たちに任されている、の一点張り。かと言って、祖父母が蓮司を引き取るわけでもない。蓮司の母親もしくは父親から圧力を受けているのだろうか、と根岸は勘繰《かんぐ》った。何より、自分の子供がこども総合相談センターに一時保護されているというのに、連絡をよこさないような親の元でこの子は育っているのだ、と根岸は理解した。春吉にあるあかねの実家を訪れると祖父、徹造《てつぞう》が出てきた。狭い玄関には車椅子が折りたたまれて置かれてあり、足の踏み場もない。根岸はなんとか靴を脱ぎ、部屋にあがった。祖母、吟子《ぎんこ》の方は身体が思うように動かな

い様子で、お茶を淹《い》れるのも、座布団を出すのもすべて徹造がした。身体が言うこと聞かんとです、と敷きっぱなしの布団の上で吟子は座り直し言い訳するように告げた。年齢的には自分と変わらないのじゃないか、と根岸は思った。でもなぜか二人とも痛々しい。どこかびくびくしている。娘が孫に暴力をふるうようなことはありません、と二人は一応口を揃えるが、足並みは揃わない。いざという時は私たちがあの子を引き取ることば考えとりますけん、と吟子が口ごもりながらも意思を伝えたが、そりゃどげんかな、自分には自信なか、お前も体力的に無理やないとか、と徹造の方は煮え切らない。いずれにしても二人は根岸の訪問を歓迎してはいなかった。

そこで根岸吉次郎は話題を変えることにした。

「ところで、なぜ、蓮司君は無戸籍なんでしょう」

老いた夫婦は驚いた顔をしてみせた。根岸は戸籍を照会したが該当が無かったことを説明した。

「出生届を役所に提出しとらんとです」

「そんな。娘は出しとるはずです」

徹造が否定した。

「調べましたが、戸籍には掲載されとりません。来年から小学生ですけど、このままでは小学校入学の通知も来ません」

徹造と吟子はお互いの顔を覗きあい、狼狽《ろうばい》を隠せず、視線を逸《そ》らし、黙ってしまった。

二〇〇五年六月、

宮台響は徐々に交番勤務にも慣れはじめていた。交番から徒歩で十分ほどの距離にある中呉服町の実家に、自営業を営む父親、専業主婦の母、薬剤師の姉と四人で暮らしている。一日三食、生まれてからずっと母親の味で育ってきた。洗濯物は籠《かご》に入れておけば、翌日には綺麗《きれい》に畳まれベッドの上に置かれてある。二十四時間勤務の当番が明け、疲弊しきって家に帰るとそこに家族がいる。温かい味噌汁と白ごはんに高菜の漬物と鮭の切り身、豆腐、海苔《のり》。だいたい同じようなレパートリーだが、響は母親が作る朝食が毎朝楽しみで仕方ない。責任感の強い父親と家族思いの優しい母親、生意気な姉。ごく普通の家族がテーブルを囲む。特別な会話はないが、お互いの変わらぬ存在が、日々に安心感を持ち込んでいる。当番明けの朝は、十時頃の戻りになるが、父も始業を遅らせ息子と共に遅い朝食を摂《と》ってから出かける。響は交番で起こった出来事について話し、家族は静かに頷いている。

「ご苦労さん。ゆっくり寝たらよかよ」

母親の優しい言葉で一日の疲れが癒される。腹いっぱい食べたら、響はベッドに潜り込む。ところが眠ろうとすると蓮司のことが頭の片隅を過る。あいつ、今頃何を食べているだろう。あれからどうなったのか。宮台響の心の中に幼い影が蹲《うずくま》っている。

ところが蓮司が再び交番に姿を現した。夜の九時を回った時刻である。海風の強い夜だったが、蓮司はTシャツ姿であった。サッシ扉の向こう側に立つ蓮司は顎先を小刻みに動かしながら、交番の中を表情のない顔で見回している。ガラス越しだったせいもあるが水槽の中の熱帯魚を連想させた。蓮司は響を見つけるなり目を止めた。ぎょろっとした大きな目で響を凝視している。気が付いた響は入り口へと向かった。日野が、あれ、あの子、ほら、と大きな声を張り上げた。作業していた巡査たちが手を休め、一斉に戸口の蓮司を振り返った。

響がサッシ扉を開けると幼い少年は一歩後ずさりした。

「どげんしたとか？　またこんな時間に」

少年は口を噤《つぐ》み響を見上げている。

「今、どこにおるとか？　春吉のおじいちゃんちか？　それともお母さんらと一緒か？」

「蓮司！」

女の甲高《かんだか》い声が中洲中央通りに響き渡ったかと思うと、派手な恰好の母親が血相を変えて走って来、蓮司を奪うようにして両腕で抱きかかえた。不意に、香水の香りが一帯の雰囲気を変えた。女は華やかなワンピースを纏っており、厚化粧であった。

「ここに来たらいかんって言ったやろ。またこの人たちに連行されるっちゃけんね」

響が一歩二人に近寄り、どげんした？　ともう一度蓮司に訊ねた。

「なんでもなか。どこまで干渉すれば気が済むと？　児相とか親の許可もとらんで勝手に送り付けんで！　あんたら人さらいね！」

言い残すと女は響を睨みつけ走りだした。日野巡査部長がやって来て、戻ってきたんか、明日、また児相に電話せんといかんね、と呟《つぶや》いた。


それからというもの中洲警部交番の巡査たちは蓮司をたびたび見かけるようになる。昼間、ソープランドの客引きの若い連中と路地で遊んでいることもあった。那珂川沿いの屋台の裏で昼寝していたり、居酒屋のカウンターの端っこで何かを食べていたり、中洲中央通り界隈《かいわい》の飲食店の料理人たちの談笑の輪に交じって大人たちを見上げていたりした。もちろん、悪びれず交番にふらっと顔を出すこともあった。

「あのな、あの子、無戸籍児やったげな」

日野巡査部長が巡回の休憩の折、コンビニの駐車場で、響に漏らした。

「無戸籍児って何すか？」

「戸籍がないってことったい」

響は驚いた。

「どうしてそんなことになるとですか？」

「親が出生届を出さんかったとやろ」

「戸籍がなくてどうやって生きていくとですか？」

非番の日、どうしても気持ちが整理できず、宮台響は福岡市こども総合相談センターを訪ねることになる。一巡査として行き過ぎた行動であることは承知していたが、戸籍を持たない子供がいることやその将来が気になって仕方ない。蓮司を保護した警官であることを応対した年配の相談員に伝えた。根岸吉次郎は若い巡査の気持ちを理解していた。本来ならば決まりきった返答しかできない立場だったが、その誠実さを無下《むげ》にせず、響の心配事に一つ一つ丁寧《ていねい》に寄り添い答えていった。

「この母親の場合、北九州で働いとったのですが、夫の度重なる暴力を受けて一緒に暮らせんくなり、地元の博多に逃げ帰ってきたっちゅうことで。一緒にくっついてきた恋人との間に蓮司が生まれたんじゃなかでしょうか、だからそのまま出生届を出せば、夫の子供になってしまう。なので、母親は出生届を出さんかった、ということだろうと私は受け取っておりますが」

「蓮司はどうなるとですか？　この先」

根岸は首を傾《かし》げ、うん、と小さく唸《うな》ってから続けた。

「まず、戸籍がないので住民票も存在しません。当然国民健康保険にも加入できません。このままでは義務教育すら受けることが難しい」

そんな、と響は呟き、嘆息を漏らした。宮台響は納得がいかなかった。

結局、あかねの両親が蓮司の身元を引き受けたにもかかわらず、あっさり蓮司は母親の元へと戻った。そこにも問題がある、と根岸吉次郎は付け足した。

蓮司がどのような暮らしを送っているのか気になったので、宮台響は蓮司を目撃した折に呼び止め、どこで寝泊まりしよっとか、と訊ねた。

「ホテル」

蓮司が答えた。

「お金がある時は、部屋で寝かせてもらえるとよ」

「どこんホテルね？」

「川の横」

「ホテルっちゃすごかね、よければ、見せてくれんね？」

と響は探りを入れる。よかよ。案内されたのはラブホテルであった。「宿泊4700円」と出ている。川沿いの人気《ひとけ》のない場所にひっそり建っていた。

「このあたりは危なか場所やけん、夜は出歩いちゃいけんよ」

その時、響ははじめて蓮司が笑うのを見た。まるで大人のように鼻で笑ってみせた。

「なんか？」

「中洲の人たち、お巡りさんが言うような悪か人ばかりじゃなか」

と蓮司は響をまっすぐ見上げ断言した。夏が近づいている。じっとしているだけで汗ばんだ。靴音がして、自動販売機横の出入り口から年配の男女が出てきた。警官と子供がいるので二人は驚き、慌てて視線を逸らすと逃げるようにして路地へと曲がった。

「お巡りさん、これ、ほんもんね？」

蓮司は響が腰に携帯する拳銃を指さした。うん、本物ったい。

「人ば殺すことができると？」

「殺すためのものじゃなか。市民を守るために持っとったい」

響はしゃがみこんで蓮司の肩を摑み、同じ目の高さで訊いた。

「お父さんとお母さんが働いている間、どうしとうと？」

「一人で遊んどう」

「ごはんは？」

「適当に」

「適当って？」

「おなか空いたっていえば、いろんな人が食べさせてくれるけん」

「いろんな人？　だれね？」

「ここら辺の人、中洲の人ったい。みんなよか人ばかり」

熱帯魚の目が壁際に設置された自動販売機で止まった。物欲しそうな、どこか訴えるような眼差《まなざ》しである。なんか飲むね？　響が訊くと、蓮司は子供らしくパッと笑顔になった。

「どれがよか？」

「コーラば、飲んでみたか」

宮台響は立ち上がり、周辺を見回した。少年の心を開かせ、彼がどのような日々を過ごしているのか探ろうとしている自分。蓮司の心をコーラで釣ろうとしているのだと思った。勤務中子供にコーラを与える行動が生真面目《きまじめ》な新米警官を後ろめたくもさせた。蓮司を不憫《ふびん》に思う自分の行き過ぎた行動に呆《あき》れながら、響は小銭を探し自動販売機へと投入した。蓮司がボタンを押す。びっくりするほど大きな音がしてペットボトルが取り出し口に落下した。蓮司はそれを盗むように引っ摑むなり、礼も言わずホテルの中へと消えた。その暗がりを見つめながら、響は茫然《ぼうぜん》とした。するとそこに新たなカップルがやって来て、困った顔をしてホテルの手前で立ち止まった。入り口の脇に警官がいるせいで中に入れないのだと気が付き、響は慌てて踵を返し、そそくさとそこを離れることになる。

二〇〇五年七月、

蓮司に食べ物や菓子を与える大人たちが中洲には大勢いた。中洲生まれ、しかも幼い子供なのに夜中も出歩いている。狭い中洲でのこと、否応《いやおう》なしに誰の目にも留《と》まる。あかねにおんぶされていた赤ん坊の頃から、親の行きつけの居酒屋やラーメン屋の従業員や近所の顔見知りたちに可愛《かわい》がられてきた。親が中洲で夜の共働き、ほったらかされて育った蓮司のことを可哀《かわい》そうに思う飲食関係者たちも少なくなかった。

中洲という大歓楽街にあって、健気《けなげ》に生きる蓮司の存在は、そこで働く者たちの心になにがしかの親心を芽生えさせた。普段は俯《うつむ》きこっそり店に出入りするソープ嬢たちも蓮司の前では心を開き笑顔になった。蓮司にこっそり小遣いを渡す者もいた。ガラの悪いチンピラたちでさえ蓮司にだけは手を出さなかった。無口だが、決してものおじせず、誰の心の中にも分け隔《へだ》てなくすっと入り込む不思議な力を持っていた。無表情なのに、くりくりとした大きな目で相手のことをじっと見つめるものだから、言葉にせずともいろいろ深読みさせ、真夜中を生きる孤独な少年の物語を彼らの脳裏に喚起させた。

「腹が空いたとか？　ラーメンでも食っていくや？」

春吉橋近くに並ぶ屋台を回るだけで蓮司は空腹を満たすことができた。店主らとやり取りを交わす蓮司を面白がる客らもいた。どこの子ですか？

「ぼく中洲で生まれたとよ」

店主が答える前に蓮司が素早く告げる。すると客らは、かわいい、とだいたいどこでも同じ反応が起きた。観光客らはラーメンや焼き鳥や豚バラなんかを気前よく蓮司にご馳走した。店側にしてもいいマスコットになる。ふらっと垣根を越えてどこからともなくやって来る他所《よそ》の家の飼い猫のような存在であった。

クラブ勤めのあかねとホストの正数《まさかず》は夜の中洲でずっと働いてきた。蓮司が生まれたのも中洲。中洲中央通り界隈で蓮司のことを知らない者は珍しかった。或《ある》いは蓮司の名前は知らなくとも、真夜中に泥酔した大人たちの間をちょろちょろ走り回る子供は有名であった。中洲の人々は彼のことを「真夜中の子供」と呼んだ。

博多祇園山笠《ぎおんやまかさ》が始まると、蓮司は昼間に出没するようになる。あかねに手を引かれて買い物に出た折、偶然に遭遇した舁《か》き山《やま》の迫力が忘れられなかった。締め込みと呼ばれる褌《ふんどし》に法被《はっぴ》姿の勇壮な男たちが目に焼き付いて離れなくなった。どうしてももう一度山笠を見たい、と思った。けれども、五歳の蓮司にとって中洲はまだまだ大きな世界。記憶を頼りにあちこち探し回るが舁《か》き山《やま》を舁く男たちと遭遇することはできなかった。遠くから掛け声が聞こえてきた。それは夏の遠雷《えんらい》のようであった。音のする方を振り返ると、国体道路の先を舁き山の残像が横切って行った。幼い蓮司は走った。けれども、それは遥《はる》か彼方《かなた》に広がる入道雲を追いかけるようなものであった。

不意に太陽が雲で隠され、真夜中の子供は雷雨に見舞われた。オイサッ、オイサッ、とどこからともなく男たちの声が反響してくる。雷鳴が轟《とどろ》く。大粒の雨が熱し切ったアスファルトの地面を叩いた。水煙があがり、舁き山は見えなくなった。いつか、あの舁き山を舁いてみたいと遠くから思った。そういう大人になりたい、と真夜中の子供は思った。

二〇〇五年九月、

仕事帰り、加藤あかねは中洲の裏路地で一人の男に声をかけられた。背広姿の会社員風の、酒に酔った中年男である。あかねは用心しながら、迂回《うかい》するような感じで通り過ぎようとしたが、男が再び、あの、よければ一杯どげんですか、とぶっきらぼうに投げかけてきた。あかねは一度通り過ぎたが思いとどまり、警戒しつつ男を振り返った。驚いた男は駆け寄ってきて、よかと？　軽く一杯だけ付き合ってよ、と興奮気味に言葉を戻した。あかねは薄手のコートを羽織っていた。その下は、身体にぴったったりと張り付くニットのワンピース。身体のラインが露骨《ろこつ》にわかる、あかねの仕事着であった。コートの前のジッパーは閉められておらず、柔らかそうなあかねの腹部に男の視線が止まった。慌てて、あかねはコートの前を手で塞いだ。男が少し真剣な表情になり、この辺で仕事ばしとうと？　と訊いてきたので、あかねはどのように返事をしていいのかわからず、やや緊張しながら、ええ、そうです、と余所《よそ》行きの標準語で答えた。迷惑じゃなければその辺で俺と飲み直さんね？　あかねは男の目をじっと見つめた。男の目の奥に欲望の炎が灯《とも》るのがわかった。あ、いや、あの困ります、とあかねが否定すると背広の男はさらに一歩踏み出し、かわいかね、と震えながら言った。あかねは顎をわずかに突き出し、上目遣いで男を見つめる。ちょっと開いた唇の隙間《すきま》に、前歯がちらっと顔を覗かせている。あかねの切れ長の目にはさらにそれを強調するためのアイラインが引かれてあり、大きめの黒いコンタクトが彼女の瞳をより神秘的に輝かせ、男を誘惑した。あかねは唇を軽く噛《か》んでみせた。ふっくらした唇に男の視線が張り付いてくる。あかねがコートの前を塞いでいた手の力を緩めると、再び前が開き肉体の凹凸《おうとつ》がはっきりと露呈した。男はコートの中に出現したあかねのふくよかな胸元、くびれた腰へ視線を這《は》わせた。男は誘われた、と思った。口を閉じ一度口腔《こうこう》に溜まった唾液を飲み込まなければならなかった。ナンパですか？　とあかねが掠《かす》れた声で訊き返すと、いや、そうじゃなかけど、もう少し君のことを知りたくて、と男が含み笑いを浮かべながら言った。あかねは長い髪の毛を後ろにはらい、やや横を向き、目を閉じた。暗い路地の中ほどで男と女は向かい合っている。男は妄想しながら近づき、あかねの首筋に視線を注《そそ》ぐ。開いた胸元へと続く柔らかいなだらかな丘をその視線が滑った。あかねが目を閉じたことで、男は許しが出たと思いこみ、その身体にそっと手を伸ばしてしまう。あかねはビクンと強張った。やめてください、と小さな声を吐き出し、目を開いて接近した男の顔を睨《ね》めつけた。その黒々とした神秘的な目に男は吸い寄せられる。それは間違いなく誘惑の目であった。男のアルコール臭いにおいが顔にかかる。興奮しているのがわかる。男の手がコートの中へと入ってきた。けれどもあかねは逃げ出さなかった。やめてください、ともう一度小さな声音《こわね》で告げた。その一言が引火した。男の手があかねの臀部《でんぶ》を弄《まさぐ》った。あかねが肉体をのけ反らせる。その次の瞬間、背後の暗闇から現れた手によって、会社員の背広が引っ張られ、男はあかねから力任せに引き離された。俺の女になんばしよっとか、と今野《こんの》正数はどすの利《き》いた声ですごんだ。この人が急に抱き着いてきたとよ、とあかねが指さして抗議した。正数は怯《ひる》む会社員の襟首を摑んで、そのまま背後の電柱に押し付けた。男は訴えるような目であかねを見つめる。やめてくださいって何度も言ったんよ、とあかねはヒステリックに告発した。正数は会社員の腹部を思い切り殴りつけた。激しい痛みが男の顔を歪《ゆが》ませ、その目が宙を泳ぐ。どげんするつもりか、と正数は会社員の耳元に口を押し付け囁《ささや》いた。あかねは小さく息を吐き出し、黙ってそこから立ち去るのだった。


日曜日の夜、中洲にあるファミレスの奥のテーブル席に正数とあかねと蓮司が陣取っていた。三人が揃って外食をするのは珍しかった。思わぬ大金が舞い込んだけんね、と正数は上機嫌であった。食いたいもんば食え。なんだっちゃ構わん。

「まーちゃん、かっこいい。ご馳走になります」

あかねがクスクス笑いながら煽《おだ》てた。

「あんなにうまくいくとは思わんかった。あかね、お前、演技上手《うま》かな」

正数が周囲を憚《はばか》ることなく大きな声であかねを褒めちぎると、

「でも、気を付けた方がよかよ」

とあかねが声を潜《ひそ》め警告した。

「毎回、うまくいくとは限らんけん。本当に困った時だけにせん？　危ない橋はたまに渡るけんスリリングで面白かけど、調子乗っとると警察がね。ほら、ここらは警官が多いけん」

そうやね、と正数は不意に声のトーンを落として肯《うけが》った。蓮司は写真入りのメニューをずっと眺めていた。決まったとか、いつまで眺めとうとや、はよせんか、と正数が怒鳴った。

「だって、どれもうまそうやけん。迷っとうと」

あかねが、よかよか、と笑った。今日はよかやんね。楽しかけん、おいしいもんを腹いっぱい食べなさい。

「決まった。カツカレーにする」

「じゃあ、そこのボタン押さんか」

「どれ？」

「そんなことも知らんとか」

正数が得意げな顔で手を伸ばし、呼び出しボタンを力任せに叩いた。若いウエイトレスがやって来て、三人は料理を注文した。親が珍しく笑顔なので蓮司は嬉しかった。周囲を見回すと、どのテーブル席も同じような家族連れで、みんな楽しそうにしていた。蓮司も真似《まね》して笑ってみた。なんがおかしいとか、意味もなく笑うな。正数が吐き捨て、蓮司の頭を叩いた。

二〇〇五年十一月、
宮台響は時間ができると、ネットを覗いたり、足繁《あししげ》く図書館に通ったりしながら、無戸籍児童について調べた。響が一番知りたかったのは、教育を受けることができるのか、どのような救済が可能か、そのために周囲が何をするべきか、ということであった。こども総合相談センターを訪ねると、根岸吉次郎は他の案件処理のため外出しており不在であった。窓口の相談員は当たり障《さわ》りのない通り一遍《いっぺん》の応対をした。

「福岡市こども総合相談センターでは児童本人やそのご家族の訴えには応じることができますが、それ以外の方々には個人情報保護法があるのでプライバシーにかかわることはお話しできません。無戸籍に関してもっと知りたいのであれば、博多区役所か法務局を訪ねられた方がいいんじゃないでしょうか」

根岸のような細やかな対応を全ての相談員に期待するのはよくない、と響は思った。改めて根岸にアポイントをとり、彼に相談すべきだろうと反省した。響はその足でまず区役所へと向かい総合案内所で尋ねた。

「戸籍については、とりあえず出生届を受け取る市民課に相談してみてください」

響は市民課へ赴《おもむ》き、順番を待つことになった。数人の若い父親がおそらく出生届を提出するために順番を待っていた。響の目には彼らの幸福が手に取るようにわかった。響の順番が来る。対応にあたった担当者に、

「無戸籍児童が戸籍を取得するまでに必要なことを知りたくてやって来ました。お忙しいところすいませんがご対応いただけますか？」

柔らかな表情で応対していた男の顔が翳《かげ》った。笑みが消え、口元がぎゅっと引き締

まり、目元に力が籠《こも》った。この人は自分のことを、出生届を提出しに来た新米パパだと思っていたに違いない。

「すぐに出生届を出さなかったのですか？」

響は蓮司が置かれた環境について簡単に説明をした。

「それでしたら、ここじゃありません。法務局に行っていただけますか？　ここは無戸籍者の対応はしていないのですよ。日本国民のためのセクションなんです」

「あ、その子の両親も日本人なんですが」

響が言い返すと、窓口の男性が言い直した。

「いや、正確には、戸籍のある人たちの対応窓口です」

男は口をぎゅっと結び、これ以上はここでは対応できないという態度をとった。

「あの、ぼくもただの警察官に過ぎんとです。でも、自分の所轄《しょかつ》にそういう子がおるので、公務でなく、個人的に何かできんもんか、むしろ勉強するために、ここに来たとです。もちろん法務局に行くのは問題なかですが、自分が知りたいのは結論じゃなく、周囲の者がその子とどう向き合い、人間として何ばしてあげればよいか、その心構えを相談したかったとです」

響は警察官であることを名乗り、訪れた理由を説明した。窓口の男性は不意に申し訳なさそうな顔をし、差別や偏見ではありません、と告げた。

「ご事情はよくわかりました。実は、無戸籍児童に関して、現時点で、法律も不安定でして、正しい情報を把握しきれていないのです。こういう言い方をしていいのかわかりませんが、無戸籍者への正しい理解が確立されていないのが現状でして、こちらも不意に問われると、その、緊張してしまうとです。前に同じような問い合わせがあり、少し揉《も》めたことがあって、すいません、ご理解ください」

この人の立場がわかるだけに、響は遣《や》る瀬《せ》無い気持ちになった。どこを訪れても、自分と同じようにこの問題をどう判断し、処理していいのか迷う人たちばかりだ。或いは、今日現在、まだ行政も国もこの問題への明確な取り組み方のマニュアルができていないのかもしれない、と響は感じた。

宮台響は礼を述べ市民課を後にした。区役所を出ると太陽が傾きはじめていた。明日は当番日、体調を整えるために、法務局へは向かわず家に帰ることにする。いや、どこかで法務局へ行くのを響の心は渋ってもいた。そもそも、この行動は自分を納得させるためのもので、本気で蓮司を救おうと思っているのかわからなかった。自分は結局、苦労知らずの警官なのだ、と自嘲《じちょう》した。親でもない者が解決できる問題ではない、と自分に言い聞かせながら、宮台響は家路についた。

二〇〇六年一月、

蓮司はずっと寝たふりをしていた。寝たふりをするのが自分の役割だといつの頃からか悟るようになっていた。目は閉じることができるが、耳は塞ぐことができない。押し殺した二人の吐息が隙間風のように吹き付け、蓮司の小さな鼓膜を引っ掻いた。操《あやつ》り人形の糸が切れたらこんな風になるんだ、と自分に言い聞かせた。ぼくは糸の切れた操り人形だから、動けない。そう呟くこともある。動けない操り人形ごっこ、と彼はこの習慣のことを呼んでいる。きっと糸の切れた操り人形を演じさせたら自分が世界一上手なはずだ、と考えると愉快になった。目を閉じているのに、なんだかおかしくなって、口元が緩むことがあった。ああ、でも、耳が塞げたらもっといいのに、と蓮司は思う。

窓は板で塞がれているが建て付けが悪いので、夜が明けると、薄い光りの筋が暗いラブホテルの部屋の中ほどにすっと立ち上がる。薄目を開けて、それを確認し、蓮司は朝の訪れを知る。いつの頃からか、ソファの上にタオルを敷いて寝るようになった。両親はベッドを占有している。もう少し小さかった頃は三人で寝ていたが、身長が伸びてきたら、一緒に居づらくなり、というのも彼らがベッドの上で暴れるので、獣《けもの》のような唸り声も怖いし、不意に蹴《け》られたり、露骨に押しやられることもあって、ある時から蓮司はソファに移った。それでも、ラブホテルで寝ることのできる日はまだよかった。キャンプ用テントや、倉庫、ホストクラブの更衣室で寝ていた時などは、逃げ場もなく、怪獣に変身する二人に関わりたくなくて寝たふりに徹した。そしてその日、一月の三日、ベッドの軋《きし》む音を聞きながら、蓮司は六歳の誕生日を迎えることになる。


チェックアウトの時間が近くなると母親に起こされた。ずっと起きていたが、今起きたような芝居をしなければならなかった。ソファの上でまどろんでいると、父親が笑いながら頭を力任せに叩いた。母親はトイレで化粧をしている。

「なんばいつまでも寝とっとか、さっさと着替えんか。置いてくぞ」

正数が荷物をまとめる。大きい荷物はホテルに預ける。二人が働いている間、蓮司は外をふらついているが、雨降りの時などは、受付の隅っこのかび臭い場所で時間を潰した。ホテルの人たちは優しかった。話しかけてくれることもあったし、時々、客用の、袋に入ったクッキーや煎餅《せんべい》をこっそりくれることもあった。蓮司の両親は暇な時、アルバイト代わりに、客室の掃除などをした。蓮司も手伝わされた。三十四歳の父、正数は、年齢的に言えばいつホストをクビになってもおかしくなかった。どっか他で金回りのいい仕事を探さんといけん、と父が母に話しているのを蓮司はたびたび耳にした。

「地方に行けば住み込みの割のいい仕事があるってよ。中洲を出て、飯塚とか久留米《くるめ》とかで働いてみるね？」

「住み込みはよかね。寝泊まりできる場所があるだけでん、ありがたか」

　蓮司は心の中で、いやだ、と叫んでいた。蓮司は中洲から出たくなかった。


　元日も正月二日も蓮司は親戚の家を回らなければならなかった。両親は親戚宅前まで蓮司に付き添ったが、新年の挨拶《あいさつ》は一人で行かされた。送り込まれた側の親族も蓮司がお年玉目当てで派遣されていることくらいわかっている。蓮司は挨拶もそこそこ、あからさまに、お年玉をください、と告げた。正数とあかねが一緒に行かないのは親戚の子たちにあげるお金がないからだった。子供のいない家には図々《ずうずう》しく一家であがりこみ、酒と料理を食べ尽くした。普段の日も、蓮司はつねに金の無心《むしん》の先頭に立たされた。どうしてもお金が必要な時、二人は無心の手紙を蓮司に持たせた。自分の役割を蓮司はいつの頃からか心得るようになる。だから、余計なことは考えない。食べることができて、天井のある場所で眠れることを幸福と思うようになった。

　正月の三日、三人はあかねの実家に揃って顔を出した。春吉の市場の裏側に佇む古いマンションの1DKの部屋である。蓮司が生まれたばかりの頃、この部屋に五人が同居した時期があった。あかねの母親、吟子が車椅子の生活を余儀《よぎ》なくされてからは、介護のための道具が増えてさらに部屋は狭くなり、そのことで正数が不機嫌になるので、赤ん坊の蓮司を抱えて一家は実家を出ることになった。

中洲のはずれで小料理屋を営んでいたあかねの父親、徹造が博多の雑煮《ぞうに》を作った。とびうおの出汁《だし》にぶりが入っている。かつお菜、かまぼこ、椎茸《しいたけ》、人参《にんじん》、大根など具だくさんだ。狭い食卓だったが、博多雑煮の彩りは豪華で、香りは食欲をくすぐり、何より家族に囲まれ、蓮司は嬉しかった。

「蓮司、お誕生日おめでとう。ぶりは出世魚《うお》やけん食べんね」

徹造は蓮司の椀にぶりを一切れ入れた。

「しゅっせってなん？」

蓮司が質問をする。徹造が口元を緩め、優しく微笑んでみせた。

「偉くなるこったい」

「えらくなるとどうなると？」

吟子が代わりに答えた。

「れんちゃん、美味しいものを好きなだけ食べられるようになるとよ」

蓮司が一同を見回した。短気で猫背の正数、常に不機嫌で眠そうなあかね、眼尻を撓《しな》らせ微笑む吟子、そして小さく頷き続ける徹造が思い思いの視線で蓮司を見つめていた。

「じゃあ、しゅっせする」

蓮司は美味しいものを頭の中に描きながらそう宣言するのだった。

二〇〇六年二月、
蓮司はこの数日ずっと、凍《い》てつく中洲のあちこちを這いずり回り、行方不明の猫を探している。あかねや正数には内緒の、生まれてはじめてのアルバイトであった。一枚の写真を頼りに、猫が失踪した中洲四丁目を中心に、路地や空き地や駐車場など、猫が迷い込みそうな場所を重点的に探し回った。ソープランドの客引き、井島敦《あつし》からの依頼であった。

「若い頃に世話になった元ホステスの知り合いが家出した猫ば探しとったい。そん人は足が悪かけん、遠くまで探しに行くことができんと。俺たちはほら仕事があるけんね、ここから離れられんと。お前、暇っちゃろ？　見つけたら、もう千円やるけん」

そう言うと井島は蓮司の手に千円札を握らせた。六歳の蓮司にとっては大金だった。何より、何もすることのない日々が退屈で仕方ない。猫を探すという目的が蓮司に日々の活力を与えた。

二月の光りはサラサラ心地よいが、風は骨に染みるほどに冷たく、あかねのおさがりの長袖のTシャツだけでは凌《しの》げない。あかねの紫色の木綿のマフラーを首に巻いた。

中洲中央通り界隈の顔馴染みの飲食店の従業員たちにも写真を見せたが、なかなか情報は得られなかった。四丁目周辺はかなり探し回ったので、足を延ばし、中洲全域へ捜索範囲を広げることにした。工事現場の土管を覗き込み、車の下を覗き込み、ビルとビルの間の人も通ることのできない隙間を確認し、屋台を一軒一軒虱《しらみ》潰しに見て回り、取り壊し寸前のビルを下から上までチェックしたが、結局、猫はどこにもいなかった。

けれども、この捜索が蓮司に中洲の土地勘を植え付ける大きな役割を果たすことになる。幼いなりに、把握できなかった中洲の全貌、世界観や町内ごとの雰囲気の違いなどがわかってきた。飲食店が集まる地区、その中でも高級そうな店と屋台や大衆的な店などの住み分け、クラブが密集する地区、風俗店が集中する通りの区別なども鮮明になった。大小さまざまな道や路地や橋の配置は然《しか》り、観光客の集まる人気スポット、あるいは観光客が一切訪れない閑散とした場所、事務所や会社ばかりが密集するオフィス街、若者の溜まり場、目つきの悪い男たちが屯《たむろ》するなんとなく近づき難い場所など、蓮司の頭の中には、失踪した猫を探すという行動を通して得られた情報が物凄い勢いで蓄積されて、蓮司だけの中洲地図作成に一役買うことになった。

そして、蓮司はこの猫探しを通して、今までよりもさらに多くの人々と顔見知りになった。猫ちゃんは見つかったんね、と声をかけられることもあったし、猫探しを手伝いたいと申し出る老人などもいた。人々は蓮司を見かければ、猫は？　と声をかけてきた。

また、中洲の裏道通になった。どこをどう通れば行きたい場所に素早く辿《たど》り着ける

かもわかるようになった。ビルの名称まではわからなかったがネオンや番地や建物の

デザインが蓮司の記憶に焼き付けられていった。また交通標識や広告看板なども頭に

刻まれた。それだけに留《とど》まらず、交番の巡査たちがよく通る警らのルート、客引きた

ちの縄張り範囲、タクシー乗り場以外で客待ちをするタクシーの集合場所、バス停の

位置……蓮司は六歳にして凡《およ》そ中洲に関する地理学的な情報を全て頭の中にインプッ

トすることになった。

そして捜索を開始してほぼ十日後、蓮司はついに探していた猫の亡骸《なきがら》を中洲新橋の

橋の下で発見することになる。

二〇〇六年三月、

宮台響は当番明け、博多署に戻る途中、朝陽照り付けるロマン通りと中洲中央通り

とが交差する場所でたまに見かける客引きと話し込んでいる蓮司を目撃した。朝の早

い時間に蓮司を見かけることは珍しかった。しかも驚いたことに蓮司は子供らしい笑

顔を浮かべ、まるで信頼する親族を見るような目で客引きの男を見上げていた。壁に

寄り掛かった客引きの男は微笑みながらポケットから何か取り出し蓮司に素早く渡した。よく見えなかったが、小袋のようなもので、渡したというよりも蓮司のズボンのポケットの中に、周囲を気にしながら押し込んだ感じに見えた。蓮司はそうとは気づかず運び屋をやらされているのかもしれない、と響は思った。

「蓮司」

二人に近づき声をかけた。客引きの男が日野巡査部長に井島と呼ばれていたことを思い出した。たぶんどこか東南アジアあたりの出身だと思う、と日野が言っていた。浅黒い皮膚、鋭い眼つき、白い歯、短く刈り揃えられた毛髪、そして腕に彫られた入れ墨。男の雰囲気、身なりは中洲のもう一つの世界を代表していた。響は井島が逃げ出さないよう警戒しながら二人に近寄った。井島は笑っていたが、それが愛想笑いなのか、人を騙《だま》す時の詐欺師の笑みなのか、自然な笑い顔なのか、響にはわからなかった。

「お巡りさん、おはよう」

蓮司はきびきびと告げた。

「ずいぶんと早かな」

「ちがうと、ずっと起きとったと」

「お前はまだ子供やけん、夜は寝らんといかんたい」

響は蓮司にというよりも目の前にいる井島に忠告するような厳しい口調で告げた。

響は微笑み続ける井島を見ながら、左手で蓮司の肩を摑むと、右手で素早く蓮司のズボンのポケットに手を入れた。小さな四角い布袋があった。井島は響がとった行動に驚いたようで、不意に笑みが消えた。響は井島から視線を逸らすことなくポケットの中からその小袋をゆっくりと取り出した。何人《なにじん》であろう？　年齢的には三十前後じゃないか。なぜ井島という日本名を名乗っているのであろう。井島は響の行動を理解したようで、軽く鼻で笑うと再び口元を緩めてみせた。響は摑んだものを取り出した。

それはお守りであった。一瞬狼狽《うろた》えたが、響は姿勢を正すと、中を確認してよかね、と二人に訊いた。よかですよ、と井島が笑顔で応じた。袋の中に小さい木札が入っており、櫛田《くしだ》神社御守、と刻印があった。響は動揺を悟られぬよう、お守りを袋に仕舞い、蓮司のポケットの中へと戻した。

「なんか、俺、疑われとったとですか？」

井島がやや片言の博多弁で響に告げた。

「すまない」

響は余計なことは言わず謝り、小さく頭を下げた。

「よかですよ。色眼鏡で見られるの、慣れとりますけん」

井島は笑いながら蓮司の肩を叩いてそこを離れた。蓮司が響を見上げ、

「昨日、パパが暴れて寝れんかったと。外をふらふらしとったら、井島さんが夜中に一人でおったらいかんって。で、さっきまで一緒におってくれたとよ。そこのファミレスで」

と言った。

「なんかあるといかんけん、お守り持っとけって、自分のをくれたと」

響は蓮司の頭を摩《さす》り、小さく息を吐き出すと、井島が消えた路地の先を見つめた。

井島敦はいつも笑顔を絶やさなかった。それは彼が十歳の時、この国に渡ってきた直後に日本の養父から教わった護身術でもあった。幼い井島が日本で生きのびるために笑顔はもっとも重要な道具となった。井島は怒っている時も誰かを殴っている時も常に笑っていた。苦しい時も、寂しい時も、祖国に戻りたいと思っている時でさえ笑っていた。

「馬鹿野郎。笑っとったら泣かんで済むやろが！」

これが井島の口癖であった。

井島は若い客引きたちに慕《した》われていたし恐れられてもいた。同時に井島は地回りたちにも町内会の顔役たちからも巡査たちからさえ、ある種の信頼を受けていた。どのような逆境に立たされても彼は笑顔で切り抜け中洲の客引きたちを束ねた。中洲で早くから蓮司を可愛がったのも井島敦だった。

「よかか、蓮司。世の中には嫌いな奴は存在せんったい。好きな奴かどうでもよか奴かしかおらん。そう考えれば揉めても気にせんで済むやろが」

真夜中、蓮司は駐車場で井島が若い男を恫喝《どうかつ》するのを目撃した。井島は見かけない若い男の頬《ほお》を平手打ちしていたが、その顔は笑っていた。まるでトランプのジョーカーのようだ、と蓮司は思った。若い男は逃げ出した。井島は暗闇に仁王立ちしていたが、物陰に潜む蓮司に気が付くと、不意に笑顔を拵《こしら》えて近寄ってきた。

「つまらんところば見られたったいね」

そう告げながら井島は乱れた髪を手で押さえつけた。蓮司の肩を抱きしめ、あらゆる世界に守らんとならんルールってもんがあるとよ、と笑顔で告げた。井島の太い腕が僅かに震えているのを蓮司は見逃さなかった。

「今の人はどうでもよか人じゃなかとでしょ？　だけん、井島さんは叱《しか》ったっちゃんね？　それはつまり、あの人のことが気になるってことなん？」

井島が不意に笑うのを止めた。そして蓮司を見下ろすと暫《しばら》く考え込んだ。街の喧騒が二人を遠巻きに包み込む。路地の先で客引きたちが通行人に声をかけている。どこからともなく甲高い女の笑い声が聞こえてきた。パトカーのサイレンが遠ざかって行く。井島の目が撓った。

「賢《かしこ》かな、その通りったい」
井島は笑いながら蓮司の頭をゴシゴシと力強く摩った。

二〇〇六年五月、
この時期の午前中の光りは眩《まばゆ》く清澄で皮膚を軽く押すような痒《かゆ》みを伴って浸透してくる。宮台響は家を出るとまもなく中呉服町の交差点でランドセルを背負った小学生たちとすれ違った。背恰好からすると蓮司と同じ年の新一年生であろう。響は立ち止まり、暫くの間、彼らの後ろ姿を眺めた。福岡市立博多小学校の学童たちに違いない。博多小学校は響の母校奈良屋《ならや》小学校が一九九八年に周辺の他三つの小学校と統合され生まれた新しい小学校であった。奈良屋小学校の跡地に現在の校舎があるので、響にとっては母校という印象が強い。中洲もそこの学区にあたる。蓮司が小学校に通っていたなら、自分の後輩になるのか、と考えると胸がもやもやと閊《つか》えた。義務教育すら受けることができず、狭い中洲の中で孤独に生きる蓮司のことを考えると響は心が塞いだ。
午前八時半、博多警察署に到着、宮台響は制服に着替えた。いつもの手順通り、保管してある拳銃を受け取り細かく点検し装備する。九時に点呼をとってから、徒歩で中洲警部交番まで移動となった。

配達業者が忙《せわ》しなく作業するのを横目に、宮台響は中洲中央通りを歩いた。朝の中洲は、夜とは違った穏やかな顔をしている。春の光りが眩く反射する路上をまばらな人々が物静かに往来している。中洲は二十四時間で異なった様々な顔を見せつけてくる。エネルギーを放出し続けた夜の怪物はこの時間ぐっすりと眠りにつき、まるで涅《ね》槃《はん》仏《ぶつ》のように穏やかな寝顔であった。

今日は当番の日。朝の九時から翌朝九時まで二十四時間ぶっ通しで働き続けなければならない。仮眠は許されているが、中洲の夜はひっきりなしに何かが起こるので、寝てもすぐに叩き起こされる。ゆっくりしていられるのは午前中のまだ中洲が目覚める前のこの淡いひと時のみ。とはいえ、朝からやっているソープランド、ホストクラブ、バーなどもあり、外国人観光客もひっきりなしに訪れる中洲では、気を緩めることはできない。

夜勤の巡査たちから引き継ぎを受けた後、響はサッシの引き戸を全開にし、一度、空気の入れ替えをした。それから箒《ほうき》を持ち出し、交番前の自転車置き場の掃除を始めた。五月の風が中洲中央通りを吹き抜けていく。

一通り掃除が終わり、曲げていた腰を伸ばし背伸びをしてから、箒をサッシ扉に立てかけた、ちょうどそのタイミングで不意にどこからともなく蓮司が顔を出し、

「お巡りさん」

と言った。振り返ると蓮司は食パンを抱えている。蓮司はほぼ一年中同じ恰好で通した。冬はTシャツが同じような色合いの長袖に替わるだけであった。今朝すれ違った真新しいランドセルを背負った新一年生たちのことを思い出す。本来なら彼は今ごろ博多小学校の教室で先生の話に耳を傾けているか、校庭を学友たちと駆けずり回っていたはずであった。

「買い物ね？」

「うん、パパがおなか空いたっていうけん」

蓮司の瞳に春の光りが集まり、時折、キラッキラッと輝きを放った。四枚切りの厚めの食パンが、ぞんざいに扱ったからであろう、つぶれて変形している。父親に怒られなければいいが、と響は心配になった。

「あの、ちょっと聞きたかことがあって来たと」

蓮司が何か言いかけた。

「どげんした？」

蓮司は一度口を噤み、それから、ちょっと目元に力を込めると、何か決意するような感じで次の言葉を一気に吐き出した。

「どうやったら、また根岸さんのとこに泊まることができると？」

一つ一つの単語が響の頭の中で凝固するまでに時間を要した。

「根岸さんって、こども総合相談センターの？」

蓮司が頷いた。一時保護所のことを言っているのか、と響は思った。食事の心配もなく、ベッドで寝ることができる。彼にとっては余計な心配をしなくていい快適な場所だったのであろう。

「また行きたいなって思ったと」

「いや、あそこはそう簡単に行けけんとよ」

「何をしたらあそこ行けると？」

「何をしたら？」

響は蓮司の顔を見つめた。奥から岩田巡査がのそのそと出てきて、

「お、珍しかな、こげん朝早くに。いつも夜中やけん。朝会うと新鮮やね」

と笑顔で言った。

蓮司が微笑む岩田を見上げた。不意にその表情が熱帯魚のそれへと変わる。響は区役所の市民課を訪ねた時のことを思いだした。法務局へ行くように、と言われたがまだ実行できてない。響の前に法律の壁が聳《そび》えていた。法務局の所在地は一応調べた。けれども、気が重かった。蓮司は自分の子供でも親族でもない。部外者が何を根拠に、動機にして法律と向かい合えばいいのかよくわからない。自分の子供なら必死になる

が、そもそも、そこまでする必要があるのか、と思い悩み、いつしか問題を心の隅に放置してしまった。そのせいで目の前に立つ蓮司をまっすぐに見ることができなかった。宮台響は蓮司に悟られぬよう小さく嘆息を零《こぼ》した。

「なんか大きな問題とか起こしたら、また行けるとかな」

蓮司は岩田の顔を覗き込みながら告げた。なんて？

「お巡りさんならぼくを逮捕することできるとでしょ？」

岩田が響の横顔を見る。響は瞬《まばた》きさえできなかった。蓮司は口元を一瞬緩めるなり踵を返し、走り出した。

「蓮司！」

宮台響が呼び止めたが、少年は食パンを抱え、細い足で地面を強く蹴り上げながら、蹲る五月の陽だまりの中へと呑み込まれていった。大きな問題ってなんのことや？　逮捕って？　岩田が腕組みをしながら首を捻った。

別の日、宮台響は巡回の途中、橋の途中に佇む蓮司を見つけた。その小さな体軀《たいく》が夕陽を受けて仄《ほの》かに赤く染まって見えた。五分が過ぎたが、動きだす気配はなかった。ずっと蓮司は時間を失ったかのように川面《かわも》を見下ろしていた。そこに何があるのか、と響は気になって身を乗り出し、目を凝《こ》らすが穏やかな川の揺蕩《たゆた》う流れが続くばかり。

少年はもはや昔からそこに設置されている石像のようであった。十分が過ぎても蓮司が動き出す気配はなかった。結局、宮台響は根負《こんま》けし、そこを離れることになる。

別の日、蓮司は昼下がり、昭和通りの真ん中に横たわる分離帯の上を歩いていた。危ないので注意しようと響は身構えたが、次の瞬間、目の前を大型のバスが塞ぎ、身動きが取れなくなってしまう。バスが発車すると分離帯の上の蓮司は反対側の歩道にいた。五十メートルほど離れていたが、蓮司は響の方をゆっくりと振り返った。響は蓮司に睨まれたような気がした。確かめようとしたが、信号が変わり、再び車の流れで視界が掻き消され、それが途切れると、もはや蓮司は手品師のように消えていなくなっていた。

別の日、博多どんたくの花自動車を見物する人込みの中に佇む蓮司を目撃した。

別の日、ミスタードーナツの店舗内をじっと見つめる蓮司がいた。ポケットに手を入れて、少年というよりも職探しをしている失業者のようであった。彼の横顔やその佇まいはそっぽを向いた熱帯魚そのもの。彼の前に水槽のガラス壁があった。手を伸ばしたくても、飛び出したくても、見えないガラスの壁が立ちふさがって動けない。蓮司はじっと感情を殺し、あまりに静かに、もう一つの世界を見据えていた。

別の日、日が暮れて観光客で溢《あふ》れかえった春吉橋近くに蓮司がいた。ずらっと並ぶ屋台の前で踊っていた。誰かに借りたに違いない、古ぼけたラジカセが足元に置かれ、ヒップホップの軽快な音楽が流れている。観光客の何人かが面白がり、写真を撮影していた。決して上手なダンスではないが、それっぽい雰囲気を醸《かも》し出し、全身で一生懸命踊るものだから、若い女性たちの喝采と微笑みを誘った。前には帽子が置かれてあり、面白がった酔っ払いたちが大騒ぎしながら小銭を投げ入れていた。

二〇〇六年六月、

中洲の北端にも小さな公園があった。南側の清流公園は観光客の憩《いこ》いの場所として有名だが、北にある中島《なかしま》公園は人の立ち寄らない寂《さび》れた、公園というよりも広場ほどの場所で、その奥には福岡市の水処理のためのポンプ場があった。歓楽地とは異なり、このあたりはひっそり静まり返って、観光客の姿はほとんどない。仕事をサボって時間を潰す会社員がベンチに腰掛け、日向《ひなた》ぼっこよろしく、ぼんやりしている。

伏見源太《ふしみげんた》はここにテントを張って暮らしている。時々、巡回中の巡査らに立ち退《の》くよう指導を受けるが、またすぐに舞い戻ってくる。夏でも薄汚いジャケットを何枚も重ね着していた。髪も髭《ひげ》も伸び放題、誰がどう見てもホームレスにしか見えない風貌だが、実際には通りを挟んだ高層マンションの最上階に七十平米ほどの部屋を持っている。屋根のある暮らしが苦手で大概は公園のベンチで寝泊まりしている変わり者であった。テントの中には最低限の生活用品しかないが、雨が降ってもよっぽどのことがない限り、自宅には戻らず、この男は中島公園内に留まった。

ある日、源太が那珂川沿いの堤防に座って釣りをしていると不意に蓮司がやって来て、

「なんが釣れっとですか？」

と訊いてきた。狭い中洲なのでお互いの存在についてはなんとなく視界の片隅で認知していた。なので、つまらない挨拶や自己紹介などはせず、いきなり本題となった。

「秘密、守れるや？」

子供は秘密好き、蓮司はその瞬間、源太のことが好きになった。源太のすぐ横に座り、バケツの中を覗いたが、まだ何も入ってはいなかった。

「この辺は、ウナギが釣れるったい」

「ウナギ？」

「雨が降った翌日、水嵩《みずかさ》が増した時が狙い目ったい。まさに今日だな」

「ウナギ、見たことなか」

「うな重、食べたことないとか？」

蓮司は、なか、と答えた。

「じゃあ、あとで食わせてやるたい。待っとけ」

二人は黙った。堤防に並んで腰かけ、一時間ほど川面を眺めていた。那珂川の下流、

目と鼻の先に博多埠頭《ふとう》が広がっている。聳えているのは博多ポートタワーだ。那珂川の河口には海の魚、ハゼ、メイタ、セイゴ、スズキ、稀《まれ》にだがエイなどが集まってくる。けれども中洲でウナギが釣れることを知っている者は少ない。雨が降り、水が濁ったら、ウナギを釣る絶好のタイミングであった。源太は大雨が降るとウキウキしはじめる。博多産天然ウナギのかば焼きを食べることができるからであった。

中洲の突端の木々で囲まれた幅の狭い堤防は、ここが歓楽地のある中洲とは思えないほどに長閑《のどか》な秘密の隠れ家であった。公園を訪れる者さえ少ないというのに、その外れの堤防には誰も訪れない。その先は水処理施設なので金網で囲まれ進入禁止であった。

「お前はなんで、こげな人の滅多に来《こ》ん場所覗きに来たとか？」

さらに一時間ほどが経過した時、源太が不意に蓮司に訊いた。

「中洲のことならなんでも知っときたいけん」

源太が笑った。

「小学生か？」

「学校には行っとらん」

源太は余計なことは訊かない。小さく一つ頷くだけだった。

「どこに住んどっとか？」

「中洲」

源太は笑った。一緒ったいね、と言ったその時、釣り糸がピンと伸びて、ぐいっぐいっと川底へ向けて力強く引っ張られた。

「お、来た。ウナギやとよかけどね、あげてみるまでわからんけん」

源太は立ち上がり、仁王立ちになると、力強く糸を手繰《たぐ》るように引きはじめた。蓮司も立ち上がり、川中を覗き込む。ピンと伸びた糸の先、濁った川面の下で黒い魚影が揺れた。源太が力いっぱい竿《さお》を持ち上げると川面にウナギが顔を出し、次の瞬間、ばしゃっと水が跳ねた。

「ウナギじゃ。ほら！」

陸の上に釣り上げられたウナギが激しく動き回っている。蓮司ははじめて見るウナギに言葉を失った。魚だと思っていたら、いきなり川底から蛇が現れたので蓮司は仰天した。噛まれると思い慌てて源太の後ろに隠れる有様だった。天然のウナギはとても元気で地面をくねくね這い回る。源太は袋から細長い年季の入った木の板を取り出し地面に放り投げた。それから使い込んだ軍手をはめ、四つん這いになると、狙いを定めて、動き回るウナギを一気にぎゅっと捕まえた。太った巨体の髭面の男が四つん這いになってウナギを捕まえる絵は壮観であった。軍手の間から出たウナギの頭部が右へ左へ忙しなく動く。次の瞬間源太は目釘《めくぎ》と呼ばれる尖《とが》ったニードルのようなものを蓮司が見ている前でウナギの目とエラの間に突き刺した。

「まな板の端に穴が開いとうやろうが？　そこに固定させにゃならん」

源太はウナギを目釘ごと力任せに細長い板の端に突き刺した。まな板に突き刺さった目釘に頭部を貫かれたウナギがくっついている。ウナギはますます激しく暴れているがしっかり固定されており逃げ出せない。血が迸《ほとばし》って、軍手が真っ赤になった。

源太はウナギをほったらかして、七輪に炭を詰めこみ、火を熾《おこ》した。蓮司はどうしていいのかわからず、激しく暴れるウナギをただ茫然と、しかし、こわごわ見続けた。

「生きたまま捌《さば》く方が美味《うま》かっちゃん」

火が熾ると、源太は再び袋から専用の真四角の包丁を取り出し、慣れた手つきでウナギを捌き始めた。

「まず、エラの下のここね、中骨まで、包丁ば、ぐぐっと差し込んでと。ほら、こげんかふうに切れ目ば入れるとよ」

躊躇《ためら》うことなく、源太はすっと包丁を刺し込んだ。赤黒い血の塊《かたまり》がどろっと流れ出る。

「上手に殺してやらんと。捌く側がひよったら、包丁がひっかかるけんね。そりゃウナギも痛かろう。ここは躊躇わず、すっと開かないけん」

源太がウナギを撫《な》で押さえながら、尻尾《しっぽ》まで包丁を一気に引いた。赤黒い血が溢れ出し、まな板や軍手をさらに汚した。動かなくなったウナギの内臓を器用に除去した後、続いて背骨を慣れた手つきでするするっとそぎ落とした。開いた腹部を水で洗い、頭部を切り落とし、長方形に開いたら、竹串を均等に刺していった。七十センチほどのウナギから三枚の大きな切り身がとれた。

「ウナギの血には毒があるけん、よく火を通さんといかんったい」

ウナギをひとまず紙皿の上に置き、タッパーの中の黒い液体をウナギにかけていった。網を七輪の上に置き、皮目を下にして、開いたウナギを焼き始めた。まもなく香ばしい煙が立ち上りはじめる。源太がにやりと笑って、うまそうじゃ、と言った。蓮司は恐る恐る頷いた。うまそうだと言われても、食べたことがないので那珂川の蛇がどんな味か想像もつかない。

「ヘビって、食えるとですか?」

源太が声を出して笑った。

「蛇じゃなか。ウナギばい」

源太はへらで黒いたれをウナギに丁寧に塗りながら、ひっくり返した。ひっくり返してはじっくり焼き、たれを塗っては、またひっくり返した。醤油《しょうゆ》の焦げるさらに香ばしい匂いが立ち込めてきた。蓮司はまだ朝から何も食べていない。ウナギの解体は恐ろしかったが、お腹はペコペコ。源太が袋からランチジャーを取り出し、温かいごはんを紙皿に盛った。焼きあがったウナギをナイフで適当に切って、ごはんの上に載せ、さらにウナギのたれと山椒《さんしょう》をかけた。源太は紙皿と割り箸を蓮司に手渡した。蓮司は釣りあげられた直後の暴れまくっていたウナギのことを思い出し、なかなか手が出ない。源太は割り箸で器用にウナギを割《さ》き、ごはんと一緒に口に運んだ。ぼさぼさ頭の髭面が満面の笑みへと変わっていく。目をひん剝《む》き、黄色のでかい歯が髭の中に出現した。

「うまかぁ！」

源太が大きな声を張り上げた。食わんのか、という顔で蓮司の目を覗き込んだ。眼尻が撓る。我慢できない。蛇でも構わん。たまらず蓮司もウナギにかじり付いた。食べたことのない味であった。源太が笑う。蓮司も自然に口元が緩んだ。二人はそうやって友達になった。

二〇〇六年七月、

七月一日に飾り山笠が一般に公開されるのと同時に、十五日間に及ぶ博多祇園山笠が開幕する。

蓮司は飾り山笠を納める山小屋が中洲中央通りに建ちはじめた六月中旬から、そわそわ落ち着かなくなった。あかねと正数が寝ている脇を抜け出し、毎朝、山小屋の建つ中洲中央通り周辺へと出かけ、今年こそは目の前で目撃してやる、と光りが照り返す通りで決意した。

少年は勇ましい舁《か》き山《やま》の光景を振り返る。彼の小さな頭に男たちの屈強な姿が焼き付き離れない。蓮司は陽だまりに佇み、通りの中心に聳える山小屋を見上げた。十メートルほどの四柱に支えられた縦長の掘っ建て小屋の中に飾り山笠が設置される。公開されるまで垂れ幕が下り、中を見ることができない。正面幕には「中洲流《ながれ》」と大きな文字が描かれている。

山笠がいつ始まるのかわからない。あかねや正数に訊いても、もうすぐやろ、といい加減な返事しか戻ってこない。絶対に見逃したくなかった。蓮司は早起きをして山笠が収納された山小屋のあたりをうろつくことになる。そして勇気を振り絞り、飾り山笠を警護する長法被の若い衆に近づいて訊ねた。若い男は蓮司の頭を摩ってから、

「十日の流舁《ながれが》きから十五日の追い山まで、毎日中洲を走り抜けるったい」

と教えてくれた。遊園地にも動物園にも行ったことがない。娯楽を知らない蓮司にとって、祇園山笠は憧れであり、終わらない夢でもあった。

流舁きが始まると、勇壮な舁き山を一目見ようと中洲の歓楽地は物凄い人出となった。蓮司は国体道路の歩道に群《むら》がる人垣を目撃した。舁き山がここを通過するのに違

いない。蓮司は身構えた。小さいので群衆の中に交ざると前が見えない。去年はそれで悔しい思いをした。いくらか身長が伸びたとはいえまだ六歳。一計を案じ角地にある駐車場の金網に攀《よ》じ登ることにした。人々がどんどん集まって来、沿道は身動きがとれないほどになった。生ぬるい夏の風が中洲を過っていく。夕陽が照り返し、国体道路が光り輝いた。まもなく、中洲中央通り方面から締め込みに法被姿の少年たちが飛び出してきた。拍手が起こった。先導する大人が走る方向を指示している。少年たちは中洲流と描かれた木板を抱えて凛々《りり》しく走っていく。興奮した蓮司は金網から滑り落ちそうになり、慌てて駐車場の看板にしがみつき、体勢を立て直さなければならなかった。続いて、若い衆が小走りで国体道路に姿を現した。黒い地下足袋《じかたび》が地面を蹴り上げる。幾分肩を落とし、僅かに前傾になりながら、ぞろぞろと続く男たちの群れに向かって、通りのあちこちから掛け声がかかる。蓮司は駐車場の看板を摑みバランスを保ちながら、なんとか金網の上に立ち上がった。舁き山を舁いた一群が現れると通りは大喝采に包まれた。締め込みを締め、水法被を羽織った男たちが、オイサッ、オイサッ、と掛け声を張り上げながら、蓮司の目の前を勇ましく通過していく。舁き山が上に下に激しく揺れる。前方に三人、後方にも三人の男たちが座し、両手を突き出したり引っ込めたり、舁き手を鼓舞するような不思議な動作を繰り返した。オイサッ、オイサッ、と声が国体道路一帯に響き渡る。その勇壮な光景が少年の心を強く貫いた。舁《か》き山《やま》は国体道路から那珂川通りへと右折する。人々が力強く地面を蹴り上げながら、交差点で方向転換をした。布バケツを持った若い衆が沿道から次々水を放つ。放物線を描いた水飛沫《しぶき》に夕陽が反射し、きらきらっと空中で儚《はかな》く瞬《またた》いた。蓮司は急いで金網から飛び降り、観光客の間を抜け、舁き山を追いかけた。水飛沫を上げながら中洲の龍は疾走する。蓮司は力の限り走った。山笠の若い衆の間を抜けて、少年は揺れ動く舁き山を目指した。男たちの筋肉、力強い声、そして中洲に降り注ぐ光りの中へと蓮司は飛び込んでいった。息が苦しかったが走るのを諦めなかった。道の途中で舁き手たちが次々に入れ替わっていった。山台の脚に付いている四つの胴がねが時折地面を擦《こす》って火花を散らせた。水飛沫が舞う。オイサッ、オイサッ。掛け声が呪文のように響き渡る。蓮司は走った。一緒に走った。眩く輝く光りの渦《うず》の中へ、憧れの山笠と共に走っていた。

二〇〇六年八月、

非番の夜、宮台響は根岸吉次郎と中洲の居酒屋のカウンターでグラスを傾けあった。根岸と知り合ってからのこの一年ほどの間、響は迷いながらも戸惑いながらも幾度となく相談にやって来た。根岸も事務的な説明だけで終わらせるわけにいかなくなった。響の真面目さは働きはじめた頃の自分にそっくり。もちろん蓮司のことも気になる。

役所の人間という立場を離れ、一個人として、響と向かい合ってみようと思った。

「本来なら蓮司は小学生です。もっと早く行動ばせな、と思っとうとですが、法律のこととか不勉強で……、なんかそれを理由に避けてる自分も許せんとです。しかも忙しさにかまけて時間もなかなか見つけ出せんで、ずるずると……」

「いや、あんたは最大限の努力ばされとう。あまり気にせん方がよか。いずれにしても時間はかかります。これは私らも同じ歯がゆさを抱えとります」

無戸籍児への国の対応には根岸も常々不満を抱いていた。こども総合相談センターがやれることにも実際限界があった。結局は役所の一機関に過ぎず、最終的には周囲の大人たちの理解や差し伸べる一般の人の手が不可欠であることを彼は心得ていた。

「あんたぐらいの頃はね、私も元気でした。二十四時間働いてもへっちゃらやったとです。子供たちを救ってやることができるとどっかで真剣に思うとりましたから。実際、救った子も大勢おります」

根岸はジョッキのビールに口を付けてから、自分を鼓舞するような口調で続けた。

「でも、最近は元気がなか。なんでかと言うと、現実が思いについていかんけんです。児童虐待だけでも常時何十件と抱えんとならん。それだけやなか。家出、非行、不登校に、蓮司君のような無戸籍児童や居所不明児童など、こどもセンターに持ち込まれる内容が複雑化しとります。私一人が、と言えば偉そうですが、センターの職員だけで頑張っても救えるもんじゃなかとです」

不意に声が陰り、根岸吉次郎は諦めに支配され僅かに俯いてしまう。

「そのうえ、個人的な中傷なんかも受けるとです。ずいぶんと嫌な思いば経験しました。そんなつもりはなかとに、人はいろいろと言うてきます。もっともこっちだって完璧じゃないけん、双方に言い分があるとですが、個人でやれることの限界もあってですね。蓮司君のことにしても、できる限りのことはしてやりたいが、というのが実情なんです」

着席してすぐに本題に入ったので、響はビールに口を付ける間もなく、黙って聞いた。根岸吉次郎はこども総合相談センターの抱える様々な問題や限界点について吐き出すように語った。このような悩みを人に話すことは滅多にないのであろう。普段、人の話を聞く役目ばかりだからか根岸は饒舌《じょうぜつ》であった。そして、その一つ一つの限界から零れて、犠牲になっているのが蓮司なのだ、と根岸の話を聞きながら響は思った。砂を摑んでも、どうしても指の間から零れ落ちてしまう砂塵《さじん》の一粒。

「蓮司の場合、親が住所不定であり、母親の両親はいい人たちなんですが、どこかで娘への配慮なのかわかりませんが、積極的に関わりを持とうとしない。だから、いくら私たちが介入しようとしても限界があっとです。蓮司を救いたいと、若ければ私もあんたのように思ったかもしれん。でも、まさに言い訳みたいで情けない話ですが、抱える件数が多すぎて、蓮司一人に時間を割けんとです。宮台さんがそこに現れた。私が今日、ここにいるのは若い頃の自分ともう一度向かい合いたいと思ったけんです」

響はビールにやっと口を付けた。喉元に詰まった思いを胃に流すかのように半分ほどを一気に飲み込んだ。初老の男は長いため息を吐き出した。

「それに、一番よくなかことは、どっかで慣れてしまっとうとですよ。仕事柄、児童虐待についても、程度の酷《ひど》いものから順に解決しようとしてしまう。そこにランクを付けてしまうっちゅうことです。まだ、このケースはなんとかなる、まだ大丈夫、と思うてしまうわけです」

「え？　蓮司もですか？」

響が訊いた。根岸が顔を上げ、響の目の中を覗き込んできた。

「あるいは、そうかもしれません。あの子は強いから、生き残る力があります。そこに我々もつい甘えてしまう。明日にでも死にそうな子を優先せにゃ、と考えてしまうっちゅうことです。そうやって、蓮司はどんどん後回しになる。これは言い訳みたいですが、本音です」

宮台響は嘆息を零した。やりきれなさが伝わって来て、返す言葉が思いつかない。蓮司よりも危険な環境にいる子が他にもいるというのか。響は店員を捕まえ、空のジヨッキを差し出した。店員がそれを摑み、カウンターさん、ビール、と声を張り上げた。

「蓮司は一生戸籍を持てないまま生きていくとですか？」

響が根岸の横顔に向けて問いかけた。口を結んで、正面を見据える根岸の眼球に淡い光りが宿る。いや、戸籍の取得は簡単ではなかですが、できんわけじゃなかとです、と言った。

「しかし、問題は親でしょう。親が立ち上がらない限り、その道は開かれません。いいや、法律の問題もあるけん、想像以上に戸籍の取得は難しいとです。しかし、それらはどれも親のやる気があれば乗り越えられる問題かと私は思うとです。あの親じゃ、蓮司が望んでも今は、戸籍を取得することは無理でしょう」

不意に響の前で大きな扉が閉ざされてしまった。あまりに響が項垂《うなだ》れしょげたので、根岸も辛くなった。

「宮台さん。しかし蓮司は学校には通えるとですよ」

え？　思わず響は顔を上げた。

「蓮司君の学区は福岡市立博多小学校ですね？　学齢簿は住民基本台帳に基づいて作成されるけん住民登録のない蓮司君にはもちろん就学通知や就学時健康診断のお知らせは届かんかったです。しかし、国や行政もこの問題を無視できんごとなりつつあります。最終的には学区の学校判断になっとるようです。博多小学校と話ができれば蓮司君は教育ば受けることができるはずです」

不意に響の目に光りが宿った。博多小学校の前身奈良屋小学校は母校であり、父親も祖父もそこの出身。現教頭は奈良屋小学校時代の恩師であった。響は根岸の顔を覗き込み、

「ありがとうございます。ちょっと希望が見えてきました」

と頭を下げた。


宮台響は次の日、博多小学校を訪れた。法務局を訪ね法律で解決を目指すより前に、蓮司を学校に入れることが先決だ、と響は考えを改めた。蓮司を小学校にあげさえすれば、自《おの》ずと世の中も動く。親も気が付くかもしれない。戸籍の取得のために環境を整備することがまず自分の仕事だろう、と響は確信を持った。そのためにも蓮司を小学生にしなければならない。

響の担任だった川本晃《あきら》が、やあ、宮台、立派になったな、と笑顔で奥から出て来た。響はその笑顔が変わらないことを願いながら、蓮司のことを伝えた。川本は微笑むのを止めたが、返事は響を裏切るものではなかった。

「それぞれの自治体の窓口によって対応がまちまちなのが今の無戸籍児に対する現状

かもしれんな。まだ、国の方針もぶれとって、はっきりとした方向性が見えてないのは事実。でも、そこに無戸籍児童が存在するのは事実やけん。義務教育の場合、そこに児童がおるんであれば、本来、戸籍のあるなしにかかわらず学校へ通うことができるようにせにゃならん。うちの学校ではできる限りのことをしとうけん」

響は驚いた。こんな身近に蓮司の味方がいるとは思わなかった。思わず目頭が熱くなってしまう。

「もちろん、その子が我々の学区で生きとるのであれば、耳を傾けるったい。宮台、力になるばい」

響は感極まり思わず頭を下げた。

二〇〇六年十月、

蓮司は周囲に人がいないことを確かめてから急いでマジックペンを取り出すと、しゃがみ込んで、中洲新橋の鉄の欄干《らんかん》にバツ印を記した。雨で流れ落ちないよう、何重にも強くしっかりと×を描いた。中洲側の橋の袂《たもと》にある大理石の親柱《おやばしら》の脇にも、わかる人にはわかるようにしっかりと記した。

今日は朝から中洲をとり囲む橋を一つ一つ巡っては、欄干や親柱に×を描いている。

蓮司は中洲を自分の縄張りと決めた。中洲をバツ印で囲むことで自分の勢力を示す狙いがあるのと同時に、その印は外から入ってくる邪気を追い払う結界の領域を記す役目を担《にな》った。描きながら蓮司は強く念じた。鬼や悪魔がここを渡って気安く侵入できないよう、橋の途中で邪悪なものが滅びるように、強くイメージしながら×を描いていった。

蓮司はよっぽどのことがない限り、中洲を出ないことにした。小学校は中洲の外側にあった。中洲には学校がない。なので、学校に行かない自分は中洲から出る必要がない、と正当化することができた。中洲の外側を蓮司は「外国」と呼んだ。蓮司はあかねたちに見つからないところでこっそりパスポートを作った。それが何に使われるものか詳しくは知らなかったが、いつだったか、外国に出るにはパスポートが必要だと親が話しているのを聞いてから興味を持つようになった。拾った誰かの名刺の裏側に自分で決めた国民番号と名前を記した。知らない人の名前が書かれてある表面はマジックで塗り潰した。福岡市こども総合相談センターやあかねの実家に行く時は今後パスポートが必要になる。外国には学校があり、駅や空港があり、市庁舎や病院があり、こども総合相談センターもあった。それは外国だから、どのような施設があろうと、自分の知るところではない。そこには外国人が決めたルールがあった。拳銃を持ってはいけないというルールや、人を殺してはいけないというルール、子供は学校に通わないといけないというルール……。それはすべて外国人らが拵えた彼らの世界の治安や国の形を維持するためのルールであった。蓮司はいずれ中洲独自の法律を作る必要があると考えていた。中洲が中洲であるために、一刻も早く中洲の法律を整える必要があった。中洲に学校は必要ない。中洲に外国の法律は適用されない。中洲は外国の影響が及ぶことのない独立した国家でなければならない。

蓮司は東中島橋に領土を記すバツ印を付けた後、中央分離帯に立ち、両手を広げ、天空を仰《あお》いだ。秋晴れだったが、肌を叩くほどの強い風が吹いていた。Tシャツが風で膨らみ、風が皮膚を引っ掻いた。橋の中央まで歩き、そこで目を閉じ、太陽の光りを感じた。自分には中洲があると思えば、孤独ではなかった。家もない、世界もない、でもこんなに豊かで立派で自由な中洲がある。そう思うと気持ちが軽くなる。蓮司の口元が緩んだ。大人たちはみんな口を揃えて学校には行ってないのか、と訊いてきた。なんでそんな馬鹿な質問ばかりするとや。ぼくに学校は必要なか！

どこからか子供たちの声が聞こえてきた。驚き、蓮司は博多側に広がる外国を振り返った。ランドセルを背負った子供たちが横断歩道を渡っていく。甲高い声が風に乗って届けられる。蓮司は外国の子供たちを睨みつけた。けれどもそこはバツ印の向こう側の世界だった。自分の国とは無縁、一切関係のない連中である。ならば恥じ入ることも、比較して悩むことも、恐れることもない。蓮司は踵を返した。橋を戻り、中洲に立った時、蓮司は安心を取り戻すことができ、心が晴れ渡った。

博多川通りの北側の突き当たりにある大黒橋にバツ印を描いていると、

「蓮司」

と声がした。立ち上がり振り返ると、源太であった。

伏見源太は外国から戻ってくる途中だった。手には食材の詰まったビニール袋を抱えている。蓮司は両手を広げ、伏見源太の行く手を塞いだ。

「パスポート、見せてください」

源太は面白がり、口元を緩め、密入国です、と言った。

「いいでしょう。特別に中洲国への入国を認めます」

「ありがとう。ところであなたはパスポートを持っとうとですか？」

蓮司はこの質問に歓喜した。パスポートを見せることができる。急いでポケットから半分に折った名刺サイズのパスポートを取り出し提示した。源太は驚き、それを受け取ると開いて覗き込んだ。

「かとうれんじ、こくみんばんごう、299346　なかす国、だいとうりょう」

源太は満面の笑みを浮かべ、

「これは大統領閣下《かっか》、大変失礼なことばしました。私もこれからパスポートば持つことにします」

と言った。蓮司は源太からパスポートを受け取ると得意げな顔でポケットに仕舞った。それは蓮司にとってこの世界で自分自身をきちんと存在させるための証明書に他ならなかった。

「ところで閣下、ここでなんばしとったとですか？」

「外国との国境に自分の国の印ば付けとったとです」

源太は腰を屈め、欄干にマジックで記された×印を確認した。その思い付きに源太は感心し、蓮司の目を覗き込んで、もう一度ニカッと微笑んでみせた。蓮司は外国から入り込む鬼をここで食い止めるためにこの印が必要なのだ、と訴えた。中洲を守るためには外国へと通じるすべての橋を自分の気力で守るしかない。そうじゃなければこの島国は外国の侵略を受けることになる。外国には恐ろしい文化や思想や法律があるので、それを食い止めないとならない。このようなことを蓮司は彼の言葉で説明した。源太は笑うのを止めた。幼い少年がそこまで考えていたことに驚き、言葉が出てこなかった。

「源さんば今日からこの国のだいじんににんめいします」

と蓮司は宣言した。源太は小さく頷いたが、返事を戻せなかった。代わりに、胸に手を当て、直立不動の姿勢をとった。蓮司が小さく敬礼をした。

「これ、密輸品です」

源太がスーパーで買ったソーセージを蓮司の目の前に突き付けた。

「みつゆひん？」

「外国から許可なく勝手に持ち込んだもののこったい」

源太が笑いながら説明した。

任命式の後、二人は中島公園の源太のテントまで行き、源太が密輸した外国のソーセージを一緒に焼いて食べることにした。火を熾し、ソーセージに串を差し込んで、あぶってから食らいついた。朝から何も食べていなかった蓮司の頬が緩んだ。

「この密輸品はうまかね」

と蓮司は笑いながら告げるのだった。

二〇〇六年十一月、
ソープ店が犇めく地区の一角に、現在は使われていない戦後間もない頃に建てられた古い雑居ビルがあった。正数の店の常連の一人である建物の所有者は中洲に何軒かの居酒屋を経営する女社長で、そこに新しい店を出すか、それとも取り壊して駐車場にするかで悩んでいた。空き地に無計画に建て増しを繰り返した違法な物件でもあり、空きビルのままにしていると変な連中が出入りし、犯罪の温床《おんしょう》になりかねない。とりあえず見張り役を兼ねて、タダ同然で正数に貸すことを決めた。願ってもない話なので正数は飛びついたが、電気は通っているものの、風呂もシャワーもなく、配管が壊れていて水さえ出ない。シャワーはラブホテルの厚意で昼間使わせてもらうことになったが、水が使えないので、あかねは不機嫌になった。

道を渡ってすぐの清流公園で水を汲《く》むのが蓮司の仕事であった。一・五リットルのペットボトルを両手に抱え、公園と新しい家との間を何往復もした。ビルの最上階まで非常階段を上らなければならない。それでも仮の住処《すみか》が見つかったことの嬉しさには替えられない。事務所として使われていた最上階に居を構えることになった。入ってすぐの事務室以外に小さな部屋が幾つかあったので、生まれてはじめて蓮司は自分の部屋を持つことになる。父と母が抱き合う脇で糸の切れた操り人形になる必要はなくなった。ベッドはなかったが、ラブホテルから、破棄する予定だった小型のマットレスを譲り受けた。三人で拭き掃除をし、いらない家具は一つ下の階に移し、生活できる環境を整えた。水さえあれば今までの生活など比較にならない天国のごとき住まいである。実際、蓮司の部屋の窓を開けると、目の前が駐車場で、その突き当たりのビルの向こう側に夕陽が落ちた。マットレスしかないがらんとした部屋だったが、広々している。壁も床も天井も自分の部屋なので好きなように使うことができる。事務室だった入ってすぐの広い部屋には机と椅子が並んでいる。机に座って、絵を描いたりすることもできた。

「机が並んどうけん、なんか、学校みたいやん？」

とあかねが事務室を見渡しながら言った。

「ここで、勉強できっとやなか」

正数が笑いながら言った。

「勉強道具くらい買《こ》うちゃるけんね」

あかねが正数に抱き着き告げた。蓮司は黙っていた。何を言われても今は構わない。自分の部屋ができたのだから嬉しさの方が勝《まさ》っている。愛想笑いを浮かべて両親の顔を見上げた。すると正数が不意に怒り出し、蓮司の頭を力任せに叩いた。

「なんや、その顔は？　なんか文句あっとか？」

蓮司は微笑むのを止め、おとなしくかぶりを振った。

「よかやん。いちいちガミガミ怒らんでも」

「人が頑張ってこげん立派な場所ば見つけてやっとうのに、こんガキ、鼻で笑いやがって。しゃあしかったい」

正数は蓮司をどついて自分たちの部屋へと消えた。あかねが蓮司の前の事務机に腰を下ろし、

「水、汲んどいてね。あと、これお小遣い」

と言って、ポケットから五百円玉を取り出し握らせた。

「適当に夜ご飯食べときいね。ママは今日、遅かけん。よかね？」

あかねの唇の色が気に食わなかった。ウナギの血の色を思い出させる。この人もあの濁った川底のような場所にいるに違いない、と蓮司は思った。


夕刻、蓮司がせっせと水の入ったペットボトルを運んでいると井島敦が片言の博多弁で、

「なんかなんか、どげんしたとかぁ？　そげんかもんば担《かつ》いでから」

と言いながら近寄って来た。いつ会ってもこの人は笑っている。笑っていない時でさえ笑い皺のせいで、笑っているように見えた。ほんとうは怖い人かもしれんけんね、気を付けるとよ、とあかねは井島の皮膚の色や眼つきで決めつけていた。けれども悪い人じゃないことを蓮司はよく心得ていた。

「水ば汲みよっとか？」

蓮司は、近くに引っ越したこと、そこには水道が通っていないことを伝えた。井島は、でも、ちっとは人間らしか暮らしができっちゃろ、とからかった。井島敦がポケットからチューインガムを取り出し、一枚、差し出した。蓮司は奪うようにしてそれを摑むと口の中へ放り込んだ。

「なんやお前、腹が空いとうとか？」

蓮司はガムを噛みながら、大きく頷いてみせた。ちょっと待っとけ、と井島が言い残し、一度店の中に入ると、何かを持って戻って来た。

「よかったら食わんね」

惣菜パンである。中に何か揚げ物が入っている。蓮司は、ありがとう、と告げた。井島が笑った。

「蓮司、お前、ちゃんと礼ば言えっとか、えらかな」

井島は蓮司の頭をゴシゴシと撫でた。蓮司はガムを吐き捨て、袋を破り、パンを取り出すと食らいついた。コロッケパンであった。井島の顔から不意に笑みが消える。眉間《みけん》に皺が集まる。雨が上がったばかりで、路面が鈍色《にびいろ》に輝いていた。井島は路地の先へと視線を逸らした。幼い頃の自分を思い出してしまった。氾濫する緑の川、雨に打たれながら空腹を我慢していた頃の自分。赤ん坊の泣き声、母親の怒鳴り声……。食べることとしか蓮司の頭の中にはなかった。蓮司の口腔に、噛むたびに揚げ物特有の感触とソースの甘さが広がった。井島が振り返り、がむしゃらに食べる蓮司を見下ろし、再び笑いだした。

「美味か？」

井島が告げると蓮司は咀嚼《そしやく》しながら必死で頷いてみせた。

「ジュースは？　なんか飲むか？」

蓮司はさらに大きく頷いた。井島は笑いながら自動販売機にコインを投入した。振り返り、これか、と笑いながら合図を送る。蓮司は不意にコーラが飲めることになって驚き言葉が出ない。井島敦はボタンを押した。大きな音がしてコーラのペットボトルが取り出し口に落っこちてきた。

「よかよか」

蓮司は小さく何度もお辞儀をした。

「よかよか」

井島は養父に育てられた自分の少年時代を思い出していた。友達がいなかった。言葉が話せなかったのでいつも一人であった。成人してまもなく育ててくれた養父が死んだ。日本国籍を取得した直後のことであった。目元が潤《うる》んだので井島敦は慌てて笑ってごまかさなければならなかった。

蓮司はあっという間にコーラを飲みほした。その小さな身体のどこに入ったのか、と思わせるほどの勢い。井島が驚いた顔をしてみせた。隣の店の客引きも笑っている。

「炭酸きつくないとや?」

「うん」

「腹いっぱいになったんか?」

「うん」

「よかったな」

次の瞬間、蓮司が通り中に響き渡るほどの大きなげっぷをした。井島と他の客引きたちが大笑いした。蓮司は恥ずかしくなり、水の入ったペットボトルを抱え直すと、井島さん、ありがとう、と言い残し、逃げるようにそこを離れた。井島敦はその背中を見て口をぎゅっと結んだ。中洲に降り注ぐ雨上がりの夕刻の光りが蓮司の行く手にも降り注いでいる。

さて、と井島は独りごちた。手のひらで顔をゴシゴシとこすり、その手をパンパンと景気よく叩いてから、よっしゃ、と呟き、再びいつものスマイルを拵えた。

二〇〇六年十二月、
雪が降らないのに凍《こご》えるほど寒い冬の中洲。暖房器具がないので、布団の中からあかねは出たくない。おしっこがしたいが地上階まで降り、清流公園の公衆トイレまで行くのは辛い。非常階段の踊り場に専用のお丸が用意されており、緊急の場合はそこで済ませることもできた。しかし、男ならともかく、あかねには外での排泄《はいせつ》は屈辱的だった。それでも最上階から地上階まで階段を降り、用を足した後、再びそこを上ることを思えば、犬のようにする方が楽だった。どうせ、排泄物を捨てるのは蓮司の仕事なのだから。

吐き出す息が白い。カーテンがないので光りが容赦《ようしゃ》なく瞼《まぶた》を押してくる。正数が後ろから抱き着きあかねの髪に顔を埋め、タバコ臭かぁ、と吐き捨てた。

「仕方なかろ。ここ、お風呂がなかっちゃけん」

不意に正数があかねの臀部に腰を押し付けてきた。軽く抵抗したが、ジャージのズボンがずり降ろされた。準備ができていないのと膀胱《ぼうこう》が膨らんでいるので、今はしたくなか、とあかねは拒否した。正数は固く膨らんだ身体の一部をあかねの柔和な臀部に押し付け、薄笑いを浮かべた。衣擦《きぬず》れの音、あかねの吐息の後、正数が唾液を飲み込んだ。

「今日、病院に行こうかなって思っとうと」

あかねが掠れた声で小さく告げた。

「病院？　なんで？」

「たぶん、できたみたいやけん」

正数の吐き出した息があかねの吐き出す息と遠方で交わりあった。漫画の吹き出しのようだな、とあかねは思う。正数の強張ったそれが動かなくなった。吐き出す白い息だけがどこまでも棚引いていく。あかねが布団を剝《は》いで立ち上がった。

「どこ行くとや？」

「おしっこ。我慢でけん」

あかねはそう言い残しふらふらと部屋を出ていった。

二〇〇七年一月、

蓮司は源太に会いに行く途中、中島公園の少し手前の路地でランドセルを背負う一人の少女を目撃した。背恰好も自分と同じくらいの女の子は蓮司を見つけるなり蓮司に負けないほど驚いた顔をしてみせた。二人は道の中ほどで自然に立ち止まり、向き合うと、お互いの顔をじっと覗きあった。もしかするとこの子は中洲に住んどうとやろか、と蓮司は思った。そうだとするなら、この島にいる子供は自分だけではなかったことになる。無人島で人間に出会ったような驚きを蓮司は覚え、心臓が激しく脈打った。すると少女が蓮司に一歩近づき、

「あんた、中洲に住んどうっちゃろ」

と言った。蓮司は一瞬怯んだが、うん、と肯定した。

「でも、なんで知っとうと？」

「ママに聞いたと。中洲にもう一人子供がおるって」

「おまえはどこに住んどうと？」

「そこ。中島町《なかしままち》。ほら、この先に大きな駐車場があるやろ、その横のマンション」

二人は黙ってお互いの顔を見つめあった。

「あんた、学校にいっとらんちゃろ？」

蓮司は警戒しながらも、正直に、頷いた。

「戸籍がないって本当？　やけん学校に通えんちゃろ？」

「こせき？　なん、こせきって」

聞きなれない単語なので蓮司は訊き返した。少女は目を見開き、

「知らんと？」

と潜めた声で言った。蓮司は未知の生物と遭遇したような奇妙な混乱に包み込まれている。なぜこの子は自分のことをこんなにも知っているのだろう？　なぜ自分が普通の子たちのように学校に行けないのか、この子は知っているというのか？　でも、なぜ？

「あの、なんで、おまえはぼくのことばそげん詳しく知っとうと？」

「ママに聞いたけん」

「じゃあ、なんでおまえのママはぼくのことばそげん知っとうと？」

「ママが中洲でスナックを経営しとうけんね。そこにあんたのお母さんがたまに来るとよ」

蓮司の目が泳いだ。その視線を追いかけるように少女の目が追いかけてきた。

「でも、わたし、あんたに会いたかったと。ずっと、いつ会えるんやろって楽しみに

しとったと。だけん、今日、会えて嬉しかぁ」

蓮司は目の前の少女を見つめた。ずっと？　会いたかった？　なんで？

「なんで？　なんで会いたかったと？」

「わからん。でも、噂ばずっと聞いとったけん。中洲で生まれた子がもう一人おるって。その子は学校に行っとらんで、真夜中の子供と呼ばれとうって」

少女はほんの少し躊躇ってから、緋真《ひさな》、と自己紹介をした。蓮司は少女の目を暫く見つめた後、蓮司、と名乗った。


翌日、その日は休日だったので、約束通り、蓮司と緋真は昼ちょっと前に清流公園で落ち合った。二人は並んで公園の縁に立ち、光りを受けて輝く川面を見つめた。蓮司が長袖のTシャツに木綿のマフラーを巻いているだけだったので、

「寒くないと？」

と緋真が訊いた。蓮司は笑ってごまかした。

「ねぇ、キャナルシティに行かん？　あそこ暖かいけん」

緋真が博多川の対岸に建つ大きな複合商業施設を見つめながら提案する。行ったことなか、と蓮司が返した。マジ？　緋真が驚き蓮司を振り返る。

「面白いとよ。ばりばりいろんな店があるし、毎日ステージでいろんなアトラクショ

ンやっとうとよ」

　蓮司の顔が曇る。ポケットの中に手を入れ、パスポートを握りしめた。お金もないし、はじめての場所だし、知り合ったばかりの女の子と行くのには勇気が必要であった。

「中洲から、外に出たくなか。向こうは野蛮な外国やけん」

　蓮司がそう告げると緋真は噴き出した。

「小さい橋ば渡るだけやけん、いややったらすぐ戻って来ればよかよ」

　蓮司は川向こうに聳える、少年の心を引く斬新なデザインの、ひと際巨大な商業施設を見上げた。緋真が蓮司の顔を覗き込む。

「あんた、ほんとうに面白かね。中洲に住んどってキャナルシティに行ったことがなかって。しかも、川向こうを外国って呼んでみたり」

「馬鹿にしとうと?」

「まさか、ただ、あんたみたいな子ははじめてやけん。面白かっちゃん」

　蓮司は微笑む緋真の目を見つめた。この子は中洲で生まれ育っている。いわば、同国人であった。中洲で生まれた者同士、と思えば不思議な連帯感に包まれる。彼女が一緒なら、ちょっと覗いてもいいかもしれない、と蓮司は思った。

　キャナルシティと中洲とを結ぶ赤い歩行者用の橋を二人は渡った。豪華な外資系ホテルの車寄せから中に入る時、制服姿のホテルマンと目が合ったが、緋真は臆することなく堂々とその前を通り過ぎた。蓮司は僅かに俯きながらひたすら緋真を追いかけた。階段を上り、ショッピングモール側へと繋がる渡り廊下へ出ると、外からではわからなかったが建物内部に巨大な吹き抜けが存在した。ビルに囲まれた中庭のような空間には運河が流れ、円形のステージがあり、何かショーのようなものが行われていた。二人が下界の様子を眺めていると、不意に運河から噴水の水柱が昇った。蓮司は、わ、と思わず声を張り上げてしまい、緋真の笑いを誘った。

「こっちよ」

緋真はきびきびとした動きで館内を移動し案内した。二人は可愛らしい店舗群を抜け、エレベーターで下の階へと降り、人垣に潜り込み、ステージ上で繰り広げられるマジックショーを眺めた。建物に囲まれた楕円形の広場の上に青空が見えた。かつて一度も眺めたことのない不思議な風景が続き、どこもかしこも華やかな、おとぎの国のような絢爛《けんらん》豪華さだった。これが外国なのか、と蓮司は思った。中洲のスケールとは何もかもが桁違《けたちが》いに思えた。けれども蓮司にとっては中洲の方が断然落ち着く。ステージの周辺に集う親子連れはみんな笑顔で和《なご》やかで何より幸福そうで、かけ離れていた。おどけるピエロのショーをにこやかな家族連れと一緒に眺めるのは憚られた。蓮司は緋真から離れ、広場の外れにあるベンチに避難した。緋真がやって来て、つまらんと？　と訊いてきた。

「ちょっと疲れたと。みんな平和やし。慣れてないけん、落ち着かんと」

緋真が笑い、勢いよく、蓮司の横に腰掛けた。

「あんた、なんで真夜中の子供って言われとうと？」

「知らん。なんでそんな風に言われとうのかもわからん」

「夜中、一人で出歩くけんやない？　普通、子供は真夜中出たりせんけんね」

「夜の中洲が一番、面白いったい」

「怖くないと？」

「なんで怖いと？　ここの方がよっぽど怖か。家族連れに馴染めんったい」

二人は同時に噴き出した。

「わたし、ママと二人暮らしやけん、父親を知らんと。やけん、ここに最初に来た時、同じように思った。家族連れが嫌やった。もう、今は平気。あんたもすぐ慣れるよ」

蓮司は緋真の目を見つめた。切れ長の撓る細い目だった。蓮司はポケットからパスポートを取り出し緋真に見せた。二人は身体をくっつけあって、それを覗き込んだ。

緋真は笑わなかった。代わりに、わたしもこれほしかぁ、と言った。

「じゃあ、発行しちゃるね」

蓮司は嬉しかった。中洲国に新しい国民がまた一人増えることになった。

二〇〇七年二月、

「てのごい」は、中洲の売れっ子ホステスだった御手洗康子《みたらいやすこ》が事故で足を悪くし、好きな時間に自分のペースで働けるようにと、二十五年ほど前に中洲四丁目の雑居ビルの一階に出したスナックである。蓮司はここのところ毎日、そこを訪ねている。客がいなければカウンターの隅っこでご飯をご馳走になる。誰かいる場合には前もって康子が用意しておいた握り飯とかサンドイッチを貰って帰る。蓮司も心得ており、酷く空腹じゃない限り、客のいる夜の時間帯は避けている。だいたい開店前の夕刻時を狙って顔を出す。

「まぁ、どこほっつき歩いとったんね？　にゃあちゃん」

炊き立てのごはん一膳と味噌汁、その日によるがハムカツとか焼き魚などが一品付く。もちろん、蓮司が金を払うことはない。あかねも正数もこのことは知らない。康子の溺愛《できあい》していた三毛猫が家出した時、たまたま蓮司が探すのを手伝った。客引きの井島が康子に蓮司を紹介したのだ。

「美味しかね？　うんと食べんしゃい。育ちざかりやけんね」

康子は井島から蓮司のことはだいたい聞かされている。狭い中洲なのであかねや正数が無責任な親だということもなんとなくわかっている。でも余計なことは言わないし、訊きもしない。

「あれからちょうど一年が過ぎたったい。あの子の代わりに、にゃあちゃん、お前がここに居つくようになった。いつまで居ついてくれるとやろか？」

カウンターの中でタバコをふかしながら、康子はくすっと微笑んでみせた。猫の写真はしっかりとした額に入れて飾られ、康子の背後で静かに輝いている。

蓮司が味噌汁に口を付けた時、扉が開き吹雪《ふぶき》とともに着物を羽織った白髪の初老の男が入店した。男は蓮司を見つけるなり、おりゃ、どこん子か、と康子に訊ねた。この辺の子なんよ、と康子が答えた。白髪の男が顔を近づけてきて、蓮司をまじまじと覗き込む。えらの張った四角い顔、唇は分厚く、まゆげは太く髪と同じく真っ白でしかも跳ね上がっていた。男は冬物の羽織を脱ぎながら、

「この辺って、中洲に住んどっとか？」

と直接、蓮司に問いかけた。男の唾が蓮司の顔にかかる。蓮司は顔を背《そむ》けながら、うん、と返事をした。

「学校は休みか？」

「学校にはいっとらんと」

蓮司が告げると、男は顎を引き、何歳じゃ、と舐《な》めるような視線を浴びせながらしつこく訊いてくる。

「先月、七歳になったと」

「なら、小学生やろが」

男はそう呟くと黙った。それから一度、康子を見た。二人は数秒視線でやり取りをした。蓮司はこの男のことを「カエルさん」と心の中で呼んだ。前に図鑑で見たガマガエルに似ている。カエルは蓮司の横に腰掛け、腕組みをした。

康子がビール瓶の栓を抜き、グラスに注《つ》いで、カエルの前に差し出した。カエルは半分ほどを一気に飲んでから、

「真夜中の子供か」

と誰に言うでもなく独りごちた。蓮司はみんなが口にする真夜中の子供という暗号が気になり、康子の目を素早く見た。康子が気遣い、口元を緩めてみせた。カエルは蓮司に、

「ちょっと手相ば見せんか」

と告げるなり、ざらざらしたグローブのような大きな手で、蓮司の小さな手を引っ張って覗き込んだ。カエルの目が細く撓った。

「珍しか手相ばしとう。百万人に一人の手相ったい。お主、只者《ただもの》じゃなかな」

「ほんなこつね？　高橋さんの手相占い当たるとよ」

康子が横から口を挟む。カエルの名前が高橋だとわかり、蓮司はちょっと嬉しくな

った。高橋カエルだ、と思った。

「学校に行かんと、普段、なんばしよっとか？」

　カエルは蓮司の手を放し、グラスを摑んで、残っていたビールを飲みほした。康子が横眼でこっそりと蓮司を見守る。

「いろいろ忙しかとです。水ば汲んだりせんといかんけん」

「なんな？　水って」

　カエルが豪快に笑った。康子は僅かに口元を和らげたが、敢えて、説明することはせず空になったグラスにビールを注いだ。カエルはカウンターに肘《ひじ》をつき、前屈みになって、注がれるビールを目で追った。康子はこの予期せぬ関係が嬉しくなった。目の前の二人を見ているうちに、口元が緩みはじめた。高橋カエルと蓮司の出会いはここ中洲で考えうるもっとも刺激的で興味深いものの一つだった。この出会いが蓮司に与える影響、カエルに与える影響を想像した。祖父と孫ほどの年齢差なのに、カウンターに並ぶ二人はすでに強い磁力によって結ばれている。双方の好奇心が不思議な縁を結んでいつの日か何かをここ中洲に生み落とす気がしてならなかった。カエルの意思を蓮司が受け継ぐのだろうと康子は想像し、小さく何度も頷いてしまうのだった。

　高橋カエルがビールグラスを摑んで、

「学校なんかより、社会に早《はよ》う出た方がよかぞ。学校なんかろくなもんじゃなか。人より早うスタートして、社会で金儲けしたらよか。おじさんがよか仕事ば紹介しちゃるけん。しかし、それにしても小学校くらいは出とった方がよかばい」

と告げ再び豪快に笑い出した。カエルの唾が蓮司の頬にかかり、蓮司は一瞬目を瞑《つぶ》ってしまった。

「学校なんか行きたくなか。社会にも出たくなか」

蓮司が毅然《きぜん》と吐き捨てると、高橋カエルが目を見開き、

「じゃあ、どこに出るとか。世界か？」

とからかった。

「中洲がぼくの世界やけん」

と蓮司は言葉を振り絞った。

蓮司がしっかりとした口調でそう告げると、カエルは口元をぎゅっと引き締めた。

そして、少年の目の芯を睨みつけた。数秒の静寂の後、高橋カエルは崩れるような笑顔を拵えてみせた。

「気に入った。夏に舁《か》き山《やま》に乗せちゃる」

「かきやま？」

おお、とガマガエルは言った。

「中洲流《ながれ》の舁き山じゃ。オイサッ、オイサッ！　中洲に住んどるなら、知っとろうが。

とよ」
「高橋さんは山笠振興会のえらか人やけん。高橋さんが言うたらなんだっちゃできる
とり、笑顔で付き添った。蓮司は嬉しくなった。
カエルが、オイサッ、オイサッ、と掛け声を上げはじめた。康子が身体でリズムを
「あれに乗れると？」
蓮司は驚き、思わず、え？　と叫んだ。
舁《か》き山笠《やまかさ》じゃ！　おっしょい！」

二〇〇七年三月、
蓮司は緋真を夜の中洲へと連れ出した。真夜中の中洲を見てみたいと好奇心の強い緋真が蓮司に頼みこんだ。緋真の母親は毎晩三時過ぎに帰ってくる。二人はそれまでに家に戻ることにして、真夜中零時に中島町の緋真のマンション前で待ち合わせた。蓮司と緋真は交通量の多い昭和通りを渡り、ギラギラとネオン輝く中洲中央通りへと踏み入った。緋真はこれほど遅い時間に出歩いたことがなかった。深夜零時を過ぎているのに照明やネオンや看板が煌々《こうこう》と灯り、昼間の中洲中央通りとは見紛《みまが》うばかりの眩い別世界が広がった。日暮れ時の会社帰りの人々で賑わう中洲とも違い、深夜だというのにさらに大勢の人たちで溢れかえっていた。しかもそのほとんどが酔っており、

交差点や歩道の上で大騒ぎしていた。タクシーが客を探しながらのろのろ徐行運転をしている。酔った会社員が路上で寝ている。大学生たちが歩道の一角を占拠している。みんな笑っているか、喧嘩しているか、泣いているか、とにかく昼間の人間とは違う、素直で激しい感情に支配された人々が通りを占拠していた。

「すごかね。本当に別世界っちゃね」

「キャナルシティより賑わっとうやろ」

　緋真は頷きながら輝く中洲のネオンを見上げ、綺麗、と呟いた。二人は酔っ払いたちの間を潜《くぐ》り抜け、中心部へと突き進む。何人かが気が付き、二人を指さした。どっかその辺に親がおるやろ、と誰かの声が届く。蓮司と緋真はお互いの顔を覗きあい、愉快になり笑いだしてしまった。

　緋真は蓮司の後ろにぴったりとくっついた。緋真にとって真夜中の中洲は面白い世界である反面、何か得体のしれない狂気に包み込まれた異界でもあった。緋真は好奇心に強く突き動かされながらも、これまで見たことのない奇妙な光景を目の当たりにし、興奮しながらも畏怖《いふ》の中にあった。はぐれそうになると緋真は小走りで蓮司を追いかけ、その腕をしっかり摑んだ。蓮司は時々、緋真を振り返り、大丈夫？　と確認した。誰かのことを心配したことなどなかったので、自分が発した言葉に蓮司自身が驚いてしまう。緋真は蓮司を見つめ、うん、と小さく頷いたが、蓮司は自分にぴたりと張り付く少女の存在が気になって仕方がない。これまでずっと一人で過ごしてきたので、寄り添う影のような存在に不思議な違和感を覚えた。うるさくもあるし、嬉しくもあるし、めんどうくさいし、慣れないせいで歯がゆく、でも、奇妙な鼓動を伴うちょっと嬉しい感覚……。今まで一度も持ったことのない、誰かを意識し心配する気持ち、誰かのために行動し誰かと一緒にいて誰かを思う気持ち、に揺れた。それらの感情が一斉に少年の小さな心に流れ込んできて、そのせいで感情のエネルギーを制御できなくなり、七歳の少年は軽く混乱を覚えた。

「蓮司！」

振り返ると街路樹の下に知っている男がいた。通りに出てタバコをふかしていた若いラーメン屋の従業員であった。男は靴底でタバコを踏み消し駆け寄ってきた。

「びっくりした。どげんしたとか、こんなかわい子ちゃんば連れて」

「夜の中洲ば案内しよると」

「この子、こんな時間にこの辺ふらふらしとったらいかんやろ。お嬢ちゃん、幾つね」

周辺で働く花屋や路上歌手や客引きなどがぞろぞろ集まってきて、二人を取り囲んだ。

「七歳」

緋真が答えた。男たちは驚いた顔をしてみせ、

「いかん、いかん。こんな時間に七歳ってとんでもなか」

と忠告した。

「なんでぼくはよくてこの子はいかんとですか？」

蓮司が抗議すると、一同は困った顔になった。

その中では一番年配の居酒屋の店主が、ほんとは蓮司、お前もダメなんよ、でもお前は真夜中の子供だけんね、と優しく諭《さと》した。ラーメン屋の店員が続ける。

「もしこのお嬢さんが補導されてしまうと、この子の親が悲しむだけじゃなく、警察はこの子の学校に通告することになるとよ」

緋真が驚いた顔をした。蓮司が緋真を覗き込む。二人の視線が絡み合った。

「蓮司、この子は学校に行きようちゃろ？　先生に叱られたら可哀そうったい。帰した方がよか」

蓮司は俯き、そうか、と呟いた。

「夜中に七歳の子供が出歩くと、先生たちは叱るとですね」

大人たちは黙った。すると、花屋の若い店員が、巡回ばい、と低い声で告げた。中洲中央通りの奥の方から二人組の警官がやって来るのが見えた。街路樹に登って大騒ぎする大学生らに警告している。居酒屋の店主が、反対方向を指さし、

「はよ！」

と指示した。

「蓮司、とにかく、問題になる前に、この子を家に送り届けんね、さあ」

とラーメン屋の店員が手を振って二人を送り出した。蓮司は緋真の手をとり人込みの中を走りだした。緋真は蓮司に腕を引っ張られながら思った。この子はずっとこの中洲の夜をたった一人生きてきた。だから真夜中の子供なんだ、と。

「ごめんね！」

と緋真は大きな声で謝った。蓮司は、気にせんでよか、と言い放った。二人は中洲で一番幅広の昭和通りを駆け足で渡り切り、中島町の静かな場所へと避難した。

二〇〇七年四月、
四月ともなればただ晴れるだけで中洲に繰り出す人の数も急に増える。寒い冬が終わり、博多の人々の足は自然中洲へと向く。夜も更《ふ》ければ問題を起こす酔っ払いたちで交番は大忙しだ。おとなしい酔っ払いなどいない。中洲警部交番は動物園顔負けの夜の猛獣の溜まり場と化す。交番勤務三年目の宮台響も酔った連中を扱うコツを心得てきた。泣き喚《わめ》く者や暴言を吐き続ける者、止めどなく喋り続ける人もいれば暴力的な酔っ払いもいる。泥酔者に合わせてその接し方を変えてゆく。宥めすかしたり、話を聞いてやったり、時には荒々しい言葉で応酬したり、泣き咽《むせ》ぶ男の背中を摩ってやることもあった。手に負えない状態になると本署に連絡をし、護送用車両で保護してもらう。週末になるとその出動回数も増える。一晩に何度も行ったり来たりを繰り返す護送車両の警官たちもたまったものではない。

「ここは最前線の野戦病院並みに酷かな。ひっきりなしったい。ご苦労様」

護送車両を運転する警官が響に向かって愚痴をこぼす。泥酔者を車両に押し込んだ巡査たちが笑う。

「西日本最大の歓楽街やけんね。まだ朝までに何往復かせにゃならんでしょ」

響が残念そうに告げると、眠そうな目を擦りながら、運転手は苦笑いを浮かべた。護送車の後ろで酔っ払いが怒鳴り続けている。響は、やれやれ、と肩を竦めた。

「じゃあ、のちほど」

護送車両が走り出す。人々の欲望に終わりはない。街の賑わいも人々の笑い声も夜が更けるとともにますます勢いづいてくる。宮台響は一度背伸びをし眠気を払った。時計を見ると深夜の二時を回った時刻。仮眠をとる暇がないほど春の中洲は活況を呈する。一息ついたのでちょっと横になるか、と交番へ引き返しかけたその時、ロマン通りの方から蓮司が走ってきた。入り口付近にいた巡査たちも気が付き立ち止まる。

「喧嘩だよ。井島さんが殺されちゃう。お巡りさん、助けて！　早く！」

こんな時間に何ばしよっとか、と怒る前に蓮司が響の腕をぐいぐい引っ張った。

「殺されてしまうったい。早く早く！　新橋通りやけん」

とりあえず警杖を持ってくる、と別の巡査が交番の中へ消えた。響は他の巡査らと蓮司の後を追いかけた。湿った空気が纏わりついてくる。酔っぱらった人々を次々避けながら先を走る小さな影を追いかけた。遠くから怒鳴り声が聞こえてくる。大勢の若者たちが一人の人間を袋叩きにしている。壁に追い詰められた男はもはや立っているのがやっと。やめろ、やめんか！　お前らなんばしよっとか！　巡査らが急行すると若い連中が一目散に逃げだした。車道に飛び出し反対側へ逃げようとした若い男に響が背後から飛び掛かった。走ってきたタクシーが急停車する。駆け付けた別の巡査が男を取り押さえた。てめえら、ふざけんな、こら。若い男が暴れるが、響は男の頭部を腕で固めて動けないようにした。別の巡査が無線で応援を依頼した。井島は道端に倒れ込んだ。

「井島さん、井島さん、死なんで！」

蓮司の甲高い声が一帯に響き渡った。人垣が膨れ上がる。逃げた連中よりもまず井島の手当てが先であった。顔が腫《は》れあがり、目は塞がっている。

「あいつら、最近やって来た新しか客引きったい。でも、ここのルールをぜんぜん守らんでくさ、井島さんの縄張りば荒らしよったとよ。井島さんが一度、さっきの奴ば呼び出して怒鳴っとった。そしたら今日、あいつらいきなり大勢で乗り込んできて、井島さんを殴りだしたったい」

蓮司の言葉遣いはまるでこのあたりの客引きのようであった。縄張りを荒らすという言葉が宮台響を遣る瀬無い気分にさせた。新橋通りは騒然となった。そこら中の建物から次々人が湧いて出てくる。サイレンを鳴らして救急車が到着した。救急隊員が一斉に降りてきて、井島を取り囲んだ。応援の巡査らが人々を遠ざける。パトカーと護送車両が到着し、逮捕した男を乗せた。別の巡査が無線で逃げた連中の特徴を伝えている。井島は救急隊員たちに抱えられ慎重にストレッチャーへと乗せられた。井島さん、井島さん、蓮司が叫んだ。駆け寄ろうとしたので響が背後から蓮司の肩を摑み引き止めた。井島は目を瞑り、口を開き、苦しそうに呼吸をしている。その横顔に救急車の赤いライトが明滅する。救急隊員がストレッチャーごと井島を救急車の中へと運び込んだ。扉が閉まり、警察官や救急隊員が慌《あわただ》しく動き回った。井島さん。蓮司の声が騒音によって掻き消される。再び救急車のサイレンが響き渡り、あたりは騒然となった。野次馬の視線は七歳の少年へと注がれている。

「井島さん！」

蓮司は叫び声を張り上げた。追いかけようとする蓮司を響が力ずくで押さえ込んだ。

「こんな時間に外をうろちょろしちゃダメだって、何度言ったらわかるんね。親にきちんと言わないかんたい。今はどこに住んどうとね？」

「自分で帰れる！」

蓮司は興奮気味に叫んだ。

「だめだ。ちゃんと親に引き渡す」

蓮司は響の手を振り払い、振り返った。その目が赤く充血していた。今にも大粒の涙が溢れ出そうな濡れた二つの目だった。蓮司は目をひん剝いて、

「お巡りさん」

と震える声を押し出した。肩で息をしながら蓮司は宮台響を睨みつけた。そして吐き捨てるように、

「あいつらがこんな時間に家におるわけなかろうもん！」

と叫んだ。

二〇〇七年五月、
会いたい時に会えるように蓮司と緋真は立体駐車場の看板の下に通信メモを挟む取り決めをした。そして、二人は出会ってからほぼ毎日一緒に過ごしている。
大黒橋手前まではクラスメイトと一緒だが、中洲へ渡る子供は緋真だけ。一人だけ方角が違うので緋真は蓮司の他に親しい友達を持たなかった。知り合ってから蓮司と

緋真は急接近した。緋真には父親がいなかった。母親に不在の理由を何度訊ねてもはぐらかされた。母親はしょっちゅう親しい男性を持ったが、どの男性も緋真の父親ではなかった。最近、緋真は自分の父親はそのようなとっかえひっかえ目まぐるしく代わる男の中の誰かだったのかもしれない、と思うようになる。そう思うようになってからあまり深くそのことを追及しなくなった。同時に、家族というものに希望を持たなくもなった。もしかしたら自分は期待されずにこの世に生まれ落ちた人間かもしれない。蓮司の噂はそんな緋真を励《はげ》ますものだった。真夜中の中洲でたった一人逞《たくま》しく生きる子供がいる。どんな子だろう、と思った。戸籍もない、家もない、親にほったらかされ、一人真夜中の中洲で遊ぶ子供。会ってみたいと思っていた。いつかは会えると信じていた。

すっかり忘れていた緋真のパスポートを蓮司は慌てて拵えた。国民番号は蓮司が好きな数字をすべて並べた。

「緋真の番号は７７７１２３０００だよ」

緋真は素直に喜び、ありがとう、と言った。

「中洲国のめいよしみんにします」

蓮司が敬礼しながら宣言すると、緋真は満面に笑みを浮かべてみせた。三人目の国民の誕生であった。蓮司は緋真を源太大臣に引き合わせることになる。

源太は緋真の仲間入りを祝って、中島公園でバーベキューパーティをした。バーベキューコンロを持ち出し、博多国から密輸したソーセージや豚肉、野菜を焼いた。緋真は渡された肉の串焼きを握りしめたまま、口を付けずに悩んでいた。

「なんで食べんと？　肉は好かんと？」

蓮司が訊くと、緋真はかぶりを振り、目を瞑って肉を嚙んだ。口腔に香ばしい肉の香りやバーベキューソースの甘い味が広がった。

「美味しか！」

緋真が思わず感想を漏らした。源太と蓮司が同時に笑った。

「それは博多国から密輸した最高級のラム肉やけん。間違いなか。いっぱいあるけん、遠慮せんと食べんね」

と源太が言った。

緋真は家が近いこともあって、物心ついた頃より源太の存在は知っていた。母親に、絶対に近づいたらいかんよ、ときつく言われていた。

「あの人は猫とか犬を食べようとよ。食べられたくなければ、絶対に近づいたらいけんよ。よかね？」

でも、それが嘘であることを緋真は見破った。なので、ごめんなさい、と心の中で源太に謝った。源太は緋真の顔を覗き込み、なんか言ったとね？　という笑顔を向けた。緋真は小さくかぶりを振り、もう一つください、とねだった。

源太が那珂川沿いのポイントでウナギ釣りを始めたので、蓮司と緋真は中洲の北端にある水処理施設内の探検をすることにした。緋真はもちろん、蓮司がそこに踏み込むのもはじめてのことであった。

「今、中洲の地図ば作りようったい。でも、こん中だけ、まだ入ったことがないと。この三角地帯がわかれば地図は完成するるっちゃけどね」

金網の裂け目を潜り、二人は用心しながら中へと侵入した。「中部水処理センター福岡市築地町ポンプ場」と看板が出ている。人の気配はない。無人の施設なのだろうか。四角い無機質な建物がいくつか建っていた。中洲の北端にあたり、東側が博多川、西側が那珂川だが、丁度この中洲の突端で両方の川が合流していた。そこに低い円筒形の博多川井堰機械室と書かれた建物があった。蓮司は驚いた。その機械室の背後から博多側へと延びる橋が存在した。

「知らんかった」

蓮司は走り出した。緋真が追いかける。

それまで十八本だと思っていた橋の数が十九になった。中洲周辺地図掲示板には載っていなかった。新大陸を発見したような驚きに包み込まれる。橋は施設の手前で封鎖されていたが、博多側から中洲の開閉門までは渡ることができた。

「おい！」

背後から声がしたので振り返ると、水処理場の作業員であった。男は駆け寄って来て、ここに入っちゃだめだよ、と注意した。緋真が、ごめんなさい、と謝った。作業員は門を開け、出るよう促した。仕方なく蓮司は橋を渡った。車両が施設内に何かを運び入れる時ここを利用するのであろう、普段は閉鎖されており、公《おおやけ》の橋ではないようであった。極めて珍しい十九番目の橋の発見となった。

「外国に出ちゃった」

蓮司は橋を渡り切ると肩を竦めて苦笑してみせた。緋真は立ち止まり細い路地の先を見つめている。何か悩んでいるようであった。どしたと？　と蓮司が訊いた。

「すぐそこが小学校やけど、怒らんでね。もしかして、見てみる？」

蓮司は不意に強張ってしまった。見たくなかったが、小学校という場所がどのようなところか知りたくもあった。知りたいけど、見たいとは言えない。奇妙なジレンマに縛られ蓮司は動けなくなってしまう。緋真は蓮司の横顔をじっと見つめた。蓮司の行く手に目には見えない透明の壁が聳えていた。

金曜日の夕刻、緋真に連れられて蓮司は博多小学校の敷地内に立った。悩んだ挙句、蓮司は通信メモに、「しょうがっこうをみたい」と認《したた》めた。何度も何度も書いては破って捨てたが、でも、見てみたい気持ちには敵《かな》わなかった。

モダンな校舎が広いグラウンドを取り囲んでいる。居残った生徒たちが校庭のそこかしこで遊んでいた。蓮司はグラウンドの中ほどに立ち、ぐるりを見渡す。想像していた小学校というものとは少し違った。蓮司はもっとこぢんまりとした、家族的な場所を想像していたが実際の小学校は巨大だった。小学校の校庭は源太が暮らす中島公園よりも広かった。整備された校庭を囲む校舎は予想以上に近代的で、窓が広く、中洲では見たことがない立派でかつ威厳のある低層のビルディングであった。物凄い数の子供たちが毎日ここにやって来るのだ、と蓮司は想像した。子供たちが教室でどのような勉強をしているのか蓮司は気になって仕方なかった。そのことを緋真に訊きたいが、言葉は纏まらない。そこに自分だけ通うことができないのはなぜだろう、と考えてしまい、出かかった質問を思わず飲み込んだ。

緋真は蓮司の横に寄り添い、蓮司の様子を探りながら、言葉を選んで説明した。

「みんな、教室で勉強をする。一年から六年まで学年ごとにクラスが分かれとって、一クラスだいたい三十五人。それぞれ担任の先生がいて、一緒に勉強をすると」

蓮司は返事をしなかった。遊んでいる子供たちが大きなボールを投げ合っていた。みんなはしゃいでいて、楽しそうだった。どうしてあんな風に無邪気に楽しむことができるのだろう、と蓮司は考えた。学校というところは楽しい場所なのだろうか。子供たちだけの世界が学校なのだ、と思うと不意に羨ましくなった。

「楽しいと？　学校」

蓮司が訊いた。

「楽しか時もあるし、そうじゃない時もあるとよ」

緋真は蓮司を刺激しないよう、言葉を選んで答えた。

チャイムが響き渡った。門が閉まるのかもしれない、と蓮司は思った。と、その時、グラウンドの先から男が蓮司に向かって小走りで近づいて来るのが見えた。それが私服姿の宮台響だと気が付くまでに数秒を要した。彼が目の前に立った時、蓮司はすでに逃げ出すタイミングを逸していた。響のすぐ後ろから教師と思われる男が走って追いかけてきた。緋真が、教頭先生、と言った。

「蓮司、なんでここにおるとか?」

響が目を大きく見開いて訊ねた。川本晃が追い付いた。響が川本を振り返り、

「先生、ずっと相談ばしとった蓮司です。びっくりしました」

と告げた。川本は蓮司に笑顔を向けた。しかし、蓮司は視線を逸らし、熱帯魚の目をした。川本晃は緋真に、君はうちの生徒だよね？　蓮司君とお友達なの？　と訊いた。

「はい、同じ中洲に住んでいます」

緋真が言い終わらないうちに、蓮司が走りだしてしまった。

「蓮司！」

慌てて、緋真が追いかけた。蓮司はそこにいることができなかった。そこは自分の世界じゃない、と思った。閉じかけた校門を潜り抜け、夕陽が照らす大通りへと飛び出し、そのまま全速力で中洲を目指した。一刻も早く、国境の橋を渡り、自分の世界に戻る必要があった。あそこは違う。あそこは外国なのだ。

二〇〇七年六月、

宮台響は非番の日、春吉にある蓮司の祖父の家を訪ねた。蓮司を小学校に通わせるには彼の親族が動かないことにはどうにもならない。親は捕まりにくいのでまず祖父母に相談を持ち掛けることにした。ところが、春吉を訪ねると、腹の大きくなったあかねが奥から出てきた。八月に出産予定なので仕事を休んで実家で養生しているとのことだった。響はあかねと彼女の両親を前に、これまでの経緯を、順を追って詳しく説明した。一通り話し終わると、あかねの母親吟子が、他人様《ひとさま》なのに、ありがたいことです、と目元を押さえて頭を下げた。あかねは響が話している間、ずっと不貞腐《ふてくさ》れて横を向いていた。それでも響は怯まず、蓮司に教育を受けさせたい、と説得を続けた。

「幸い、博多小学校は状況が整えば受け入れることができるとのことです。なんとか蓮司のために力になってやってもらえんでしょうか」

あかねは響に向き直り、

「なんで？　蓮司のためにって、わたしたちは親やけんね、あんたにそこまで言われるのおかしくなかですか？　何ば企《たくら》んどっと？」

と怒鳴った。あかねの父親徹造が、この人はそげんか人やなかぞ、と小さく口を挟んだ。あかねは嘆息をつき再びそっぽを向いてしまう。宮台響は諦めずに食い下がった。

「蓮司を助けたい。それだけです。戸籍がなくてどうやって生きていくとですか？　義務教育を受けることができることがわかったんです。皆さんが動かんと、蓮司は一生教育を受けることができんとです。あかねさん、たまたま、今の教頭はぼくの昔の担任でした。彼もなんとか応援したいと言ってくれています。お願いします。蓮司に教育を受けさせてやってもらえんでしょうか」

響は頭を下げた。あかねはじっと響の後頭部を見下ろした。あかねの目は赤かった。けれども、この申し出を受け入れたくなかった。

「わたしらが親として最低やって言いたいっちゃろ？」

テーブルの上に並べられた博多小学校へ提出しなければならない幾つもの書類をあかねは感情に任せて手で払いのけてしまった。徹造が、よさんか、と怒鳴った。宮台響は目を瞑った。

「蓮司はわたしの子やけん、あんたにとやかく言われたくなかったい」

あかねは捨て台詞《ぜりふ》を吐いて奥へと消えた。徹造が散らばった書類をかき集め、わたしらがなんとかします、と響に伝えた。

「宮台さん、おたくさんの努力を無にせんよう、わたしと家内でなんとかやらせてもらいます。教頭先生にもすぐ連絡します。あかねはああ言うとりますが、妊娠中で気が立っとうだけです。引き続きお力ばお貸しください」

宮台響は、宜《よろ》しくお願いします、と蓮司の祖父に念を押して退去した。春吉の住宅地は長閑で穏やかであった。春吉小学校に隣接する春吉公園ではベビーカーを押す母親たちが集い談笑していた。あかねは出産後、また中洲に戻って夜の仕事を再開するに違いない。そうなると赤ん坊はあの二人が育てることになるのであろう。響は立ち止まり、遠くから若い主婦たちを眺めた。周辺にはマンションや団地が立ち並び、中洲とは異なるさわやかな風が流れている。中洲から一キロも離れていないのに春吉は別世界であった。そこには家族がいて、子供たちが生きる穏やかな日常があった。小学校のチャイムが響き渡った。幼い頃から聞きなれた音だったが、中洲にはない音風景であった。

蓮司が寝ていると正数が入って来て、蓮司の掛布団を取り払った。酒臭い。酔っぱらっているのがすぐにわかった。すると正数はどこからか黒光りする鉄の塊を取り出し、それを笑いながら蓮司のおでこに押し当てた。

「蓮司、これ、ほんもんたい。どげんか？」

ずしりと重い銃身が蓮司の額《ひたい》をぐいと押してくる。酔った父親の目は吊り上がり、口は開いて歯が剝き出しになり、まるで悪魔のようだ、と蓮司は思った。

「どうしたと？」

「金に困った知り合いから買ったったい」

「ほんもんなん？」

「当たり前ったい。これさえあれば怖いもんなか。どきゅーん」

正数は大きな声を張り上げた。本物かどうか蓮司にはわからなかった。正数はガンマンのようにそれを構え、撃つ真似をした。酔っているので足元が覚束《おぼつか》ない。銃口が蓮司の方を向くたび、蓮司は慌てて逃げ回った。

「でもお巡りさんに捕まるっちゃないと？」

「なしてや、お前が言いふらさんどけば、ばれることもなかろうもん」

正数は一度事務室に行き古い新聞紙を持って戻って来た。どっかと部屋の中央にしゃがみ込み、拳銃を新聞紙で何重にも包みだした。

「どこに隠したらよかや？」

正数が蓮司に訊いた。よく見ると、その手が震えている。その時はじめて、父親が本物の拳銃を持ってきたのだ、と蓮司は認識した。

「そうだ、ネズミの穴があるっちゃん」

「どこや」

蓮司が事務室に行き、角っこに開いた、直径十センチほどのひび割れを指さした。これネズミの巣か？　違うやろ、でも、ちょうどよかたい、と正数は拳銃を隠しながら言った。

「でも、その拳銃、いつ使うと？」

「敵をこれで撃ち殺すったい」

「敵って？」

「俺を馬鹿にするクソ野郎たちのこったい」

正数は蓮司を叩き、はよ、寝ろ、いつまで起きとっとか、と怒鳴りつけると、自分の部屋へと消えた。蓮司は壁の穴の中で眠る武器のことを想像した。敵をそれで撃ち殺すのだ、と思った。敵とはだれだろう。クソ野郎たち。真っ先に思い浮かべたのは自分の両親であった。

地鎮祭が終わると、六月の中旬頃から中洲の中心地に、飾り山笠を収納する山小屋と呼ばれる高さ十メートルほどのひょろっと背の高い掘っ立て小屋が建つ。博多祇園山笠が始まったのは仁治《にんじ》二年、西暦一二四一年に遡《さかのぼ》る。追い山笠はその四四六年後の一六八七年に始まった。

九州平定《へいてい》を終えた豊臣秀吉が一五八七年に博多の復興を構想し、太閤《たいこう》町割りと呼ばれる区画整理事業を起こし、町筋ごとに「流《ながれ》」と呼ばれる集合体が形成された。時の藩主、黒田長政が中ノ島だった中洲に博多と福岡を結ぶ中嶌《なかしま》橋を架けた慶長《けいちょう》五年、西暦一六〇〇年より中洲の歴史が始まった。時代を超え、戦後、行政上の意味は喪失したが、博多祇園山笠の期間、その振興のために現在では七つの流《ながれ》が山笠当番を務めることになっている。

中島町を除く中洲全域を占める中洲流《ながれ》は旧博多の外側に位置するが、山笠振興のため広く門戸が開放されたことを機に、昭和二十四年に山笠に初参画した。西日本最大の歓楽地を有する若く力強い中洲流の登場は山笠の発展振興に大きく貢献することとなる。

その日、蓮司は高橋カエルと御手洗康子に連れられて山小屋の建設を見学した。中洲で生まれ育った蓮司だが、これまで一度も山笠に参加したことがなかった。蓮司の父、正数はかつて一度だけ、ホストの先輩に誘われ山笠に参加したことがあった。しかし、そのあまりの労力と上下関係や礼儀の厳しさについていけず、山笠の時期になるとこそこそ隠れ、「俺はしょせん博多んもんやなかけんね」と祭りを避けるようになった。

御手洗康子は高橋カエルが町総代を務める中洲四丁目の女子部をとりまとめ、山笠の時期には炊き出しの手伝いなどをした。他の流《ながれ》では「ごりょんさん」と呼ばれる奥さんらが料理を担当するが、中洲はもともと料理人が多く、その上、住民が少ないので女子部も小さい。康子は母親のような立場で中洲流を支えた。康子の店に集まる若い男たちはほとんどが中洲流の舁《か》き手たちであった。カエルと康子は「息子、息子」と店に集う若い衆のことを呼び、可愛がった。

二人が一人の若い「息子」を蓮司に紹介した。中洲四丁目で小さな居酒屋を営む黒田平治《へいじ》はカエルに蓮司を託された。

「黒ちゃん、この子は正真正銘の中洲生まれ中洲育ちやけんね。中洲を自分の世界だと豪語する頼もしか少年ったい。珍しかろう？　いつかいい舁き手に成長するかもしれん。お前、面倒ばみてやれ」

「わかりましたっ」

　蓮司は浅黒い顔の黒田平治を見上げた。お、お、よろしくな、と平治は満面に笑みを浮かべながら軽い調子で蓮司の肩を叩いてきた。蓮司は小さく頭を下げた。

「しかし、中洲に住んどる人間なんか実際これっぽっちもおらんとに、ここで生まれたっちゃ、凄かね」

　平治が蓮司の顔を覗き込みながら、感心するように告げた。

「家、中洲のどこ?」

「一丁目です」

「一丁目?　ソープ街の?　あの辺にアパートとかあると?」

　蓮司が康子を振り返った。蓮司の代わりに康子が答えた。

「どこ住んどったってよかろうもん?　とにかくこの子は中洲生まれやけん」

「わかりましたっ」

　平治は調子よく返事を戻し、満面の笑みで蓮司を見下ろした。

「おいちゃんの店な、そこ、すぐ裏やけん。今から遊び来るか?　俺は一人もんやけん、遊んでやれるとよ」

「黒ちゃん、やっぱ、女がよりつかんとか?」

　カエルが笑いながらからかった。

「だめですっ。女、諦めましたっ。山笠《やま》のぼせ一筋で生きとりますけん」

一同が笑った。カエルが笑うのを止めて、腰をかがめ、蓮司の顔に唾をとばしながら告げた。

「なんかあったら、黒ちゃんを頼れ。俺が紹介したっちゃけん、生涯ここ中洲で困ることはなか。なんだっちゃしてくれるはずやけん」

蓮司は聳える山小屋を振り仰いだ。山笠が動き出す七月、中洲は激しい熱量に包まれる。締め込みに水法被を着た男たちが中洲を埋め尽くす。水飛沫が上がり、舁《か》き山《やま》が大勢の若い衆に担がれて、男らしい掛け声とともに中洲の路地を駆け巡る。その初日には先頭を走る少年たちがいた。蓮司は夏がくると羨望の眼差しで彼らを眺めた。自分がそこに参加できることはないだろうという諦めとともに。あの勇ましい男たちの先頭を走りたい、という希望とともに。そのことをあかねにも正数にも言えずにいた。その夢が実現するかもしれない、と思うと、蓮司の心は静かに震えた。

蓮司はちょくちょく平治の店にも顔を出すようになる。そこは十五坪ほどの小さな居酒屋であった。蓮司がガラス戸の向こうから中を覗くと、たとえ仕込みの最中であろうと、平治は笑顔で飛んできて蓮司を中に招き入れた。

「蓮司、なんか食ってくか？」

決まって平治は明るい声音で、食ってけ食ってけ、としつこく勧めた。蓮司もだいたい店が開く前の賄《まかな》いの時間を狙って顔を出した。若い従業員らと同じテーブルに座り、蓮司も一緒に箸を伸ばした。アルバイトの二人は一人が中国人、もう一人がネパール人であった。言葉は片言だったが彼らもまた素直で優しかった。蓮司は居心地が良かった。年長のおにいちゃんらと冗談を口にしながら家族同然、同じ皿の料理をつつきあえることが楽しくて仕方がなかった。

平治は食後、仕込みをバイトの二人に任せ、路地で蓮司とキャッチボールをした。元野球部でホークスファンの平治は店にいつもグローブとボールを置いている。蓮司が、キャッチボールやったことない、と告げると、平治は、俺が教えちゃる、と得意になり、蓮司を外へと連れ出した。ボールの握り方、投げ方、受け取り方を丁寧に教えた。蓮司は飛んできたボールをうまくキャッチすることができなかった。その都度、平治が走って来て、グローブの持ち方が違《ちご》うとる、と細かく指導した。背後から抱きかかえるような感じで、ボールの投げ方を教える。蓮司は平治が摑んだ自分の手を見下ろし奇妙な感覚に見舞われた。熊のようなごつごつとした平治の手だったが、ぬくもりがあり優しかった。一生懸命指導する平治の横顔を振り返りながら、なぜ、正数には殴られたことしかないんやろ、と思った。なんで、平治はボールをとりそこねても殴らんとやろ、と訝《いぶか》った。物心ついた頃から父親というものは殴るのが当たり前だと思っていた。癇癪《かんしゃく》を起こした母親に叩かれたこともあった。平治も源太も康子も殴らない。なぜだろう、と蓮司は首を傾げてしまう。

「やってみんね」

平治が笑いながら言った。蓮司は思いっきりボールを投げた。ところが力が入りすぎて、ボールは平治を飛び越え、思わぬ方向に飛んでいき、それは巡回中の宮台響の足元で止まった。蓮司は、怒られる、と思い、動けなくなった。ボールを拾った響が日野巡査部長と一緒に近づいてくる。すると平治が蓮司の前に立ちはだかり、

「すいません。ここでキャッチボールやったらいかんですね」

と言った。響が蓮司を覗き込んだ。

「蓮司、この人は？」

「あ、俺はここの主人です。その決して怪しかもんやなかです」

「知っとうよ、あんた山笠ん人やろ。ほら、去年、追い山ん後に一緒に飲んだろうが」

日野が告げると、あ、と平治が思い出し満面の笑みを拵えた。二人は懐かしがり、笑いあった。あん時はどうも。いやいや、こちらこそ。

「えっとー、四丁目の長老から面倒ば見るよう預かったとです。この子は中洲生まれの中洲育ちやけん、力になれって」

平治が日野に説明をする。響がじっと蓮司を見下ろす。蓮司は思わず視線を逸らしてしまった。宮台響は平治に訊ねた。

「長老ってどなたですか？　ちょっと知っときたいとです」

「老舗《しにせ》料亭『千秋《ちあき》』の高橋会長ですたい」

ああ、あん人か、それなら安心やね、と日野が笑顔で頷きながら同意した。

「山笠の振興に努力された名士やけん、頼まれたら、断れんし。何より、俺と蓮司は仲良し。キャッチボールやったことないっていうけん、教えとったとです」

「しかし、ここでやったらいかん。公園でやらんね」

日野が穏やかに忠告した。平治は頭を下げて、すいません、以後気を付けます、と謝った。宮台響は笑う黒田平治の横顔を見つめた。安心できる男だな、と思った。

二〇〇七年七月、
あかねが出産に備え春吉の実家に戻っているため、蓮司は父正数と二人で暮らしていた。しかし、正数はあかねがいないことを幸いと、家によりつかなくなる。結局、蓮司は毎日ほぼ一人であった。正数に殴られることもなくなったので気楽だったが、すべてを一人でやらなければならない。お金はなかったが、食べることに関しては御手洗康子、黒田平治、春吉橋周辺の屋台などを回ればなんとか凌ぐことができた。唯一の問題は水が出ないこと。ラブホテルのシャワーを利用していたが、両親が一緒じゃないなら子供には貸せない、と支配人に出入りを禁じられてしまう。伏見源太に相談すると、自宅マンションの風呂を使えばいい、と鍵を貸してくれた。快適な空調装置がついた広々とした室内に蓮司は仰天した。西側の壁は天井まで届く本棚になっていたが、書籍はそこに収まりきらず、床にも散乱していた。狭い寝室が一つあったが、使われていないのでベッドにはシーツさえかかっておらず、マットの上には衣類が脱ぎ捨てられたままだった。キッチンは使われた形跡がなく、ガス台の上にはキャンプなどで使う炭とかガスボンベが並んでいた。リビングルームの中央にはダイニングテーブルがどんと置かれ、そこも書籍で溢れていた。窓際には寝袋、テント、登山靴やスコップなどのアウトドア用品が放置されていた。そもそもここで誰かが長期間生活をしたという痕跡は見当たらなかった。かび臭いにおいがしたので、蓮司は窓を開けて空気を入れ替えることにした。

北西側に大きな窓があり、そこから中島公園が一望できた。水処理施設と公園の間の僅かな叢《くさむら》の緑地帯に源太のテントが見えた。源太は上半身裸、ビーチチェアで肌を焼いている。いったいあの人はこんなに素敵な部屋を持っているというのに何を好んで公園で暮らしているのだろう、と蓮司は不思議でならなかった。自分だったらここから一歩も出たくない、ずっと死ぬまでここにいたい、と考え、思わず笑いだしてしまった。

蓮司は視線を上げ、中洲の向こう側に広がる湾岸地区を見つめた。博多ポートタワーと博多港が見えた。その遥か彼方、広がる海の先で、七月の光りが水平線を眩く縁取っていた。蓮司の知る限り、ここは中洲で一番見晴らしのいい展望室であった。蓮司はシャワーを浴びるだけではなく、源太の許可を得て、時々、この部屋にやって来ては昼寝をするようになる。


蓮司が家に戻ると、かつて事務室として使われていた部屋の暗がりに見知らぬ男がいた。がっしりとした体軀の男で、事務室中央の机に座り、鈍い眼光で蓮司を睨みつけてきた。蓮司が黙っていると、男はゆっくり立ち上がり、

「あかねの子か」

と言った。蓮司は小さく頷いた。男は蓮司を睨みつけた。蓮司は怖くなり、後ずさりした。

「あかねはどこか？」

「知りません」

「正数は？」

「いません」

「いつ帰ってくるとか？」

「わからない。でも、たまに戻ってきます。荷物を取りに来たり、寝に」

男は腰を屈めて蓮司の顔を覗き込んできた。思いもよらず長い時間、男は蓮司の顔をじろじろと見ていた。その間、蓮司は瞬きもできず、目をきょろきょろと動かすのが精いっぱい、男が視線を逸らすまで棒立ちで我慢した。

「ここで暮らしとうって聞いたけん来た。それは間違いないとか？」

蓮司は何度も頷いてみせた。男の目は鉛色《なまりいろ》をしている。光りを吐き出すのではなく、その暗黒へと光りが吸い込まれていく。血のぬくもりを一切感じない、怖い目であった。灯りの消えた室内に男の吐き出す呼気だけが響き渡る。恐ろしく長い時間に感じられた。できることならすぐさま逃げ出したかった。けれども、身動きがとれない。張り詰めた緊張が室内を支配している。ただごとではない暴威を覚えた。

「自分の部屋に入ってよかですか？」

「怖かか？」

「はい」

蓮司が正直に告げると男は、ああ、と許可を出した。蓮司が男の横を通り過ぎようとした時、男が不意に蓮司の胸倉を摑んで物凄い力で引っ張った。蓮司は息を止め、男の目から逃げた。男の息が顔にかかる。生臭い、魚が腐乱したようなにおいであった。再び長い時間、睨みつけられた。その間、蓮司は必死で息を止め我慢した。蓮司の顔を確認するような、舐めるような視線を浴びせ続けた後、男はようやく蓮司を解放した。蓮司は怖くなり、自分の部屋に飛び込み鍵をかけてしまう。灯りを消したまま、マットの上で蹲った。窓が開いていて、ビルの上に、雲に隠された月が見えた。

月の形までは見えないが、雲の向こう側に動かず潜んでいることだけはわかった。

　翌朝、尿意を我慢できなくなり、蓮司はそっとドアを開け、昨夜男が居座った事務室を覗いた。非常階段へと通じるドアは開け放たれたままで、隣のビルの屋上が見えた。恐る恐る部屋を出たが、男はいなかった。机の上にタバコの吸い殻が残っていた。タバコを揉み消した形跡もあった。ずいぶん遅くまで粘ったに違いない。机の上が真っ黒になるほどの吸い殻である。蓮司は部屋を抜け出し、非常階段を一目散に駆け下りた。そして、安全な場所へと向かった。

　あいにくの天気で空はどんより曇っている。台風が近づいていた。黒い雲が中洲の上空を塞いでいる。なのに通りはどこもかしこも多くの人で溢れかえっていた。山笠がいよいよ動き出す日であった。蓮司は昨夜の恐怖を反芻しながら、中洲警部交番へと走った。ガラス戸越しに中を覗くと奥の席で宮台響が書類の整理をしている。昨夜の男のことを伝えるつもりで交番に立ち寄ったが、果たして、伝えたところでどうなるというのか。誰かが二十四時間護衛をしてくれるというのか。ありえん、と蓮司は思った。別の警官が蓮司に気が付き、響に合図を送った。響が顔を持ち上げ蓮司を認めると作業を中断し、満面の笑みを拵えながらやって来た。

「黒田さんが蓮司を山笠《やま》に乗せるって、朝から張り切っとったぞ」

響は通りに立ち、山小屋が聳える通りの先を見つめた。

「俺も今日はこれで上がりやけん、ちょっと家で仮眠したら、蓮司の勇姿ば見に行くけんな」

蓮司が何か言いたげな顔で響をじっと見ているので響は気になり、なんな？　と訊いた。蓮司は昨夜のことを一つ一つ思いだしていた。胸倉を摑まれ引き寄せられた時の恐怖、慌てて部屋に逃げ込み鍵をかけた時の興奮、いつまでも激しく続いた心臓の動悸、そしてあの男の生臭いにおい。蓮司が言葉を探していると、響が通りの先を指さし、

「黒田さんなら詰所におるはずやけん。行ってこんね」

と告げた。出かかった言葉を蓮司は飲み込んでしまった。とりあえず今日は山笠が先決である。

「今日、ぼく、山笠《やま》に乗るとよ」

蓮司はそう言い残すと、夏の匂い流れる、中洲中央通りを走りはじめていた。

詰所には水法被を着て締め込みを締めた若い衆が大勢集まっていた。白い水法被には「中洲」と墨書《ぼくしょ》されている。白い締め込みには藁縄《わらなわ》が挟んである。全員、黒いブーツのような地下足袋を履いていた。筋肉が引き締まった勇ましい脚が締め込みの下から伸び、大地を力強く踏みしめている。若い衆が先輩を囲み、耳を傾けている。時折、はい、と勇壮な声が上がった。

その大人たちの中に同じ恰好をした子供らの姿があった。蓮司よりも少し年長、十歳前後の少年たち。大人たちの真似をして締め込みに水法被を着ているが無邪気であどけない。中洲流《ながれ》と墨書された大きな招き板を抱えたその中でも一番背の高い少年が父親と思《おぼ》しき男と記念撮影をしていた。父親が息子の肩を抱き寄せる。二人の笑顔がまぶしく、蓮司は視線を背け、詰所の手前で動けなくなってしまった。自分には最初からないものがそこには溢れて輝いている。父と子というものはこのような信頼関係で成り立っているのが普通なのだろうか、と蓮司は地面を見つめながら考えた。いつも正数の目をこそこそ逃れて生きる自分、意味もなく殴りつけられる毎日、人間性を否定される自分の人生とは全く異なる美しいものが、この目の前の父子から燦々と輝き光っていた。嘆息を漏らした次の瞬間、誰かに背中を押されたので振り返ると黒田平治であった。

「ちょうどよかった。ほれ」

平治が差し出したのは子供用の法被と締め込みであった。

「あっちで着替えんね。そこらへんの若い奴に締めるの手伝わせるけん」

平治は笑った。蓮司も気をとり直し、はい、と返事をした。


目の前に舁《か》き山《やま》が聳えていた。山台の上に勇壮な武将の人形が飾り付けられてあった。山笠の人形は伝統を受け継いだ博多人形師たちによって制作される。重くならないように紙や竹などで作られた人形は、しかし、そういった柔らかい素材からできているとは思えないほどに勇壮で、逞しく、凛々しく、躍動感に満ち、何より力強かった。


若い衆は練習に余念がない。まだ経験の浅い新人舁き手たちに経験のある者が細かく指導を付けていく。指導する立場の者は赤い手拭《てのごい》を頭に巻いている。平治は数人の若い衆を前に、舁き縄と呼ばれる藁縄を舁き棒に回して摑み、実際に舁く真似をして見せながら、舁き縄の正しい使い方を指導した。

「こげな風に舁き縄ば舁き棒に回してから、ぎゅっと力を込めて握るったい。生半可《なまはんか》な握り方しとったら大けがばするけんね。よかな?」

はい、と若い衆が威勢よく返事をした。いつもの平治と違って顔が引き締まっている。山笠にかける平治の真剣さが伝わってきて、蓮司の口元に力が籠った。

「よかか、隣の奴に足がひっかかっていくけん、倒れて、もしもこの一トンもの山笠《やま》に巻き込まれ轢《ひ》かれたらけがどころやなか。でも、こん縄にしがみつけば倒れんで済む。つまり、舁《か》き縄は同時に命綱でもあるっちゅうこったい」

はい、と再び若い衆の声が飛んだ。

指導を終えた平治がやって来て、蓮司の肩を押した。

「子供らに紹介しちゃあけん。行こか」

「よかです」

「なしてや？　子供同士仲良くしたらよかろうもん」

「小学校行っとらんし、話が合わんと思う」

平治が蓮司を見下ろした。

「平治さん、あの子たちは中洲に住んどうとですか？」

「いいや、中洲に住んどる者はおらん。あの子たちはだいたい中洲で働く人たちのお子さんたちたい。みんな市内あっちこっちから集まって来とうと。やけん、気にせんでよか。すぐ仲良くなるやろもん」

「でも、漫画もほとんど読んだことないし、ゲームも持っとらん。何が流行《はや》っとうかもしらん。紹介されても、話できんし、恥かくだけです」

「なんがか。試す前から逃げて、どげんすっとか」

平治が珍しく怒った。蓮司は平治から視線を逸らしてしまう。平治はじっと蓮司の尖った横顔を見つめる。そして、蓮司の腕を摑んで強引に引っ張った。蓮司は俯きながら仕方なく従う。逃げ出したかったが、逃げると山笠に乗れなくなる。平治が、よっ、この子とも仲良くしちゃらんね、と子供たちの前で告げた。少年たちは素直に、こんにちは、と挨拶してきた。蓮司は小さく頭を下げる。子供たちが無邪気に蓮司をとり囲むと、蓮司は熱帯魚の目になった。年長の子たちは年下の子を導こうと優しく微笑みかけるが、蓮司は逆にさげすまれているように感じて仕方がない。

「どこに住んどうと？」

「学校はどこ？」

「何年生なん？」

子供たちが質問を投げつけてくるが、蓮司は答えることができなかった。ただじっと年上の子たちを無表情な眼差しで睨めつけた。

「緊張しとうと？　大丈夫、おれらが一緒やけん」

「先走りっていって、ぼくらがこの招き板担いで山笠の先頭ば走るったい」

「終わったら、おもちゃやらお菓子やら花火なんかが入った袋もらえるとよ」

年長の子たちは笑っていたが、いつまでも蓮司が返事をしないのでそのうち全員が黙ってしまった。気まずい沈黙が流れる。見守っていた平治が痺れを切らし、近づいてきて、蓮司の肩を抱き寄せた。

「よかよか。みんなありがとな」

そして、子供たちから蓮司を引き離すと、山笠の方へと連れ戻した。少年たちは暫く蓮司を見つめていたが、そのうち、笑顔を取り戻し、祭りのことへ話題が戻り、再び彼らだけの無垢《むく》な世界へと戻って行った。


山小屋目がけて若い衆らが次々集まって来た。白い締め込みに白い水法被を着た舁《か》き手たちが山笠を幾重にも取り囲み、統一感のある、伝統的で力強い壮観な眺めをそこに織り成している。赤い手拭《てのごい》を頭に巻いた熟練者たちが最終の確認を行った。棒締め縄の締まり具合、舁き棒の高さ、各所弛《ゆる》みや問題などないか、細かい点検が続いた。ベテランである平治は引っ張りだこであった。次から次に若い舁き手がやって来て、あれはどうしますか、こっちはどうします、と平治の指示を仰いだ。蓮司は平治の邪魔をしないようにひとたび角のコンビニの前へ退避しなければならなかった。

「ここにおったとか」

まもなく見覚えのある顔が目の前に立ちはだかった。みんなと同じ締め込みと水法被を着た高橋カエルであった。恰幅《かっぷく》がよく、背も高く、他の若い衆とは違う風格と貫緑が滲《にじ》み出ている。おでこには赤、白、紺三色の手拭を巻いている。他の者らの色とは違うので一番偉い人のための手拭だろうと蓮司は察した。

「もうすぐ始まるばい。心の準備できとっか？」

蓮司は奥歯を噛みしめ頷いた。

「今日はお前が山笠《やま》に上がるっちゅうけん、久しぶりに俺が台上がりば務めることにしたったい。これば見てみ」

そう言って、カエルは肩にぶら下げた紅白のねじりのたすきを示した。陣頭指揮ばとるもんだけが付けるたすきたい、と自慢げに告げた。それから手に持つ昇き縄を蓮司の鼻先に突き付けてきた。

「これを右に振れば、山笠《やま》も右に曲がるったい。左に振れば左。台上がりっちゃ、山笠《やま》の指揮者みたいなもんたい」

平治が走ってきて、そろそろ、と言うなり蓮司の手を引っ張った。そのまま背後に回り込み、中腰になると蓮司の腰のあたりを摑み、ひょいと持ち上げた。

「ほら、ごめんよ」

あれよあれよと若い衆たちの頭上を越えて、蓮司の小さな身体は山笠の上へと運ばれた。空がぐんと近づき、雲やビルが回転し、気が付くと山笠の人形の足元へすぽんと放り込まれてしまう。蓮司の心臓は激しく鼓動を打ち鳴らした。若い衆が山笠を取り囲み、周辺は熱気に包み込まれる。その中心に自分がいるのだ、と蓮司は思った。いつもは沿道から遠巻きに眺めているだけだった、あの憧れの山笠の中に今座っている。背後に勇壮な人形が聳え、周囲を舁《か》き手が取り囲んでいる。夢が不意に実現し呼吸もできないほどの興奮状態に陥った。前の席に三人の男が上って来て座った。その真ん中がカエルであった。カエルは蓮司を振り返り、変わらぬ満面の笑みで、

「どげんね？　最高な気分やろが」

と声を張り上げた。「中洲」と流麗な意匠が施された白の水法被と締め込みを纏った男たちが隙間がないほどびっしりと山笠の周囲に集まってきた。山小屋の袂に康子がいて、蓮司に手を振った。すると次の瞬間、突然平治が群衆の中心に飛び出して、

「手一本！」

と大きな声を張り上げた。すると男たちが足を軽く開き、慣れた感じで、手をほんの少し前に差し出した。全員が平治の命令で同じ動作をした。一人一人の顔を蓮司は見回した。不思議なほど皆が同じ顔をしている。人格や個性が消え、欲が消え、まるで神に仕える、神のための生き物と化していた。そこに集まったすべての舁き手たちは、大きく目が開き、眉間に力が籠り、顎先が凛々しく突き出している。神が粘土で拵えた土偶《どぐう》のようだった。男たちの周囲に何か得体のしれない霊気が漂う。いつも中洲の夜を支配しているどんよりと停滞する空気や気配は一切ない。清澄で神秘的な気

配が、何かが始まる前触れと高揚感を伴って広がった。男たちの間から溢れるような熱気が迸った。ばらばらではなく全体で一つの精神の塊のような集合体になった。張り詰めた緊張感が蓮司の心を金縛りにする。

次の瞬間、その静寂を打ち破るように、平治が腹の底から、

「よーお」

と声を振り絞った。すると路面を埋める数百人もの法被姿の男たちが、シャンシャン、と二拍、同じタイミングで強く手を打った。

「まひとつ！」

と平治が続けるとさらに、シャンシャン、と二拍、最後に、

「よおーとさんど」

と締め、手拍子がシャンシャ、シャン、と打ち締められた。その次の瞬間、男たちは全身に気合を込めて、

「いやぁー」

とうねるような叫び声を振り絞り、その気合に押し上げられる感じで山笠が一気に浮上したかと思うと今度はそれまでの静寂を破るような物凄い速度で走り出した。山笠《やま》が動いた。通りを埋める中洲流《ながれ》の舁き手らから、まるで何千もの打ち上げ花火が大空で爆発したような激しい叫び声が沸き上がり、それは中洲全体の地響きのような膨

大なエネルギーを伴って、蓮司の尾骶骨《びていこつ》や胃袋や脳髄を押し上げてきた。

ついに舁《か》き山《やま》は中洲中央通りを走りはじめた。蓮司は目を丸くし、必死に山台にしがみ付きながら、正面をぎゅっと見据えた。

舁き山の前を夥《おびただ》しい数の男たちが走っていく。そのさらに先をあの少年たちが招き板を担いで走っている。沿道には大勢の市民や観光客が繰り出していた。いつもと同じ通りなのに、地面を歩いている時とはまるで見えるものが異なっている。視界の左右を慣れ親しんだ街並みがすっすっと流れては消えた。舁き山の後ろには後押しをする大勢の法被男たちがいた。彼らは六本の舁き棒から数珠《じゅず》繋ぎになった。全員が低く前屈みになり、前にいる者の腰を押して走った。六尾のその後ろにはこの流れに入りきれないさらに多くの若い衆と群衆が従っていた。蓮司は慌てて周囲を見回した。前列後列に分かれて男たちが舁き棒を舁いて走っている。左右にも一人ずつ舁き手がいる。彼らは力を振り絞るあまりこの世のものとは思えないすさまじい形相《ぎょうそう》と化し、全精力を出し切ってこの重たい山笠を舁いていた。筋肉と縄と棒と過ぎ去る地面が混ざり合って蓮司の視線の先に混沌《こんとん》を生んだ。口を開いて、目をひん剝いて、天を拝みながら、舁き手たちは激しい修行に挑む修行僧のような面持ちで山笠を舁き、腹底から呪文を唱えるのだった。

「オイサッ、オイサッ！」

「オイサッ、オイサッ！」

「オイサッ、オイサッ！」

舁き山の上には前に三人、後ろに三人の男たちが座り、舁き縄を同じ動きで振り回しながら、掛け声を張り上げた。この掛け声に合わせるように舁き手の動きが次第に整っていく。前席の年配の三人の動きが加速していく。沿道に回り込んだ若い衆が布バケツを振り回し、大量の勢《きお》い水《みず》を舁き手目掛けて撒いていく。右からも左からも次から次に水の飛沫が降り注いだ。熱気と飛沫と荒れ狂う男たちの叫び声と上下に激しく揺れる地響きの熱量の中に蓮司はいた。

「オイサッ、オイサッ！」

「オイサッ、オイサッ！」

「オイサッ、オイサッ！」

気が付くと、蓮司も一緒になって叫んでいた。カエルたち前方の三人は地面に溜まった舁き手たちの、もしくはこの中洲全体の熱量を掬《すく》い上げ、舁き山が向かう道の先へ向けて波動を飛ばしていた。見送りの三人は舁き山を押す数十人の後押したちのエネルギーを回収しつつ、中洲全体からも気を集め、それを前方へと流していた。蓮司には物凄い勢いで動くこの山笠が中洲のあらゆるエネルギーを吸い込んでは吐き出し前に進む生き生きとした龍に思えてならなかった。この龍を動かしている人間たちはもはや人間ではなく、その肉体の一部であり、もはや中洲と一体化していた。

カエルはいつものカエルではなかった。彼の掛け声は天へと抜け、この得体のしれない怪物を動かすまさに騎手。老いたカエルが自分の力を超えた力に支配され、まるで別の生き物のように天に操られて踊り、この山笠《やま》を動かしていた。彼の背中全体から放出される白い湯気は汗や熱気ではなくこの山笠《やま》の魂そのものであった。蓮司はもう一度振り返った。そしてもう一度振り返った。中洲は生きている、と思った。この世界は何か人智の及ばぬすさまじい霊力によって支配され、動かされているのだとわかった。

「オイサッ、オイサッ！」

「オイサッ、オイサッ！」

「オイサッ、オイサッ！」

「オイサッ、オイサッ！」

「オイサッ、オイサッ！」

蓮司は武将の人形の懐《ふところ》の前で立ち上がった。そして天に向けて手を伸ばした。雨雲が支配する博多の空の中心目掛けて、避雷針のような恰好となった。指先に天空から様々な霊力が集まってきた。落ちてくる霊力を蓮司は全身で取り込んでいった。山笠

が浮いた。沿道で見ていた者たちが騒ぎ出した。誰かが、

「浮いたー。山笠《やま》が浮いとっぞ！」

と叫び声を張り上げた。でも、舁《か》き手たちは誰も気に留めない。舁き手たちの精神は一つになり、肉体は車輪となり、全ての筋肉が動力となって、物凄い速度で路地を走り抜けていくのだった。彼らの耳には自分たちの掛け声しか届いていなかった。

「オイサッ、オイサッ！」

「オイサッ、オイサッ！」

「オイサッ、オイサッ！」

「オイサッ、オイサッ！」

「オイサッ、オイサッ！」

流舁《ながれが》きの後、各町内の詰所にて直会《なおらい》と呼ばれる町内の結束を強めるための親睦会が催された。詰所のテーブルの上にはさすがに料理人の街だけあって、煮物、刺身、揚げ物、寿司までが並んだ。ビールを手に舁き手たちが乾杯をする。若手たちはベテランや長老が飲んだ器に酒を注いで回らなければならない。日本古来の行儀や作法、人間関係を学ぶ場でもある。西日本最大の歓楽街だが、ここが無法に染まらないのは、

山笠を通しての人間の縦と横の礼儀が上から下へきちんと受け継がれているからであった。直会《なおらい》には中洲の情を結束する意味も込められていた。

蓮司は離れた場所に立っていた。彼が握りしめている袋の中にはおもちゃやお菓子がたくさん入っていた。蓮司はあまりに嬉しくて中を見ることができずにいた。山笠に乗ることのできた興奮も手伝ってパニックに陥っていた。

「にゃあちゃん、大丈夫?」

康子が近づいてきて、蓮司の肩に手を置いた。蓮司は一度唾を飲み込んでから、うん、と頷いた。遠くで平治が若い衆に囲まれ乾杯を繰り返していた。長老のカエルも年配の役員たちに囲まれて初日の成功を楽しそうに祝っている。山笠はここから最後の追い山まで連日ハードな日程となる。すでに翌朝六時には再び山笠を舁《か》いて夜明けの中洲を走り回る朝山《あさやま》が控えている。軽く寝たらすぐに「オイサッ」と掛け声を張り上げなければならない。

「明日の朝も見に来るとね?」

「うん。見たかぁ」

康子が訊いた。

蓮司は素直に返事をした。

「じゃあ、何か美味しかもんば食べてすぐ寝んといけんね。ここは男衆の場所やけん、そのへんで二人でごはんにしようかね」

蓮司は康子と近くの洋食屋へ移動した。蓮司はカツカレーをねだった。まぁ、おいしそうなもんをよう知っとうね、と康子が笑った。


家に戻ると灯りがついており、珍しく正数がいた。蓮司を見つけるなり酔った父親は、どこばほっつき歩いとったとか、こらっ、と机を叩き、蓮司にむけて空っぽのペットボトルを投げつけてきた。

「水がなかろうが！　水！」

奥の寝室から見知らぬ女が出てきて、慌てて羽織ったと思われるシャツの前ボタンを掛けながら、まーちゃん、わたし帰るけん、と告げた。はだけた胸元から一瞬乳房が顔を出した。蓮司は視線を逸らす。

「気にせんでよか。こいつは向こうの部屋で寝るけん」

「そうは言っても。気になるけん」

「気にせんでよかって言いよろうが！」

正数が机を蹴とばした。椅子が倒れた。蓮司は落ちていたペットボトルを拾う。正数は立ち上がったがよろけてすぐに椅子に座りこんだ。

「役立たずやし」

女がそう呟くと、正数は机の上においてあった灰皿を摑み、壁に投げつけた。そのまま、よたよたと蓮司に近づいてきて、髪の毛を鷲摑みにすると、引きずり回した。

「やめんね！」

女が叫んだ。しかし、正数の手は止まらない。たまりかねた女が二人の間に割って入るが、正数は女の頰にびんたした。怯んだ女の顔にさらにげんこつを放った。女が倒れ、鼻から血を流した。蓮司が正数に飛び掛かったが、力任せに振り払われ、床の上に投げ飛ばされた。それでも蓮司は立ち上がり父親に立ち向かった。正数はもう一度蓮司を力の限り突き飛ばした。蓮司は戸口の方へと転がり、壁で背中を打ってしまう。

「やめんねって。子供やろうが！」

女は大きな声で喚き散らす。怒りの収まらない正数は手前にある机を倒した。激しい音が響き渡る。女が悲鳴をあげ、戸口へと逃げる。正数が転がった椅子を持ち上げ蓮司目掛けて振り下ろそうとした丁度その時、開いた戸口の暗がりからあの男が現れた。蓮司は振り返り、浅黒い顔の男を見上げる。

「なんじゃ、きさま」

正数が酔眼《すいがん》で男を睨めつけた。男はつかつかと正数の方へと近づくや、椅子を奪い取り、ふらっと倒れかけた正数の顎に握りしめた拳《こぶし》をめりこませた。鈍い音がして、正数が後ろ側へと倒れ込む。一瞬で口が割れ、激しい出血で正数の顔が赤く染まった。飛び散る血が床を染め、女が、ヒッと、声を張り上げた。

「あかねはどこにおるとや？　お前、俺の顔忘れたわけやなかろうもん」

正数の酔眼が開き、一瞬にして凍り付くと、恐怖に支配された。

「あかねじゃ、このボケ！」

逃げ出そうとする正数を浅黒い男は背後から蹴とばした。バランスを失い転がった正数が床を這った。正数が壁の方へ手を伸ばす。隠した拳銃を探しているのだった。穴は正数のすぐ前にあったが、男の尖った靴先が正数の行く手を阻止した。男は狙いを定めて正数の顔を容赦なく蹴り上げた。鈍い音と同時に正数の悲鳴が響き渡る。どす黒い血が流れ出る。それでも男は手加減せず蹴り続けた。死んでしまう、と蓮司は思った。女は何も言わず逃げ出した。階段を駆け下りるハイヒールの音が夜の中洲に響き渡った。

第二章

二〇一六年八月、

若い男たちが入り乱れて素手で殴り合っている。外国人グループ同士の抗争であった。興奮した男たちの耳慣れないアクセントの怒号が一帯に響き渡った。道が塞がれ立往生する車がクラクションを鳴らし続けている。

「こら、なんばしよっとか？　お前ら、やめんか！」

ラグビー部だった池谷巡査部長が警杖を振り上げ突進し、響たちがそれに続いた。若い男たちは三々五々ばらばらに逃走しはじめた。

ふと周辺を見回した次の瞬間、宮台響は見物人たちの中に見覚えのある若い青年を発見する。夜の仕事に従事しているのだろうか、茶色に染められた頭髪、その前髪は片方の目を隠している。肌は青白く、病的に痩せこけ、身体に張り付くような黒い細身のジャケットを羽織っていた。宮台響は喧騒の中で立ち竦んだ。そして、混濁する記憶の曇天にまもなく閃光のごとき一筋の光りが降り注いだ。

「蓮司か」

長らく封印していた中洲でのありとあらゆる出来事の記憶が響の脳内でフラッシュバックし、物凄い速度で明滅を繰り返した。たまらず響は瞬きを繰り返してしまう。目の焦点が合わず痛みも手伝い、響は後ずさりしながらかぶりを振った。すると今度は記憶の沼地から一つのイメージが立ち上がり屹立《きつりつ》した。

「宮台、どうした？」

池谷の声が響を現実へと連れ戻す。

「いや、」

言いかけた次の瞬間、目の前の青年が口元を緩めた。片方の口角だけを持ち上げ、人をどこか小馬鹿にするような笑み。鈍い痛みを伴いながら、宮台響の記憶が過去の一時期と接続された。

二〇一六年九月、
宮台響は保育士の恋人菜月《なつき》と中洲川端《かわばた》にある行きつけのカフェで向かい合っていた。菜月は中洲の無認可の保育施設で働いている。二人は認めがたいお見合いで知り合った。双方の親が勝手に仕組んで、ある日、何の前触れもなく、二人は引き合わされた。

知らない人との食事会に気乗りしないまま付き合った菜月も、当番明けに無理やり連れ出された響も、それがお見合いだと伝えられた時には心底驚き、怒りに震えた。企んだそれぞれの親に向かって二人は抗議したが、けれども、そのことが縁で二人は親の思惑とは別に結局交際を始めることになった。

「本当にその子やったと？」

「ああ。間違いなか。あれは成長した蓮司やった」

二人の会話の中には付き合いはじめた頃よりたびたび蓮司が登場していた。菜月は仕事柄、中洲で働く水商売の母親たちやその子供たちのことをよく知っていた。菜月も響が話す幼い蓮司のことが気になって仕方なかった。

二〇〇七年に起きた暴力事件のせいで正数は脳挫傷となり、意識が戻ってからも重い障害が残り、通常生活をおくることが難しくなった。現在は出身地北九州の実家で療養生活の身である。逮捕されたあかねの夫は刑務所に送られた。その後、あかねとともに蓮司の行方もわからなくなっていた。

機動隊に入る前に響は一度だけあかねの春吉の実家を訪ねた。あかねはいなかったが、娘のトマはあかねの父母が育てていた。あかねの親の養女として迎え入れられたためにトマには戸籍があった。一番心配だった蓮司の行方に関しては、両親は首を横にふった。あかねが一緒に連れて行ったのだというが、行き先もわからず連絡もない、と老夫婦は首を横に振り続けた。あかねは夫が刑務所に入ったにもかかわらず、報復を恐れて実家を出た。正数が障害者となったこともショックで、あかねは中洲に近寄ることもそこで働くこともできなくなった、と老いた両親は語った。東区千早《ちはや》にある第一機動隊に異動した響は、方角が中洲とは反対ということもあり、その後、中洲を訪れる回数も減った。根岸吉次郎も事件の翌年に退職、恩師川本晃も同じ頃、太宰府《だざいふ》の市立小学校校長となった。宮台響は新しい仕事に忙殺され、蓮司の行方を追いかけることができなくなった。あの事件のせいですべてが変わった。

「じゃあ、蓮司君は中洲に戻って来たとね？」

菜月が言った。響は、まだ赴任したばかりやけん、わからんったい、と告げた。

「あれから九年もの歳月が流れたったい。当時、蓮司のことを知っとった人たちも入れ替わっとるけん」

響は窓の外、明治通りを眺めた。この九年で中洲は変わった。橋の向こう側にドン・キホーテが見えた。幼い蓮司が走り回っていた頃、外国人に人気のその大型安売店はまだ中洲で営業してはいなかった。

「でも、たぶん、あれは蓮司やったと思う。あいつ、中洲におるような気がするったい」

「うん、そうね。話聞いとうだけやけど、おる気がする」

「でも、いったいどこに？　こげん狭か島なのに」

菜月も響の視線を追いかけた。夏が去ると籠っていた熱気も消えて途端に秋めいた。風の強い日であった。ハイヒールの踵《かかと》を鳴らしながら、若いおしゃれな女性がバス停へと走る。秋の訪れを告げるどこか憂いのある切ない光りが、いつもの中洲をいつもとは少し違う、哀愁漂う色合いに染めあげている。二人の視界の先に歴史ある歓楽街がどこか寂しげに浮かび上がった。

響は当番日の巡回途中などに、蓮司と親しくしていた者たちを探すようになる。清流公園周辺のソープ街で客引きをしていた井島敦は見つからなかった。井島と最後に会ったのは、あの男が客引き同士の喧嘩で半死状態となり、救急病院へ搬送された時のこと。蓮司が交番に駆け込み救いを求めた。もう少し通報が遅ければ井島は死んでいた。あの男を探し出すことができれば蓮司の所在がわかるかもしれない。響はソープ街の新しい客引きたちを一人一人呼び止め、井島のことを訊ね歩いた。若い客引きたちは、そげん奴、知らんです、とかぶりを振るばかりであった。

蓮司の家族が一時期過ごしていたラブホテルはすでに取り壊され、シティホテルに生まれ変わっていた。四丁目にあった黒田平治の居酒屋はチェーン店のラーメン屋になっていた。店を覗き、従業員らに黒田のことを訊ねたがここでもその行方を辿ることはできなかった。街の印象は変わらなかったが、九年の不在の間に中洲の内部は変化を遂げていた。

警察官になったばかりの岡田巡査が、

「いったいいつも誰ば探しよっとですか？」

と訊いてきた。響は口を結び、目を細めた。

宮台響は春吉橋周辺の屋台を見て回った。時が流れても屋台周辺には大勢の観光客が集まり、至るところにかつてと変わらぬ行列ができ賑わっている。帽子を足元に置いてダンスを踊る幼い蓮司の幻影が頭の片隅を過った。見覚えのある店主を見つけたので声をかけ、蓮司のことを訊ねてみた。ああ、あの子ね、と店主は開店の準備に追われながら、響を一瞥《いちべつ》し言った。

「覚えとうばってん、見とらんったい。もうずいぶんと時が経っとうけん。あの子も大きくなったんと違いますか？」

那珂川にかかる橋の上から川面を見下ろす蓮司のことを思い出した。橋は当時のままだったし、背景に大きな変化は見られない。でも、そこに蓮司の姿はなかった。あの熱帯魚の目をした少年はもう存在していない。

昭和通りの分離帯の上にも蓮司はいなかった。国体道路にも、であい橋通りにも、清流公園にも。中洲中央通りは相変わらず、祭りかと思うほどの賑わいで、学生や会社員たちが大声を張り上げバカ騒ぎを繰り返している。けれども、人々の狂乱の狭間《はざま》を縫うように疾走していた真夜中の子供は見当たらない。響は交差点の中央に立ち尽くし、力なく周囲を見回した。幼い少年は消えてしまった。そのせいでか、今もこんなに大勢の人間で溢れかえっているというのに、中洲が無人に思えてならなかった。これほど大きな歓楽街だというのに、響には一切の音が聞こえてこなかった。まるで真空のごとき静寂が人々の間を埋め尽くし、人々は微速度撮影された映像のようにぎくしゃくと時間の狭間を動いている。響は目を閉じ、耳を澄ました。幼い蓮司の息遣いが耳元を擽ってきた。

「中洲の人たち、お巡りさんが言うような悪か人ばかりじゃなか」

あの日の蓮司の甲高い声がどこからか聞こえてきて、響は驚き、思わず背後の路地を振り返ってしまった。しかし、つむじ風によって舞うゴミや枯れ葉のみが元気で、そこに蓮司の姿はなかった。

水の流れが悪い。でも、それは今日に始まったことじゃない。蓮司は柄《え》付きのトイレ用ブラシで便器を擦り、こびりついた汚れを落としている。不意にドアが開いたので振り返ると先輩ホストの疋田《ひきた》マサトがにやにやしながらこちらを見ていた。人気のあるホストはナンバーと呼ばれ、掃除などの雑務が免除され、出勤時間なども優遇される。店にとって、ナンバーは花形、中でも疋田マサトはそのトップである。蓮司は、「もう少しで終わりますけん。少し待っとってください」

と伝えた。

「お前、本当は未成年やないと？　みんな噂しとったい。若かもんね」

マサトは蓮司の横顔を睨みながら告げた。蓮司は作業に戻った。

「なんや？　シカトすっとか？」

蓮司は再びマサトを振り返り、二十歳です、頭が悪かけん、幼く見えっちゃなかでしょうか。今後いろいろと勉強させてもらいますけん、ご指導ください、とへりくだってみせた。マサトがじっと蓮司の目を覗き込んでくる。蓮司は熱帯魚の目になる。馬鹿にされたと思い、マサトが蓮司の首根っこを摑んで、自分の鼻先まで引き寄せた。目の前にカラコンを嵌《は》めたマサトのぎらぎらと燻ぶる二つの青い目があった。

「よかか、教えとっちゃぁ。ここで先輩におうちゃっか態度とったらどげんなるか」

「はい」

疋田マサトは力任せに蓮司を突き飛ばした。蓮司は壁にぶつかりバランスを崩し、便器に手をついてしまった。すぐに起き上がり、頭を下げた。マサトがバケツを蹴とばすと、溢れた水が蓮司のズボンを濡らした。あいつ、この辺の地回りたちと仲がよかけん、気を付けりいね、と入店して間もない頃、同僚に忠告されたことがあった。

マサトが去った後、蓮司は暫く熱帯魚の目で自分の足元を見つめていたが、気分が落ち着くと、再び便器の掃除を始めた。

営業時間が迫ってくるにつれ店内は慌しくなり、特に新人たちは準備に追われ駆け回る。開店直前には代表や幹部ホストらを囲んでのミーティングが始まる。売り上げの少ないホストたちに幹部らが小言を言う。マサトを見習えと代表が叱る。蓮司はホストクラブで働きだしてまだひと月ほど。雑用をしながらホストクラブのマナーなどを学ぶ、一番下っ端の見習いに過ぎなかった。

その店は中洲でも有数のホストクラブで、正数が長年働いていた店と同じ経営者のものであった。蓮司は記憶を頼りにその人物を訪ね、働けないか相談を持ち掛けた。

「お前幾つだ?」

「十六です」

「じゃあ、無理やろ。ハンサムやけん頑張れば人気出るとは思うけど」

「年齢なら大丈夫です。戸籍がないけん調べようがなかとです」

経営者は蓮司の幼い頃をよく覚えていた。一時期一家が更衣室で寝泊まりをしていたことがあり、幼い蓮司がちょこまかと開店前の店内を走りまわっていた。経営者は時々蓮司にお菓子やジュースを与えた。あかねのことはもちろん、痛ましい事件のことも知っている。その社長の計らいで蓮司は代表と呼ばれる店長の面接を受けることになった。

「ちょっと無口やけんね、お客様に可愛がられるかどうかわからん。稼ぎが出らんといくら社長の知り合いでも雇い続けることは難しか。ハンサムなだけじゃこの稼業はやっていけん。ホストはお客様を和ませ、笑わせ、幸せにせないかんったい。わかるか？　それがホストクラブの一番の仕事やけん。お前にそれができるとか？」

蓮司は、はい、がんばります、と返事をした。


店は金満家の女性客や人気ホステスらで連日賑わっていた。まずナンバーたちに指名がかかる。新米や人気のないホストたちは酒を注いだり、買い物などの使い走りをやらされた。一番若い蓮司がもっとも過酷で、掃除から後片付けまで、ありとあらゆる雑用をほぼ一人でこなさなければならなかった。この店の上下関係は厳格で、しっかりとしたヒエラルキーができており、新人はため口はもちろん、同じ席に座ることもいちいち許可を得なければ許されなかった。調子よく受けこたえのできない蓮司は生意気な新人というレッテルを貼られ、あからさまにこき使われた。

「この子、若くない？　もしかして未成年やないと？」

近くのクラブで働く常連のホステスが蓮司に話を振った。手元に置いたグラスに氷を入れていた蓮司に、どげんね、とマサトが訊いてきた。

「二十歳です」

と蓮司が返した。

「高校生くらいにしか見えんけどね。ほんとに成人しとうと？」

別の女がからかった。蓮司はマサトの横に座る女性と目が合った。この女たちが勤めるクラブの経営者、瀧本優子である。きりっとした凛々しい眉根、筋の通った鼻、そして切れ長の和風な目元が印象的。瀧本は蓮司のことをまるで商品を値踏みするような具合でじろじろ上から下まで見つめた。蓮司はその視線を強く意識していた。マサトが大笑いしている隙を見計らい、瀧本の視線と宙で繋がるようになる。新人ホストにとっては危険な行為だったが、蓮司はこの駆け引きを勉強のために続けた。瀧本優子がトイレに立った時、先回りしてドアを開けた。瀧本のグラスが空になると真っ先に酒を拵え、一番最初におしぼりを手渡し、アピールを忘れなかった。その都度、二秒ほどの視線の逢瀬《おうせ》を持った。その回数は瀧本が訪れるたびに増え常態化した。視線が交わり意思の疎通が終わると、蓮司は何食わぬ顔で次の作業へと移った。

瀧本優子は、中洲で成功をおさめた経営者の一人だからか、若いホステスたちとは醸し出すオーラも風格も異なり、重ねた年齢が上品に滲み出た美しい女性であった。この人の心を捕まえることがホストにとってのいい勉強になる、と経験のない蓮司は自分にいつも言い聞かせていた。

疋田マサトは蓮司を誰よりもこき使い、つまらない用事のために全力で走らせることに優越を覚えた。蓮司とマサトとの間にはいくつもの階層が存在した。マサトはみんなの前で蓮司におしぼりを投げつけたり、使い走りに行く蓮司の足を引っかけて転ばしたり、受けこたえの苦手な蓮司を捕まえては、お子ちゃま、と茶化し笑いものにした。

「こいつ、ホストの仕事がどんなものかまだわかっとらんとですよ。お客様を幸福にせないかんのに、ろくに会話もできんし、冗談も言えんし、世の中のことをなんも知らん。ほら、この通り、笑いもせん。こげんふうたんぬるかホストはじめてですたい」

「あら、でも、ちょっとかわいいかね。少年っぽくて」

と年配のホステスが言った。女たちが蓮司の顔を覗き込んで、

「あんた、もしかしてまだ童貞やないと？　よかったらお姉さんが筆おろししちゃろうか、どげんね？」

と訊いてきた。

蓮司はわずかに顎を持ち上げ、筆おろし？　と訊き返した。マサトが蓮司の頭を叩いた。

「馬鹿、やけんお子様って言われるったい」

一同は笑った。けれども、瀧本優子だけが笑っていなかった。蓮司は素早く瀧本の目を見つめ、二秒間繋がると、何食わぬ顔で視線を逸らし、空のグラスに酒を作りはじめるのだった。

ある日、蓮司に指名がかかった。代表が名を呼ぶと、一同が驚いて蓮司を振り返った。

「蓮司、瀧本様のご指名頂きました」

瀧本優子は蓮司と二人きりになりたいと代表に申し出た。自分の客を奪われて面白くないマサトが蓮司を睨めつけてくる。入ったばかりの新米がナンバーの客を取った。ホストたちは顔には出さなかったが、マサトの気性の荒さを知っているだけに、伏目がちに蓮司を見守った。入りたての新米が先輩の客を取ってはいけないというルールはない。けれどそのようなことは稀なので、代表も静観するしかなかった。蓮司は奥のボックス席に着席するなり、瀧本優子に開口一番告げた。

「俺はマサトさんに殺されるかもしれない。あなたが指名したせいで」

瀧本優子は蓮司の目をじっと覗き込んだ。目の前に座った新人がいきなりそのようなことを口にしたので愉快になった。心を擽られ、思わず笑みが零れてしまう。

「あんた、面白いこと言うっちゃね。でも、あの子ならやりかねんけんね。あの子の兄さんは昔やくざやったげな。気を付けた方がよかよ。怖くなかと?」

「いいえ。でも、できることならずっと俺を指名し続けてください」

瀧本が笑うのをやめた。

「あなたが俺を指名し続けてくれるなら頑張れると思います。ずっと、指名してもらいたかったたから」

瀧本は簡潔に告げた蓮司の、底なしに深い目の奥に広がる荒涼とした精神に惹《ひ》きつけられた。これまで出会った中洲のホストたちとはずいぶん違う。くだらない話をすることもなく、笑わせようともしないし、だからといってカッコつけるわけでもない。クラブ経営者でもある瀧本はこの若いホストに興味を持った。自分の店にやって来る、ありとあらゆる成功者たちの中に、この青年のような未知なる無邪気を持った男はいなかった。一方で目の奥に、何を企んでいるのかわからない巧妙な野心をも隠し持っている。

「次も蓮司君のこと指名できるし、代表に話してあんたを守っちゃることできるかもしれん。その場合、交換条件としてあんたは私に何をしてくれると?」

瀧本優子は顎を引き、上目遣いで蓮司の本意を探った。蓮司は瀧本の目を見つめ返す。

「本気になってもよかですよ」

そう告げた直後、蓮司が白い歯を覗かせ、あまりにかわいらしく笑ったので、瀧本は思わず緊張した。それは幻のように、ほんの一瞬の出来事であった。蓮司が発した言葉が瀧本の心にフックした。本気になってもいい、とはどういうことだろう。けれども、本気になってもいい、という上からの横柄《おうへい》な表現にはそそられるものがあった。この子と本気になったらどうなってしまうのか、瀧本優子は想像を巡らし、思わず顔を赤らめてしまう。

蓮司は瀧本の心に踏み入ることに成功した。瀧本優子は代表を呼び寄せ、何か耳打ちする。その様子を他のホストたちが遠くから見守った。マサトは舌打ちをした。

閉店後、更衣室でマサトが蓮司を呼び止めた。他のホストたちは不穏を察知し更衣室から退出した。その中の一人が代表に告げ口する。マサトは蓮司を部屋の端へと追いやった。マサトは十歳ほど年上で、背も高い。マサトの唇は尖り、目つきが険しくなっていた。ちんぴらが因縁《いんねん》を付けるような感じで、荒々しい息を吹きかけ、蓮司を脅すように力いっぱい睨みつけてくる。

「きさん、新人んくせによか度胸ばしちょうやなかか」

いきなり、マサトが蓮司の頬を平手打ちした。乾いた音が更衣室に響き渡る。続けてもう一度、叩かれた。蓮司は身を捩《よじ》り、身構えた。その時、背後から声がかかった。代表は冷静な声でマサトを呼びつけた。くそ、と吐き捨てるなり、マサトは踵を返す。その怒りに震える肩を代表が抱き寄せ、何やら耳打ちした。マサトは蓮司を睨みつけていたが、まもなく顔が強張り、視線がどことはいえない場所で泳ぎだした。蓮司は代表がマサトに何を告げているのか知っている。瀧本優子は蓮司の入れ知恵通り代表に伝えたはずだった。

『この子に何かあったら、私たちのグループはもうお宅を一切利用せんけんね』

蓮司は熱帯魚の目でマサトの背中を見つめる。代表が部屋を出るとマサトは足元にあった灰皿の台を力の限り蹴とばした。肩で激しく呼吸しながら暫くじっと何かを考えていたが、そのまま振り返ることなく部屋を後にした。

二〇一六年十一月、

毎晩のように瀧本優子が来店し、蓮司を指名するものだから、蓮司の売り上げは跳ね上がり、入店後わずか三か月でナンバーの仲間入りを果たした。不思議だな、と代表が漏らす。

「ナンバーになった途端、指名がさらに増えた。なんかオーラが増しとうったい。三か月前とは別人やね」

瀧本優子だけじゃなく、他の常連客たちも面白がって蓮司を指名するようになった。

瀧本が蓮司のことを夜の中洲界隈で言いふらしているせいもあったが、ナンバーになりスタイリストやヘアメイクが付いたことで、もともと持っていた華やかな素質が花開く結果となった。

蓮司は瀧本優子とイタリア料理店のカウンター席に並んで座った。店の外で二人きりで会うのははじめてのこと。蓮司にとっては高級イタリア料理店もはじめてであった。二人は乾杯をし、瀧本は横に座る蓮司を微笑みながら見つめた。

「ナンバー、おめでとう」

「瀧本さんのおかげです」

蓮司は仕事時のように積極的に瀧本優子の目を見つめることはせず、僅かにはにかみ、恥ずかしそうにしてみせた。それが意外だったので、瀧本が、あら、どうしたの、と訊いた。

「その、そんなに見つめられると、どうしていいとかわかりません」

「え？　やだ。あんなにお店では積極的なくせに」

瀧本優子は四十二歳、ホステス時代に一度結婚をしたことがあるが、今は独身であった。蓮司君のことがもっと知りたいとよ、と瀧本は身を乗り出して訊いてきた。

「だって、私はあんたのこと何も知らんけん」

蓮司は一瞬、自分のことをどこまで正直に伝えていいのか迷った。この人は自分に何を求めているのだろう、と考えた。自分の境遇を伝えたら引くだろうか？　どのような反応が戻ってくるのか、興味もあった。

「俺のなんが知りたかとです？」

「じゃあ、まず、本当の年齢」

「十六」

「やっぱりね」

瀧本優子は鼻で笑いながら告げた。

「未成年やないかな、とは思っとったけど、それにしても十六とは驚きやね。息子みたいな年齢やん。あんた大人びとうね」

蓮司は俯き、小さく頭を下げた。

「その、経験はあると？」

「経験って、なんのですか？」

「男女の肉体の関係は持ったことあるのか、という質問」

蓮司は一度笑い、神妙な空気をはぐらかした。瀧本優子もつられて一緒に笑った。

「野暮《やぼ》な質問です」

給仕が二人の前にウニのパスタを置いた。生ウニをベースにした濃厚な生クリームソースで和えたパスタであった。蓮司が知っているパスタは赤い、トマトケチャップ味のコンビニのパックに入ったものだけ。けれども、目の前に置かれたパスタは白っぽく、じゃことシソの葉が添えられている。すぐに食べたかったが、フォークとスプーンの使い方がわからないので、蓮司は瀧本優子の使い方を見てそれを真似ることにした。

「なんか、あんたは普通の子と違《ちご》うけんね。私はそれが知りたい。どうしてそんなに大人びてるとか、どうしてそんなに暗い目をしとるとか」

瀧本優子が誘惑するような目をした。小首を傾げ、教えて、という表情をしてみせた。蓮司は迷い、一度嘆息を零すと、たぶん、と切り出した。

「学校に行かんで、ここ中洲の歓楽街で育ったからじゃなかですかね」

「高校行っとらんと?」

「中学も行ったことなかです」

「義務教育なのに?　行かんかったと?」

「小学校も。教育を受けたことがないとです。正確には受けれんかった」

微笑んでいた瀧本の目が据わった。

「あの、誰にも言っとらんとですが、瀧本さんにだけは打ち明けます。俺、そもそも戸籍がなかとです」

瀧本の顔がみるみる強張りだした。眉間に力が籠り、嘘よ、と小さな言葉が飛び出した。ナイフとスプーンの使い方はわからなかったが、空腹過ぎて我慢できなかった。食べてよかですか、と蓮司は告げ、フォークを手に取り、皿を引き寄せると、パスタの中央に突き刺し、ぐるぐると巻いて、自分の口の中へと運んだ。思いもよらない濃密な風味が口腔いっぱいに広がり、思わず、美味か、と声が飛び出してしまう。そのあとは止まらなくなって、横に瀧本優子がいるというのに、ホストであることも忘れ、まるで欠食児童さながらパスタに喰らいついた。瀧本優子は子供のように食べ漁る蓮司の様子を見つめながら、戸籍がないということについて考えを巡らせた。

「戸籍がないって、じゃあ、日本人じゃないと？」

「親は二人とも日本人やけど、戸籍がなかとです」

蓮司は物凄い勢いで食べ終わると、グラスに残っていたスプマンテで口をゆすいで飲み干した。ああ、うまかった。蓮司は満足し笑顔になった。

「父はホストで、母はホステスでした。母には北九州に夫がいたらしくて、なのに恋人、つまり父との間にぼくが生まれてしまったけん、ようわからんっちゃけど、出生の届出をせんかったとです」

瀧本優子の記憶の底にひっかかるものがあった。眉間に皺を寄せ、そのもやもやとする記憶を辿り始めた。

「でも、母親の夫が北九州から追いかけてきて、今から九年前のことになりますが、その、父は半殺しの目にあったとです。死にはしませんでしたが……」

「あ、」

瀧本はその事件のことを思いだし、思わず息を吞んだ。蓮司が、どうしたとですか、と訊き返す。瀧本の視線は泳ぎ、どことは言えない場所を彷徨《さまよ》った。蓮司の母親あかねはホステスを始めた頃の瀧本の同僚であり、のちに瀧本が始めたスナックの馴染み客でもあった。中洲で生まれた息子がいると言っていたことを思い出した。この子のことだったとか……。

「どうしたとですか？　まるで幽霊見とうような顔ばして」

瀧本は口腔に溜まった唾液を飲み込まなければならなかった。言葉を探すが出てこない。

「信じられんったい」

給仕が蓮司の空になったグラスにスプマンテを注ぐ。気泡がグラスの底から立ち上る。照明の光りを受けて、それが儚く輝いた。蓮司はその泡の一つを追いかけた。できては一瞬で消える儚い泡の目まぐるしい勢いがまるでここ中洲の人間模様のごたる、と思った。微笑む蓮司の横顔を、瀧本優子はあかねのことを伝えるべきか悩みながら、睨みつけていた。当時、あかねはしょっちゅう仕事帰りに常連客らを引き連れ瀧本のスナックに立ち寄った。その中には蓮司の父親とは別の恋人もいた。あかねの豪快な笑い声が瀧本の耳奥に蘇《よみがえ》る。スナックであかねがバカ騒ぎをしていた時、部屋で一人この子は留守番をしていたというのか。

「瀧本さん」

蓮司が呼んだ。記憶を辿っていた瀧本優子は慌てて口を結び直さなければならなかった。蓮司と視線が絡み合う。澄んだ目をしているが、入ってみると思ったよりも深いプールのような、青い危険な深みがあった。瀧本優子はかぶりを振り、自分と蓮司の間に見えない壁が聳えてしまうのを恐れ、蓮司の両親と交流があったことを心に仕舞うことになる。

「なに？」

我に返り、瀧本優子が訊き返す。蓮司がパスタを指さし、

「それ、食べんとですか？」

と言った。

「あ、食べる？」

「食べんなら、もったいなかけん、いただきます」

蓮司が瀧本の前の皿を引き寄せた。瀧本のフォークを摑み、蓮司はパスタの中心を突き刺した。瀧本はパスタを頬張った蓮司に、

「じゃあ、普段はどこで寝泊まりしよると？」

と訊いた。

「知り合いのマンションが中洲にあるとです」

「ずっと?」

「そうですね、もう何年になるやろ。たぶん、五年とか六年とかになるっちゃないかな?」

蓮司はパスタを飲み込んだ。急に詰め込んだので、お腹がいっぱいになり、半分ほどを残し、蓮司はフォークを置いた。

「でも、いつまでも人の親切に甘えられんでしょ? 父親がホストやったけん、ホストは客が付けば金になる、と聞いとったのを思いだし、そう、それで、父親が在籍しとったホストクラブの社長さんを訪ねることになったとです」

蓮司はナプキンで口を拭き、瀧本優子を見返した。

「瀧本さん、俺はいろいろと応援してもらっとうけど、なんも返せるもんがありません。どげんしたらよかですか? 何か瀧本さんのためにできることあるとでしょうか?」

蓮司は瀧本優子の目を覗き込みながら訊ねた。瀧本優子は僅かに顎を引き、蓮司の視線を警戒しながら、彼が言った言葉、本気になってもよかですよ、を記憶の中で反芻した。本気になったらいったいどうなるというのだろう。瀧本優子は、ありえない、と苦笑した。この子は十六歳なんだから……。一方、蓮司は緋真のことを考えていた。お客さんに物凄く美味しいパスタをご馳走になったことを早く伝えたいと思った。しかもそれは赤くないパスタだった。いつかここに緋真を連れて来たい。蓮司が微笑んだので、瀧本優子は嬉しくなり、蓮司の手を上からそっと握りしめた。蓮司は驚き思わず握られた手を引っ込めてしまう。

「さすがに未成年の子とはね、本気になれんけん。自分の子供みたいな年齢やけんね」

「年齢、関係ありますか？」

「あるある。大いにあるわ。蓮司君、あなたが成人になるのを待つことにする」

「まだ四年も先ですよ」

瀧本優子が笑いだしたので、蓮司はすかさず笑いを遮った。

「今後もずっと指名し続けてもらえますか？　十六歳だからがっかりしとらんですか？」

瀧本優子は一瞬、悩んでから、蓮司の目を見つめ返した。蓮司は奥歯を嚙みしめ、瀧本の目の中心を鋭い視線で射貫いた。瀧本優子は、まるでそうすれば女が落ちるとでも言わんばかりの確信に満ちた蓮司の視線に躊躇いを持った。

「もちろんよ。あんたがもっとかっこいい男になるのを楽しみに待っとくたい。私はその分、年取るけど、でも、頑張って体形維持するけん、他の客に目移りせんように。よかね？」

蓮司は頷き、微笑んでみせた。

高校二年もあと数か月で終わろうとしていた。進路について担任との話し合いが続いているが、何が何でも進学をさせたい教師とは異なり、緋真本人はずっと迷っている。緋真が通う高校は福岡では有数の進学校で、その中にあって緋真は飛びぬけて成績が優秀、学校側としては是が非でも進学させたい。緋真の成績ならば九州大学などトップの国立大に受かる、と教師らは口を揃える。けれども、緋真にとって一番大事なことは蓮司との未来であった。

緋真はほぼ毎日、蓮司が暮らす伏見源太のマンションに顔を出し、まるで通い妻のようなことをした。最初の頃は週二、三回程度の、しかもどこか遠慮がちな訪問だったが、その回数も年月とともに増え、ここ二、三年はほぼ毎日、蓮司のところに押しかけ、家族同然の濃密な時間を共有している。すでに六年間もの長きにわたり、緋真は誰にも邪魔されることなく蓮司と一緒に過ごしてきた。母親が忙しくて家にいないことがほとんどで、家にいても時間帯が異なり、しかも廊下を挟んでそれぞれの部屋が反対側に位置するせいで、会わない日が大半だった。用事がある時は冷蔵庫にマグネットでメッセージを貼り、必要なお金は緋真の口座に振り込まれた。その額は小遣いという範囲を超え、蓮司の生活を支えるに十分な金額でもあった。さらに大きなお金が必要な時は、欲しい、と言えば母は娘を信頼していたので、必要な額をその場で手渡した。この資金が六年もの間、二人が生活をおくるための潤沢な財源となった。

緋真は部屋から出ようとしない引きこもりの少年の、精神的な支えとなった。事件の後、蓮司は二年ほど中洲から消えた。緋真は胸が張り裂けそうなほど心配したが、小学生の彼女にはどうすることもできなかった。緋真が十歳の時に、蓮司が不意に戻って来た。それを緋真に伝えたのは伏見源太である。幼い緋真にとってあの事件はあまりに陰惨で恐ろしい出来事であった。蓮司を励ましたくても十歳の緋真にはどうしていいのかわからない。だから緋真は蓮司にサンドイッチやお菓子などをこまめに届けるようになった。自分にできる範囲でこの子を助けたい、と幼い緋真は考えた。まだ愛と呼ぶには幼すぎる少女の手探りの感情漂流。その気持ちはいずれ愛へ向かうのに十分な勢いを持っていた。最初はちょっとした食べ物を届ける程度だったが、そのうち漫画本や少年雑誌、あるいはゲームなどを差し入れるようになった。慣れてくると部屋にあがって、一緒に時間を過ごすようになる。けれども成長するにつれ口数の少なくなった蓮司との間に和やかな会話は成り立たなかった。二人で壁に背をあずけて、窓外に広がる福岡の空を平気で一時間とか二時間、眺めて静かに過ごした。緋真は歌が得意だったのでよく歌った。塾や家庭教師に勉強を教わったことはなかったが、唯一、小学校に上がった直後、母親の知り合いの音大生にギターを習った。自分のクラシックギターを持ち込み爪弾《つまび》いていると、蓮司が関心を示したので、緋真が運指や楽譜の読み方を教えた。音感のいい蓮司は一年もしないうちに初心者用教則本に載っているような曲であれば難なく弾けるようになった。そうやって、二人の奇跡の生活は、音楽に仲介されながら、誰にも邪魔されず密《ひそ》かに続くことになる。

ある日、何を言っても蓮司が返事をしないので、緋真は大事に保管していた中洲国のパスポートを取り出し差し出した。名刺判のパスポートには、なかす国、とまるで太古の洞窟に彫られた壁画のような文字が躍っていた。蓮司は文字を指でなぞり、それを懐かしそうにいつまでも眺めていた。緋真はこっそり蓮司の横顔を見つめた。蓮司の大きな目がうっすら濡れて光ったのを緋真は見逃さなかった。緋真も七歳の蓮司を思い返していた。はじめて道端で出会った時の感動は忘れない。緋真の前に蓮司がふいに現れた時、緋真は世界の価値観が変化するのを知覚した。あの時がすべての始まりであった。

年月が静かに過ぎ去る中、蓮司は、緋真こそがこの世界と自分とを繋ぐ唯一の架け橋であることを理解しはじめる。緋真は中洲で起こっている様々なこと、たとえば、新しいラーメン屋ができたこと、古いビルが取り壊されたこと、博多どんたくの模様や中洲中央通りの日々の賑わいなどを蓮司に逐一《ちくいち》伝え、引きこもり生活にささやかな彩りを運び込んだ。緋真は植物を育て、鉢植えの花を届けた。枯れるとまた新しい花を届けた。緋真は自分のことを看護師のようだ、と思った。きっと病院という場所はこういう感じじゃないか、と想像しながら、心を閉ざした患者の看護に明け暮れる毎日であった。

緋真の献身は蓮司の心を静かに着実に整え癒し開いていった。誰かがそばにいることで蓮司は安心を覚えるようになった。その安心はかつて彼があかねや正数と暮らしていた頃には持ったことのない、怯《おび》えることもおもねる必要もない、人格を否定されない、限定的な平和によって成り立っていた。窓際に座り、博多湾の空を眺めていると、緋真が荷物を持ってやって来て、元気にしとったと、と訊いてくる。蓮司は緋真の顔を見つめた。緋真は穏やかな表情を崩さなかった。自分がこの人を助けるんだ、とそのことだけを幼い緋真は自分自身に言い聞かせ続けていた。

伏見源太は部屋を提供したが、最低限の食糧を届ける以外、特に蓮司のために何かをすることはしなかった。ただ、時々蓮司を釣りに誘った。あの頃の蓮司にとって那珂川での魚釣りが唯一の外界との接触のチャンスであった。一人で暮らしだした最初の頃は、人目に触れるような場所、とくに歓楽街などには決して足を向けることをしなかった。そこにはあの日の暴力の光景、におい、絶望が焼き付いていたからだ。蓮司は人目の届かない繁《しげ》みに潜み、ウナギやハゼなどを釣って、再び部屋へと戻った。源太は緋真に事件について聞かされていたが、余計なことは一度も言ったことがない。ただ蓮司と釣りをし、どうでもいいようなこと、たとえば、太陽がいつもより黄色くて眩い、だとか、川の水位がいつもより低い、だとか、あまりこの辺では見ない珍しい植物を見つけた、変な色のムカデがいる、だとか、木々を見上げ生い茂る葉について、中洲を過る風の湿度などについて、語った。蓮司にとって源太も、緋真同様そこにいるだけで安心できる存在であった。源太の横で釣り糸を垂らしていると、その長閑な時間や空気の流れに蓮司は得も言われぬ安堵《あんど》と安らぎを覚えた。

蓮司は部屋の中にあるたくさんの書物、最初はただ邪魔な紙屑でしかなかった角張った書物であったが、時間の経過とともに、その中の幾つかに目が留まるようになった。釣り上げた魚を抱えた笑顔の男の写真が表紙の一冊は、海釣りの楽しさについて書かれたエッセイ集で、写真やイラストがたくさん載っていた。読めない文字は緋真に訊ね、あるいは緋真に声を出して読んでもらった。そのうちに、蓮司は自力で読みたいと思うようになる。書物から一つ知識を得るたびに、蓮司はかつて持ったことのない知覚の拡張を覚え、書物を通してこの世界と地球がどのように成り立っているのかを学ぶことになる。蓮司の好奇心を満たすためにと、緋真がある日辞書を持ってきた。小中学生レベルの簡単な辞書だったが、この辞書のおかげで蓮司の語彙《ごい》力は飛躍的に向上した。緋真は蓮司の中に眠る好奇心の強さと吸収力の速さに瞠目《どうもく》した。時々、緋真が教師となり、蓮司に読み書きを教えるようになった。国語だけではなく、歴史や数学、物理や化学など、緋真が得意な分野を、また蓮司が興味を持ったジャンルを教えるようになった。緋真はとくに漢字を集中的に教えた。漢字が少しずつ読めるようになると「読みたい」という意志が蓮司の中でさらに強くなった。同時に二人は勉強を通して絆を紡いでいく。緋真が教師になる時、蓮司は従順な生徒となった。緋真に教わる世界の、複雑で組織的な構造、時間や空間の広がり、愛とルールの矛盾、暴力と憎しみの連鎖、歴史や人類の進化、文化と文明の違いなどを学ぶことが蓮司には楽しくてしょうがなかった。普通の子供たちはこういうことを学校で習うのだ、と蓮司は思った。クラスメイトと一緒に勉強するのはどういう感覚なのだろう、と想像し、蓮司は緋真に質問をぶつけた。緋真はちょっと返答に困り、

「楽しかよ」

と正直に答えた。

「でも、学校に行かん子たちも大勢おると。学校だけがすべてじゃないけん。学校に行かなくったって、蓮司がいつか望むなら、試験を受けて、大学に行くことだってできるはず。諦めなければきっと可能なことやけん」

と励ました。

蓮司はその意見に耳を傾けていたが、小学校さえもまともに行かせてもらえなかった自分に大学進学の話など飛躍し過ぎで現実的ではない、と心の中で笑ってもいた。

緋真は蓮司のひたむきな向学心の裏側に、みんなについていきたいという必死さが潜んでいることを感じ取っていた。いつの日か、蓮司は自分の意志で学校に行こうとするのじゃないか、と想像した。だとすると基礎的な知識を教えるのは自分の役目。時の緩やかな移り変わりの中で、緋真は蓮司を教育することが自分の使命と感じるようになった。

年月をかけて漢字を覚えると蓮司はそのレベルにあった本を選んで読むようになる。源太が収集した本は様々で、主に釣りや旅の本がほとんどだったが、中には宗教、政治、歴史などの本もあった。蓮司が中洲の外の世界というものを知る上でこれらの書物はとても役にたった。とくに蓮司は古代の日本の神々について書かれた本に着目した。八百万《やおよろず》の神だとか自然信仰、精霊崇拝《すうはい》などの書物に関心を示した。伏見源太がそれらを熟読したに違いない、付箋《ふせん》の貼られた、痕跡が残る書物がとくにお気に入りとなった。

「何かほしいもんある？」

緋真は自宅に帰る前に、必ずそう訊いた。

「ちゃんとした漢和辞典いる？　漢字をもっと勉強したら、さらに専門的な難しい本も読めるようになるけん」

蓮司は小さく同意した。

「また来るけんね」

緋真が残す言葉は静かに蓮司の心に積もっていった。また来るけんね。蓮司はどこかで緋真が毎日やって来ることを心待ちにしていた。緋真と過ごすことは蓮司の日常であり日課であった。

「なんで緋真はそんなにしてくれると？」

蓮司が過去を思い返しながら訊いた。

「学校に友達はおらんと？　ここ、退屈やないと？」

緋真は微笑んで蓮司を見つめていた。

「緋真はどうしてそんなに優しいと？」

幼い頃の蓮司は、両親の優しさに触れたことがなかった。なのに緋真は血の繋がった者とは比べ物にならないほどに優しい。

　緋真は微笑み、わからない、と答えた。蓮司はその答えが気に入った。わからない。そうだな、と思った。人間には理解を超えた感覚というものがある。わかっているものなど実際には多くない。この世界というものはわからないことで成り立っている。わからないという謙虚さは素晴らしい。積み上げられた書物の中にいったいいくつの正解があるだろう、と蓮司は思った。緋真が告げた、わからない、の中に、いくつかの真実が眠っていた。一つは、嘘偽りのない正直さであり、一つは、広大な優しさであり、一つは、果てしない誠意であった。

「ただそばにおりたいと」

「ただそばに？」

「そう、そばにおりたいとよ、意味なんてない」

「なぜか、わからないと？」

「うん、わからんと」

　緋真はそう告げると微笑んだ。蓮司は嬉しかった。表情に出すことはできなかったが、緋真と一緒にいる時間は心が落ち着く、と思った。わからないけど、そばにいたい。これは蓮司が想像するあらゆる回答の中で、もっともしっくりくる、もっとも正しいものの一つであった。

蓮司は緋真から博多祇園山笠の話を聞くのが好きだった。山笠の話になると身を乗り出して耳を傾け、時には質問もした。今年の山笠はどんなやったと？　緋真は臨場感溢れる表現を心掛け、時にジェスチャーを交え中継した。

「ねえ、行かんと？　人に会うのが嫌なら、明日の早朝六時から朝山《あさやま》があるけん」

蓮司は力なくかぶりを振ったが、でも、山笠の話になると嬉しそうにする。博多どんたくではなく博多祇園山笠である。蓮司の興味を引くために、緋真は携帯をわざわざ最新版に買い替え動画撮影を試みた。動画を撮影するために、緋真は舁《か》き山《やま》と一緒に走って転んだこともあったし、観光客と激突して怒鳴られたこともあった。それでも、緋真は必死で撮影を続けた。蓮司はそれを何度も見たいとせがんだ。緋真の携帯を握りしめて放さなくなった。もう一回、もう一回、と繰り返し再生を要求した。

　ある日、蓮司は特別に山笠に乗せられ中洲を駆け巡った時のことを語りはじめた。高橋カエルのことや御手洗康子、黒田平治のことも詳しく伝えた。蓮司の記憶は驚くほどに細部まで鮮明でしっかりしており、まるで写真で撮影したかのような記憶力であった。若い衆に手伝われ生まれてはじめて締めた締め込みの感触や、その独特な締め方、博多風の一本締めのやり方、飾り山や舁き山の人形の歴史的意味、形やその表情、そこに書かれた文字、あるいは流舁《ながれが》き、朝山、他流舁《たながれが》きなどのルート、舁く人数と誰がどこを舁《か》いたかのポジション、六本の舁き棒を山台と固定するために使う麻縄の締め具合、あるいは高橋カエルが掛けた紅白のねじりのたすきに至るまで、事細かに記憶していた。

緋真も蓮司が語る山笠の話が好きだった。経験したことを語っているというのに、蓮司が語る山笠の話はどこか空想小説を聞かされているような不思議な非現実感を伴った。彼が語る記憶の中の山笠はまるで空を飛んでいるような感じで表現され、舁き棒を舁く男たちはまるでサンタクロースがのるソリを引っ張るトナカイ、もしくは西部の荒野を走る馬車を引っ張るたてがみの美しい馬であった。中洲の狭い路地を高速度で移動していた山笠が、やがて路面から浮上しはじめ、聳えるビルやネオン管や電柱を飛び越えて、屋上や非常階段の踊り場から見ていた人達の驚く顔を横目に、大勢の舁き手とともに龍のようにぐんと青空へと飛び上がり、オイサッオイサッと叫び声を張り上げながら、最後は天空と混ざり合い宇宙の星となるまでの描写は圧巻であった。七歳の蓮司の目にはそう映っていたのである。緋真は何度も目を閉じ、その空想的な光景を想像し、うっとりとした。七歳の少年がたった一度経験したことなのに、蓮司はそれを自分の記憶の中で永遠の画像として心に焼き付けていた。何が何でも現実の山笠をもう一度見せなければならない、と緋真は決意した。そしてそうすることが蓮司を再び社会へ連れ戻すための唯一の方法だと疑わなかった。

十三歳の夏、緋真はついに蓮司を山笠に連れ出すことに成功する。釣りに行こうと外に連れ出し、通りに出たところで、

「五分後に昭和通りを山笠が通過するけん、せっかくやけん、遠くから、ちょっとだけ一緒に見らん？」

と誘い、マンションから一番近い山笠通過ポイントに蓮司を引っ張りだした。実際には五分後ではなかったが、何年も引きこもってきた人間にとって、待つことは苦でもない。それればかりか、いつ来るかいつ来るかと待ちわびている蓮司の中にこそ永遠があった。長いことこの瞬間を待ち続けた少年の目の輝きに、緋真は深い感動を覚えた。

「どっから来るとやろか」

蓮司が目を凝らし遠くを何度も覗きながら告げた。

「道を渡って、中洲中央通りの方、行かん？　その方がもっと身近に見ることができるっちゃない？」

二人は大通りを渡り、中心部へと踏み込んだ。観光客がすでに待ち構えている。

「緋真。ほら見てん、あれ」

蓮司が興奮気味に告げ、指さした。

「布バケツが置いてあるやろ。あれは、ここを舁《か》き山《やま》が走るっちゅう証拠ったい」

「なんでわかると？」

「あればね、若い衆が摑んで走ってきた山笠に向かって浴びせると。勢《きお》い水《みず》って言って、あのバケツの水が宙を舞って熱し切った舁き手ば冷やすとよ」

「詳しかね」

「同時に、勢い水の飛沫が舁き手に気合ば入れると」

蓮司は汗を拭いながら一生懸命に解説した。緋真は微笑みながら蓮司の講釈を聞いた。必死で説明しようとする蓮司の落ち着かない態度が緋真を嬉しくもさせた。

まもなく、遠方から男たちの掛け声が聞こえてきた。待ち構えていた観光客らが競うように少しでも見やすい場所へと移動しはじめる。先発してきた舁き手が、あぶないけん、下がって、と大声で注意する。山笠の到着が間近であることが伝わってきた。若い衆がやって来て、道に置いてある布バケツを摑んで仁王立ちした。締め込みから力強い脚が地面に向けてすっと伸びている。黒い地下足袋が地面を踏みしめた。その直後、オイサッ、オイサッと声がどこからともなく聞こえてきた。地響きのような力強い声である。蓮司が震えているのがわかった。目を見開き、口を結んで、まっすぐ道の先を見つめている。すると不意に山笠が先の四つ角を曲がって視界に出現した。蓮司の興奮が頂点に達した。山笠が目の前を通り過ぎて行く。バケツの水が勢いよく撒かれ上空を光らせた。我慢できず、蓮司が数歩踏み出し、大きな声を張り上げた。

「オイサッ、オイサッ！」

緋真はびっくりしたが、その興奮が彼女を幸福にさせた。蓮司の輝く瞳に希望が残っていた。それは何とも美しい生の輝きであった。よし、と緋真は思った。もう大丈夫。

そして、十三歳のその日を境に、大人の背丈に達した蓮司は再び、けれども警戒しながら、真夜中の闇と喧騒に紛れて、外の世界へと少しずつ出かけていくようになった。


蓮司は御手洗康子の店、「てのごい」を訪ねた。開店前の店内で七十代半ばに差し掛かろうとする老女が一人黙々と準備に追われていた。康子は大きく成長した蓮司に最初気が付かなかった。

「ごめんなさいね、まだ準備できとらんとですよ」

戸口に立ち尽くし帰ろうとしない若者に目が留まった。若者は微笑んでいる。御手洗康子は思わず持っていた箒を放してしまった。

「ご無沙汰しています。わかります？」

「え？　……にゃあちゃん？　にゃあちゃん！」

康子の震える声に蓮司は思わず相好《そうごう》を崩した。

黒田平治は跡取りのいない高橋カエルの店に料理人の一人として迎え入れられていた。そこは中洲で一、二を争う大きな料亭で三十人ほどの料理人が働いている。平治は揚げ物の担当からスタートした。カエルの強い意向で平治は働きはじめた翌年、跡取りに指名され、経営陣に名を連ねることになった。

平治は康子に付き添われた蓮司に言葉をなくした。背丈が自分を超えており、言われてみれば面影があるが、道ですれ違ったらきっとわからんかったやろう、と思わず口にした。平治は満面に笑みを浮かべ、蓮司に抱き着いた。康子も平治も、少し年を取ったが人柄も風貌も昔のままであった。

「高橋会長は去年、亡くなられたとよ」

平治が優しい表情のまま、不意に訃報《ふほう》を告げてきた。蓮司は驚き、思わず目を瞑ってしまう。あれから九年もの歳月が流れているのだから仕方がない。舁き山《かやま》の前席に座り、舁き縄を振り回していた元気なカエルの姿が脳裏を掠めた。康子が涙ぐみ、時は流れたったい、と呟いた。

「いくつになったとか?」

平治が蓮司の目を覗き込み訊いた。

「十六です。でも、もうすぐ十七になるとです」

まあ、と康子が笑みを浮かべ、親戚のような親密さで喜びを表した。自分のことでこんなに喜んでくれる人たちがここにはいる、と思うと蓮司は嬉しくなった。

「今はなんばしよっとか？」

「ホストです」

「中洲でか？」

「はい」

「そげんなら、来年、昇いたらよか」

「え？　ほんと？」

「ああ、もちろんたい。俺が今は会長の後を引き継ぎ幹事やっとうけん」

蓮司は嬉しくなり平治と康子に向けて小さく頭を下げた。

二〇一六年十二月、
師走《しわす》の中洲に雪が降り、それは音を立てずに積もった。中洲が白く覆われることは珍しく、マンションへ向かう道すがら緋真はあまりの美しさに小躍《こおど》りをした。冬の光りが雪片に反射し儚くも美しくそこかしこで妖精のように瞬いていた。
もうすぐ蓮司は十七歳になる。緋真も同じ年に十七になる。この二人はきょうだいのように同じ時を過ごして生きた。でも、それ以上でもそれ以下でもない不思議な関係であった。緋真は時々蓮司が自分のことをどう思っているのか、と考える。思春期も反抗期も越え、二人はすでに男と女の肉体を持っていたが、傍《そば》にいる緋真のことを蓮司が異性として意識し見つめることはない。蓮司は緋真に安心感を覚えていたが、恋愛感情を、それが何かはもちろん蓮司にはわからなかったが、抱いたことはなかった。緋真は蓮司に仄かな恋情を持っているが、蓮司が何もしないので、緋真も何もすることができずにいる。緋真のこの情愛は出会った頃から静かに降り積もった雪のようなものかもしれない。様々な出来事を白く包み込んで、二人が生きる世界を美しく切なくさせた。七歳で出会ってからの十年間、緋真の心の中にずっと蓮司がいた。その想いは彼女の胸や臀部が膨らみ、肉体が柔らかくしなやかに女性らしくなった今、知らず知らずのうち、彼女の内部でさらに大きく育って一つの尊い幻想を生み出すに至った。それが友情とは異なるものだと最近になってやっと自覚するようになった。蓮司に寄り添っている時にだけ感じる、幸福感の上に降り積もる雪のような、いつ消えてもおかしくない、儚くもいとおしい情愛であった。

蓮司が外に出るようになったのは嬉しかったが、誰かに奪われないか緋真は内心とても心配な日々を送るようになる。居酒屋などのアルバイトならまだしも、ホストクラブのイメージが摑めないせいで、緋真は毎日ヤキモキしながら夜が明けるのを待つことになる。

源太は緋真にも鍵を一つ渡している。蓮司は滅多に掃除をしないので、自分の代わりに部屋の掃除をしてほしい、と緋真に依頼した。伏見源太の家はいつしか蓮司のもので溢れかえっており、さらに緋真が出入りするようになって源太は自分の家なのにますます近づかなくなった。何か物が必要な時などは郵便受けに「トルストイ、戦争と平和」などとメモを放り込んで、蓮司か緋真に届けさせた。源太が集めた書物は廊下に押しやられ、源太の私物は納戸《なんど》に放り込まれた。逆に緋真が蓮司のためにせっせと運び込んだ様々なもの、ダンベルやヨガマット、漫画本やゲーム機や衣服などが部屋の中を占拠した。それらを整理するのも管理するのも緋真の役目だった。緋真にとってこのもう一つの生活は楽しくてしょうがなかった。源太は面影さえ記憶にない父親の代役でもあり、蓮司は自分のきょうだい、もしくは未来の夫であった。

緋真の唯一の不満は蓮司が自分のことをどう思っているのかさっぱりわからないことにあった。もっと幼い頃ならばこの関係でよかったが、女性としての自覚が芽生えた十六歳の少女には、一つ屋根の下にいながら、その視界にさえ入れてもらえないことが辛くもあった。

緋真はホストクラブについてこっそりと調べることになる。YouTube で関連映像を確認したり、ホストが主役のテレビドラマなどを見漁った。そこに映し出された接客の光景は緋真に嫉妬心を芽生えさせるに十分であった。緋真は瞬きもできず、画面を見つめ、女性客に酒を注ぐ今時の若者たちに憤慨した。

クリスマスイブはホストクラブが忙しい、と蓮司がつれなく言うので、緋真は我慢し翌日の昼間にプレゼントとケーキを持って蓮司を訪ねることになる。緋真は手編みのマフラーをベッドで寝ている蓮司の首に巻きつけた。

「何?」

「クリスマスプレゼント」

蓮司はマフラーに顔を埋めながら小さな声で、ありがとう、と言うと、再び寝入ってしまった。蓮司は服を着たままだった。何かが匂った。緋真はベッドに上がり四つん這いになって蓮司の身体に近づき、鼻を犬のようにひくひくさせてみた。女物の香水の香り? 母親の香水にそっくりな匂い、と緋真は思った。昨夜、誰かが蓮司に抱き着いたに違いない。これほどの匂いが付着するくらいだから、親密に寄り添ったの? その女はママのような中年で金満家の男好き? 緋真はいろいろと妄想し腹を立てた。緋真の頭の中に思わしくない映像が浮かび上がっては明滅し、苦しくなって嘆息を零してしまう。手編みのマフラーを首に巻いた蓮司の寝顔を見ながら、緋真はその小さな胸を焦がし、怒りを鎮めることができず、寝ている蓮司の尻を叩いてしまった。

「痛かったい。なんか？」

「ねぇ、蓮司は人を好きになったことあると？」

と緋真は率直に言葉を投げつけた。

「なか」

蓮司の答えは緋真をいっそうがっかりさせるものであった。

「緋真、人を好きになってどげんする？　迷惑じゃなかと」

「人間が出会って、お互い好きになったらそれ、すごかことじゃなか？　この広い世界で二人の思いが通じるとよ。それが人を好きになる、最高のことやと思わんと？」

「思わん。人間、好かんもん」

緋真は言葉を返すことができなかった。

「人間を憎んどると？」

蓮司が眉根を動かした。仕方なく蓮司は起き上がり、背伸びをした。

「憎んでなんかおらん。ただ、期待せんだけ」

蓮司は緋真の顔を覗き込んだ。

「緋真、お前はなんで他人のことそこまで信用できると？　愛って言葉ほんとわからん。愛ってなん？　愛とか言いながら、愛が人を殺しよっちゃないと？　愛が平気で嘘をつくっちゃろ？　愛されたことがないけん、俺にはわからんし、愛は反吐《へど》が出るくらい気持ち悪か。でも、人や世界を憎んどるわけじゃなか。ひがんでもないし、恨んでもない。ただ、好かんと。嘘くさいきれいごとばっかりやけん」

緋真は絶望的になって、でも蓮司の言っていることもわからないではなく、結局、苦しくなって目を閉じてしまった。自分が蓮司を支えた十年がなんだったかわからなくなった。どんな日も蓮司のことを心配し、食べ物を届けたり、風邪をひけば看病した。じゃあ、自分が蓮司にやってきたことは嘘で固めた愛だというのか！　蓮司のこの考え方には希望がなく絶望的で気力を削《そ》がれる。緋真はベッドに腰掛け、蓮司に背中を向けてしまう。泣きたくなったが泣いたら負けると思い、我慢した。

「じゃあ、ホストクラブってどんなとこなん？　女の人が若い男を求めてくるところ？」

緋真は続けて訊いた。違う、と蓮司が反論した。

「女の人がお姫様になる場所ったい」

緋真は、自分の母親が可愛らしい服を纏い頭にティアラを付けている絵を想像し、思わず噴き出してしまった。緋真は蓮司の顔にぐっと近づき覗き込むと、

「お金持ちの大人の女に口説かれたりするっちゃろ？」

と質問した。蓮司は目を閉じたまま、うん、と返事した。緋真は悲しくなり唇を尖らせた。

「好きだとか、言われたことあると？」

「あるやろ。それが仕事やけん、言われんかったら、ホストとして失格やろうもん」

なんで自分はこんなつまらない人間のことを見捨てんとやろか、と緋真は憤慨しながら思った。自分の知らない蓮司がそこにはいて、それがあまりにも薄っぺらく、無様なほど滑稽で、がっかりした。緋真はそれ以上質問ができなくなってしまう。もしかしたら誰か好きな女性がいるのだろうか。蓮司は欠伸《あくび》を堪《こら》えながら、

「そうだ、いいもんば見せちゃぁ」

と告げベッドから降りた。

「なに？」

蓮司がベッドマットの下に手を突っ込みビニール袋を引っ張り出した。緋真はもしかするとクリスマスプレゼントじゃないか、と期待し身構えた。早合点してはいけないと思いながらも、クリスマスだしと思えば、顔が綻《ほころ》び、目が勝手に蓮司の手元を追いかけてしまう。蓮司は袋を突き出し、緋真に中を見せた。覗き込んだ緋真は思わず声を張り上げた。それは拳銃であった。

「どうしたと？」

「昔、父さんがどっかから持ってきて家に隠しとったたと」

緋真は驚き、瞬きもできなくなった。生まれてはじめて見た拳銃はテレビなどで見

るかっこいいものではなく、圧倒的な迫力と威圧感があり、死の塊であり、不気味で恐ろしかった。

「昔住んどった雑居ビルが、あれからどうなったか、気になって、もう三年くらい前だけど、緋真が学校に行っとう隙に、勇気を出して出かけたと。ああいうことが起きた場所やったし、もちろん恐ろしかったけど、でも、なぜかそこに行ってみたくなったったい。自分の部屋があったけんね、そこがどうなったか知りたかった。それにそのあたりは一番記憶のある場所やけん。そしたら、驚いたことに、まだ取り壊されとらんで、机や椅子は運び出されとったけど、がらんと部屋そのものは残っとって、隠した壁の穴にこれが、当時のままあったったい」

「交番に届けた方がよかっちゃない？」

「なんで？」

「だって拳銃、違法やろ？　捕まるっちゃない？」

「戸籍がないけんね、すぐに釈放されるちゃないと？」

「え？」

緋真はくすくすと笑う蓮司の目を見つめた。

「ここは中洲やけん、叢に落ちとってもおかしくなかったい」

緋真が、まさか、と小さくかぶりを振った。冗談、と蓮司が声を出して笑う。

「でも、これ、中洲国の武器になる。外国から攻められた時に反撃するのにちょうどよか」

「いけん！」

緋真は黒光りする鋼鉄の武器を見つめたまま抗議したが、次の言葉はまとまらず、結局、飲み込んでしまった。

「なあ、緋真」

蓮司はさらに、分厚い紙封筒を取り出し緋真に差し出した。

「お前の口座にこれば預かっとってもらえんやろか？」

「口座？」

蓮司が封筒を開けると札束が顔を出した。

「戸籍がないけん、銀行口座も作れんと」

蓮司は一万円札を数枚抜き出し、緋真の手に握《こ》らせた。

「これ、クリスマスプレゼント。好きなもん買うてよかけん」

臨時収入を得た時の正数の真似であった。蓮司は一万円札を握らされたあかねの喜んだ顔を思い浮かべていた。すると、緋真は、目を険しく中央ににじり寄せ、身体を震わせながら、違う、と叫び声を張り上げた。

「間違っとったい！　そんなの絶対におかしか！」

緋真が恐ろしい形相で蓮司にくってかかった。蓮司はなぜ緋真が怒るのかわからなかった。緋真はそのまま、蓮司に飛び掛かり、抱き着いてしまう。その重みで蓮司は後ろに倒れ込んでしまった。緋真は蓮司にしがみつきいつまでも離れなかった。蓮司はどうしていいのかわからず、緋真の肩を抱きしめることさえできず、両手をだらりと伸ばしたまま、熱帯魚の目で天井を見上げ続けた。緋真の涙が蓮司の首筋を濡らした。いいことをしたのに、緋真がなぜ泣くのか蓮司には理解することができなかった。

二〇一七年一月、

底冷えする極寒の真夜中。吐き出す息は白く、吸い込む空気は鼻腔を凍らせた。宮台響は夜の警ら途中、一人の男とすれ違った。青年は路地から飛び出してきたというのに、不意に平静を装うと何食わぬ顔で響の横を素通りした。確認しようと慌てて振り返ったが、青年は交通量の多い明治通りの、しかも信号のない場所を逃走するような勢いで渡った。岡田巡査と一緒だったが、

「ちょっと気になることがあるけん、先に戻っとって」

と言い残し岡田を一人そこに残して人影を追いかけることになった。

「巡査部長！　どこ行くとですか、自分はどげんしたらよかですか？」

岡田は声を張り上げたが、響は映画館のある南側へ向けて、車を避けながら全速力

で斜めに横断して行った。急停車した車の運転手が慌ててクラクションを鳴らしたが、横切ったのが警官なので驚いた顔をしている。運転手と目が合った岡田はどうしていいのかわからず、緊急事態を装い、手を振って滞《とどこお》る車両を流した。

蓮司らしき人影はカラオケ店と映画館の間の人気《ひとけ》のない路地へと入り、次の角を那珂川方面へと右折した。響は全速力で追いかけ那珂川沿いの道に出たが見当たらない。きょろきょろ周辺を見回していると車の陰から飛び出した黒い影が再び路地へと消えるのが見えた。蓮司かどうか確証がつかめぬまま、響は踵を返し追いかけた。

「くそ」

一月だというのに夜の中洲中央通りは人々で溢れかえり、身動きが取れず、もはや蓮司を探すどころではなくなる。響は交差点の中心で地団太《じだんだ》を踏んだ。しかし、このまま諦める気にはなれない。視界の先に、かつて蓮司を数度目撃したことのあるでかい橋通りが広がった。もしかするとこのあたりを根城にしているのかもしれないと推測し、博多川通りまで周囲を見回しながら走った。真冬の中洲は凍てつき、川沿いに出ると途端に冷たい風に頬を殴られた。寒さのせいで瞼が開かず、視界が狭まり、吹きすさぶ風のせいで急速に音が遠ざかった。肺が鳴る音だけが聞こえている。頭骸骨の内側で反響する呼吸音を聞きながら、響は博多川通りを南へ北へと往復した。対岸の飲食店の灯りが博多川の川面に簾《すだれ》のように光りの帯を垂らし小さく揺れている。響は博多橋の中ほどで立ち止まり、肩を落とし、川面を見下ろしながら、なんでこんなにムキになるとやろ、と自問した。寒さのせいで血液の流れが鈍くなったからか、次第に視界から色彩が薄れていき、モノクロームの寂寥《せきりよう》世界が広がる。鼓膜が圧迫され、周囲の音がさらにすっと萎《しぼ》んだ。吐き出す息だけが白く棚引き、それは凍えるような寒さの中でまもなく消えた。

「見失った」

響はついに諦め、吐き捨てた。

ところが、交番に戻ろうとしたその時、橋の袂に蓮司はいた。もうずっとさっきからそこにいたのかと思わせるような落ち着いた態度で響のことを見ていた。響は狼狽え動けなくなった。間の悪い距離だったが、逃がすわけにはいかない。響は自らを鼓舞し、蓮司の方へ向かってゆっくりと歩きはじめる。まるで亡霊に呼び寄せられるような感じで、足元を確かめながら一歩、一歩……。

「見回りですか？」

蓮司がそう訊ねると、不意に響の鼓膜に中洲の喧騒が蘇り、視界に色彩が戻った。目の前にあの日の少年が今や青年となって出現した。

「蓮司。やっぱりお前だったか」

宮台響は少年時代の蓮司のことを思い出した。背恰好は見違えるほどに大きくなったが、黒目の深度と純度は当時のまま。ただどこか人を寄せ付けない雰囲気が増していた。

「幾つになったとか?」

「今月、十七になりました」

あの日、本署から一報が入り、中洲警部交番の警官たちが現場へ真っ先に急行することになった。通報者は蓮司の父親と一緒にいたホステスだった。博多署から本隊が届くまでの間、宮台響ら中洲警部交番の警官たちは事件現場の保存の任務にあたった。血塗《まみ》れになって倒れている父親の傍に蓮司がぽつんと立ち尽くしていた。響らが到着するまでの間、ずっとそうやって何もせず虫の息の父親を見ていたことになる。その後、パトカーや救急車が次々に到着し現場は騒然となった。響は蓮司を抱きかかえ救急車へと運んだ。蓮司は瞬きをしなかった。見開いた熱帯魚の目が夜空を凝視していた。まるで子供のマネキン……。

「中洲に戻って来たとか?」

宮台響が過去を思い出しながら訊いた。

「お巡りさん、それは俺の台詞でしょ? 俺はずっと中洲で生きとったとですよ」

「ほんとか? ずっとや? 家族は? 春吉のおじいちゃんのとこにおったとやろ?」

蓮司は苦笑いを浮かべながら、いいえ、中洲で暮らしてきたとです、と告げた。

「一時期、母親にくっついて、ちょっとだけ中洲を離れましたが、二年くらいかな。母親と一緒にいるのが嫌で、十歳の時に再びここに戻って来て、それからはずっと一人」

「それからは一人って？　十歳の子が中洲で一人生きることができるとか？　親もいずに？　どうやって？」

「できたけん、ここにおるとですよ」

蓮司はもう笑ってはいなかった。響は必死で言葉を探すが、思いは纏まることがなく、喉元を焦がしては消えた。

「お巡りさんこそまた舞い戻って来たとですね、あの交番に。中洲はどげんですか？　またここに戻れてうれしかですか？　ここはなんか変わりましたか？」

言い終えると蓮司は口元を微《かす》かに緩めてみせた。響は奥歯を噛みしめた。また戻って来たことに不満を持っている自分の心を見透かされた気がした。

「ずっと中洲におるつもりか？」

「ええ」

「外の世界ば見てみたらよか。広い世界を見たら生き方が変わるかもしれん」

直後、蓮司が不意に声を出して笑いだした。

「じゃあ、お巡りさんは、なんでこんな狭か島に戻って来たとですか？」

宮台響は言葉を呑み込んだ。世界とかくだらんでしょ、と蓮司が断言した。

「世界、世界っちゃ騒いで、外にばかり出たがり、誰も足元を見ようとせん。なんも自分のことを知らんくせに外国やら世界やらへの軽か憧れだけで騒ぎよる。よかですか、ここに、中洲に、世界があるとですよ。ほぼすべての出来事がここにあると」

蓮司はそう言い残した。響は次の一手を打てず、言葉を飲み込み立ち尽くした。北風が吹きつけ、響の頬を切りつけてくる。蓮司は博多川沿いの道を歩きはじめた。響は呼び止めることも、追いかけることも、動くことさえできず、そこに立ち尽くし、ただじっと遠ざかる蓮司を見送った。


宮台響は幼い蓮司がどうやってここ中洲で一人生き続けることができたのかを想像した。七歳だった蓮司が暫くは母親の元で暮らしたにせよ、再び一人で中洲に舞い戻って来て、これまで学校とも社会とも関わりを持たず生き続けてきたことに当惑を覚えた。十歳や十一歳の幼い頃、あるいは十二歳や十三歳の多感な時期に、蓮司はどうやって、何を食べて、どこに寄り添って、たとえば冬をどうやって凌ぎ、乗り越え、生きてきたというのであろう。そんなことが可能なのか？　そもそもどこに寝泊まりを？　中洲の人たちが食べ物を与えたとしても、犬や猫じゃあるまいし、この都会で未成年のしかも戸籍もない子供が何年も生き抜くことができるというのか？　宮台響は十二年前、区役所を訪ねたことを思いだした。元担任の川本晃の協力などもあり、学区にある博多小学校が彼の受け入れを承認してくれた。けれども、その明るい兆《きざ》しもあの事件のせいでかき消された。その後、蓮司は行方がわからなくなり、自分が機動隊に異動になり、もしかすると中洲を出たことを利用して、蓮司からまるで逃げるように、問題をほったらかしてしまったのかもしれない。響は当時の気持ちを思い出し、今からでもまだ間に合うのじゃないか、と考えた。生まれてからずっと戸籍がないまま一人で生きた未成年がいることを世間に知らせ、人並みの生活が送れるよう行動する役目があるのじゃないか、と改めて決意し直した。

響は恋人の菜月に相談をした。保育士になる前に菜月は短い期間だが民間の子育て支援プログラムに参加した経験があった。無戸籍児童についてのシンポジウムを担当したことがきっかけで、菜月は無戸籍児童に関心を持っていた。響は菜月と一緒に、どうやったら蓮司に戸籍を持たせることができるのか、を再び探しはじめることになる。

「でも、相変わらず大きな問題はその母親やね」

菜月が言った。

「七年も一人で子供が暮らすってこれは戸籍問題以前に、物凄かことじゃない？　親はなぜほったらかすと？　信じられない。親元からいなくなったら警察に通報が普通やろ？　七年も放置って、それ犯罪やけん。まず、こども総合相談センターにこのことを再度伝え直して、しっかりと対応してもらうべきっちゃない？　親が不適切であると児相が判断したら、養護施設とか里親なんかの適した環境に預けるよう促され、適切な措置がとられると思うと。といってももう十七なら、今から養護施設には行かんね。どっちにしたっちゃ、響が頑張ることじゃないとは言わんけど、国や行政がまずちゃんとせんとね」

二人は共通の休みの日に、福岡法務局の戸籍課を訪ねた。窓口の男性は響たちの話に真剣に耳を傾け、

「そのようなことが事実だとするとこれは重大な問題ですね」

と言った。その後、窓口の男性が告げた一言が響をさらに驚かせた。

「無戸籍だからといって無国籍とはならないんですよ」

え？　と響が反射的に訊き返した。

「その子の両親は日本人ということですよね？　ならばその子は日本国籍を有しています。国籍法第二条によりその子は出生と同時に日本国籍を有しているのです」

どういうことですか？　と菜月が割り込んだ。

「その子は無戸籍ですから、公上、闇の子なのです。しかし、現にお二人や他にも中

洲の方々がその子の存在を知っている。たとえば福岡市こども総合相談センターの方々とかも。つまり彼は無戸籍児童ですが、親が役所にこのことを届け出れば、役所は彼の存在を知ることになりその子は住民登録され、闇の子供ではなくなりますね。義務教育を受ける年齢なら、書類が発送されるはずですし、その年齢を過ぎている場合でも途中入学できる学校などを探し手配することになります。地区によっては『無戸籍』でも住民票を発行してくれる場合もあります。今は昔と違ってだいぶ理解が進んでいます。出生時に様々な事情で親が出生届を出さなかったために『無戸籍』となったこの子の場合も当然、ほうっておいてはならないケースです。その子の置かれた環境についてもまずセンターに相談された方がいいと思いますよ」

と言った。

「国籍が持てるんですか？　すいません、おっしゃってる意味がわからない」

響が再度質問した。

「持てるのではなく、すでにその子には日本国籍があるんですよ。親が日本人なのですから。ただ、戸籍がないがために国籍を証明するものがない、ということです」

「なるほど」と菜月。

「大きな問題は親が無戸籍であるその子の存在を公にするのを望まないこと。なので、親を説得し子供の『戸籍』を作らないとなりません。親が日本人であるという明らかな資料や子供との関係がわかる書類を提出できれば『戸籍』を得る手続きはできます」

結局、振りだしに戻った。戸籍を持つためにはあかねを見つけ出し、再度説得する必要があった。

夜の中洲の大通りに面した交差点に幼い子供が一人立っていた。出勤途中の蓮司が気付き立ち止まる。コンビニの光りに照らし出された少年の前を大人たちが過っていく。それはまさにあの日の自分の幻影でもあった。少年は振り返り、熱帯魚のような目で世界を見回しはじめた。いったい何を探しているのだろう、と蓮司は思った。あの頃の自分はいつも何を探していたというのであろう。それはもしかしたら幸福な家庭だったかもしれない。あるいは、同じ年頃の仲間たちのいる憧れの学校だとか、戸籍を持ったもう一人の自分……。いつも好奇心と不安と寂しさと孤独を連れていた。少年が路地を行き交う大人たちを見上げた。その瞳の中に街のあかりが灯った。この少年にもきっとわけがあるに違いない、と蓮司は考えた。

酔った会社員らが子供を見つけ笑いながらも不思議がった。一人が近づき、どっから来たとか？　お母さんはどこにおっとか？　と腰を屈め訊いた。子供は後ずさりし、眉間に皺を寄せた。迷子と違うか？　警察に届けるか？　そこらへんに交番あったろうが。お巡りさんに任せたらよか。蓮司が駆け寄り、その子を抱きかかえた。会社員たちが蓮司の顔を見た。すいません、と蓮司が告げると、よかよか、と言い男たちは笑いながら次の場所へと歩きはじめた。

「ぼく、ここでなんばしよっと?」

「あのね、ママを待っとうとよ」

子供は明るく輝くコンビニを振り返り告げた。

「ママはいつ迎えに来るとね?」

「知らん。いつも夜の遅か時間に来るけん」

「ママは何ばしようとね」

「その辺で働いとうと。お酒ば男ん人につぎようと」

「お父さんは?」

「おらん。死んだっちゃん」

蓮司は驚き少年の顔を覗き込んだ。少年はコンビニを指さし、おにぎり食べたい、と言い出した。蓮司は、よか、好きなもんば買《こ》うちゃる、と言った。その時、背後から声がかかった。

小野寺菜月は一人足りないことに気が付き青ざめた。ユウキがいない。同僚に寝ている子供たちを任せ、外に飛び出した。ユウキはいつも脱走する。それも子供たちがぐずって問題を起こすタイミングのどさくさを狙うようにして……。菜月は階段を駆け下り路地へと出た。木曜日の午後九時、昭和通りと千日前通りとが交わるあたりまで走り、周囲を見回した。行き交う人々に交じって、若者に抱きかかえられコンビニの中を覗くユウキを発見した。菜月は飛んでいき、

「ユウキ！　すいません、あの」

と大きな声で叫んだ。蓮司は振り返り、物凄い形相で走ってきた菜月と対面した。菜月はユウキを奪い取って、数歩後ずさりすると、蓮司を睨みつけた。

「あ、この子が一人でふらふらしていたので、その、お母さんですか？」

「お母さんじゃありません。保育士です」

「ほいくし？」

「託児所で、子供たちを預かってるの」

託児所のことは幼い頃に一度聞いたことがあった。夜、働く母親たちが子供を預ける場所、と誰かが言った。そこに行きたいと思った幼い自分のことを思い出した。そんな金があるわけなかろうが、ボケ、と正数に頭を叩かれた。

「ダメでしょ？　外に出たらいかんって言ったでしょ？　心配したっちゃけん」

菜月がユウキを叱った。けれども、優しさがこもっている。蓮司は心を込めて子供

に接する菜月をじっと見つめた。菜月が蓮司の視線に気が付き、ありがとうございました、と取り繕って頭を下げた。あの、と行きかけた菜月を蓮司は呼び止め、一度、ユウキを見た。ユウキが蓮司に必死で手を伸ばしている。

「ユウキ君におにぎりを買《こ》うちゃる約束したとです。その、子供たちに差し入れをしてもよかですか？」

「あ、いえ、大丈夫です」

「ぼく、ほしい。お兄ちゃん買《こ》うちゃるってさっき約束したとよ」

ユウキが駄々をこねた。菜月が、いかんよ、知らない人にそんなこと言っちゃ、と注意した。

「いや、遠慮しないで。えっと、子供たち何人おるとですか？」

菜月は蓮司の顔を暫く覗き込み、今時の服装や髪形をしているが、もしかすると見かけによらず優しい人なのかもしれない、と考え直した。十人、と思わず答えてしまい、告げた後、一瞬、後悔をした。

「どこですか？　託児所」

菜月は蓮司に託児所の場所を教えそこを離れた。蓮司はコンビニに入り、子供たちが喜びそうな食べ物、おにぎりやお菓子やジュースを買い込むとそれを抱え託児所へと向かった。薄暗い託児所のカーペットに毛布が敷かれ、子供たちが思い思いの恰好で雑魚寝《ざこね》していた。顔を出すと、すでにユウキは寝ていた。

「さきほどはありがとうございました」

と菜月が礼を言った。蓮司がおにぎりなどの入った袋を差し出すと申し訳ないという表情で菜月は受け取り頭を下げた。

「スタッフの皆さんの分もあります。食べてください」

蓮司はそういうと一礼しそこを去った。菜月は閉まったドアを見つめ少しの間、茫然とした。あれ？　今の青年、どこかで見たことがあるような、と思った。


蓮司は更衣室で着替え、同僚たちと店を後にした。少しの間明るい交差点で、客の噂話など、くだらない立ち話をしてから、蓮司は一人いつものように通いなれた路地へと逸れた。昭和通りを越えたあたりで、背後に近づいてくる人の気配を覚え、警戒しながら振り返ると、いきなり殴りつけられた。バランスを崩しながらも敵がどのくらいいるのか咄嗟《とっさ》に確認をした。思いの外、大勢である。ただごとではないと察知し、転びそうになりながら体勢を慌てて整え、路地を走った。逃げ出さなければ勝てる数ではない。しかし、数人が行く手を塞ぎ、攻撃してきた。まず摑みかかってきた手前の男を殴りつけた。しかし、一瞬にして囲まれ、右にも左にも進めなくなる。男たちは蓮司を街灯下の壁際に追い込んで人の壁を作った。何としても突破するしかない。

けれども喧嘩慣れしている男たちに隙はない。殴りかかってきた手前の男を躱《かわ》し、殴りつけたが、横から手が伸び、引っ張られ、続けざまに腹部を蹴られた。急所を守るように頭部を両腕でカバーし、体勢を低くするのが精いっぱいだった。後ずさりし、壁に背中をつけた。こめかみを殴られたようで軽い脳震盪《のうしんとう》に見舞われる。このままこいつらに殺されるのか、と構え直した時、待て、と闇の向こうから声がかかった。一人の男が足を引きずりながら、男たちをかき分け、蓮司の前に現れた。判然としない視界の中から、

「もしかしてお前、……」

と声が届けられた。蓮司は目を凝らした。二重にぶれる視界の先に見覚えのある懐かしい顔があった。

地面が激しくぶれて、足元がふらつき、その都度倒れそうになる。支えられながらも何度か立ち止まって、大きく空気を吸い込み、上空の二重の月を見上げた。井島敦はマンションまで蓮司を抱きかかえて運びながら何度も、

「命の恩人にとんでもなかことばしでかした」

と謝った。

「いろいろとあってもう客引きはできんくなったけど、まだずうずうしく中洲界隈で

生きとうとよ」

蓮司は痛みのせいで話ができない。けれどもあの日を思いだした。七歳の蓮司は井島と一緒だった。なぜ一緒だったのかはもう覚えていない。でも、新橋通りの賑やかな交差点に二人はいた。ところが不意に見知らぬ男たちに囲まれ、今思えば人目のある場所だから、偶発的な出来事だったかもしれない、殴り合いが始まり、慌てた蓮司は井島を救うため数十メートル離れた交番へと駆け込んだ。あの時の一瞬一瞬のスローモーションのような時間のもどかしさは今もよく覚えている。一秒を争う事態だった。群衆が集まり、井島の顔見知りが騒ぎ出したり、罵声を浴びせる酔っ払いもいたので、男たちはなかなか井島を仕留めきれずにいた。

「後遺症でこっちの脚が動かんくなった」

井島は笑いながら言った。エレベーターの中で脚がもつれて一度倒れそうになった。井島が悪い方の脚で踏ん張り、蓮司の身体を支えた。

「でも、あの時の連中は一人残らず、同じ目にあわせてやったったい」

部屋で待っていた緋真が驚いて大きな声を張り上げた。蓮司は井島に担がれ、そのままベッドまで連れていかれ、寝かされた。救急車呼ばな、と騒ぐ緋真をひき止め、大丈夫やけん、と蓮司は言った。骨が折れとるかもしれん、どこか血管が切れとるかもしれないやろ、と緋真が心配した。けれども、病院に行けば、医者に何があったかばれてしまう。井島のためにも警察沙汰にするわけにはいかない。氷で冷やせばこんなのすぐに治る、と緋真を説得した。顔面を殴られたせいで顔の腫れが酷かった。回復するまで暫くの間、蓮司は仕事を休むことになる。

「蓮司、すまんかった。俺が後はきっちりやっとくけん、身体が戻ったら、お前はまたいつも通り店に出たらよか。なんも心配するな」

　井島が蓮司の耳元で囁いた。


　数日間は動けず、店を休んで蓮司は寝続けた。殴りつけられた肉体的な痛みは三日ほどで治まったが、顔の腫れがなかなか引かなかった。緋真が消炎剤を買ってきて看病を続けた。蓮司は歩けるようになると、ベッドの下から拳銃を取り出した。

「ダメよ。それで復讐ばすると？」

　緋真が前に立ちはだかり蓮司を睨みつけた。

「そうじゃなか。ちょっと感情の収まりがつかんけん、こいつをぶっ放してみたくなっただけったい。その、なんか、気晴らしに」

「撃つと？」

「ああ、公園の先の水処理場はこの時間だともう誰もおらん。一緒に来るや？」

　心配だから緋真は蓮司のあとを追いかけた。二人は深夜、中洲の突端へと向かった。

公園の外れに源太のテントが見えたが近づかないようにして、前に見つけた金網の穴から、こっそりと敷地内へと潜り込んだ。

「蓮司、やめて、怖すぎるけん」

「大丈夫ったい」

蓮司は拳銃を服の下に隠し、中洲の突端を目指した。震えが止まらない。殴られた時の恐怖と怒りが身体に染みついているせいかもしれない。寒さのせいかもしれなかった。全部が一緒くたになって蓮司に襲いかかり、顎ががくがくと音をたてて振動し、ポケットの中の手が痙攣《けいれん》を起こした。

「でも、蓮司、拳銃撃ったことあるとね？」

「あるわけなかやん」

「撃てると？　ものすごく大きな音がするっちゃないと？」

「そりゃ、拳銃やけん、大きい音がすんのは当たり前やろ。そもそもこの銃、弾が出るかもわからん。本物かどうかもわからんし、いや、撃ち方さえ知らんけん」

蓮司は声を押し殺して笑った。門は閉ざされているし、水処理施設の敷地内の灯りは消えて、人の気配はなかった。二人は中洲の北端に出た。川が合流する地点である。蓮司は堤防に取り付けられた鉄のはしごを下り、狭い砂地に立った。緋真は上で見張っている。

「ほんとに撃つと？　みんなが起きるっちゃないと？」

「大丈夫。川向こうは倉庫ばかりったい」

蓮司は拳銃を取り出し、弄りはじめた。そもそも銃弾が装塡《そうてん》されているのかもわからない。安全装置がどれかもわからない。引き金に指を引っかけ、遠くの海に狙いを定め、撃つ真似をしてみた。意外に重く、しっかり持っていないと銃身が下がった。手が震えた。

「かっこよかろが」

蓮司がそう言った次の瞬間、拳銃が暴発してしまう。驚くほどに大きな音が夜の博多に響き渡った。その銃声は川面で反響し、何重にもなって世界へと拡散されていった。激しい衝撃のせいで蓮司は思わず拳銃を落としてしまい、自身もバランスを崩し、尻餅《しりもち》をついた。緋真が驚き大きな声を張り上げた。手をついて、堤防の下に倒れ込んだ蓮司を見下ろす。

「大丈夫？　蓮司！　蓮司！」

地面に倒れ込んでいた蓮司がむっくり起き上がると緋真を振り返りニヤッと笑った。

「まじ、びっくりしたったい」

指が引き金に軽く触れたくらいのつもりだったが、痙攣していたからか、思いもよらない事態になった。顔に煤《すす》のようなものがかかった。それを手の甲で払い、痺れる掌《てのひら》を覗き込んだ。指先が大きく震えている。それは寒さではなく恐怖心によるものだった。

「蓮司、ケガは？」

「なかけど、びっくりしたぁ。これ、人殺せるったいね」

蓮司はそう告げると地面に転がる拳銃を拾い上げ、笑うのを止め、奥歯を噛みしめた。

「緋真、こんなもんは中洲に必要なか。いや、この世界に武器なんかあっちゃいかん。恐ろしか。こんなもんで人を殺《や》っちゃいけんと」

蓮司はそう告げるなり、握りしめていた拳銃を力の限り遠くへと放り投げた。拳銃は夜空へと舞い上がり、対岸の街灯の光りを受けながら放物線を描いて川中へと落下した。ぽちゃんと可愛らしい音が響き渡った。しばらく二人は暗い川面を眺めていた。再び世界は静まりかえった。

「寒か。戻ろうか」

蓮司はそう告げると堤防を上り始めた。

蓮司は拳銃らしきものを握りしめている。その銃身が女性の柔らかい腹部にめり込んでいた。緋真が持ってきた鎮痛剤を服《の》んだが、熱が引かず、うなされるような夢を見続けた。拳銃であかねを撃ち殺す夢であった。生々しい衝撃によって蓮司は目を覚ました。びっしょりと汗をかいており、それから暫くの間、眠ることができなくなり、結局、朝を待つことになった。

八日後、久しぶりにホストクラブに出勤するとマサトはいなくなっていた。連絡がとれないとのことだった。井島が何か仕出かしたに違いない。けれども余計な想像は控えた。メイクで顔の痣を隠し店に出ると、瀧本優子が、どうしたと、と訊いてきた。蓮司は笑いながら、転んだとです、と嘘をついた。瀧本は蓮司に新品の携帯を渡した。心配だから、これを常に持っといて、と言った。携帯を持ちたかったが身分を証明するものがないので買えなかった。真新しい携帯の Apple ID をチェックすると、加藤蓮司、とフルネームが出た。自分の名前が表示されて驚き、そして自分がほんの少しこの世界に認められたような気になり、嬉しくなった。すでにラインのアプリも入っており、友達が一人登録されていた。「瀧本ママ」とあった。

マサトがいなくなると店は蓮司の天下となった。小さな世界だったが、そこに蓮司の生きる場所があった。代表も幹部たちも「好きなようにやればよか」と言った。社長は「いずれ幹部にする」と約束をした。

「中洲国？」

井島は屈託なく笑った。

「何なん、それ」

「子供ん時に作った自分の国です」

井島敦は笑うのをやめた。そして、走り回る小さな蓮司を思い出し懐かしがった。

井島は息を吐き出し、口元を緩めた。

「いつもちょこまかしとったけんね。人気もんやった。お前は知らんやろうが、みんなここら辺の者はお前のことを『真夜中の子供』って呼んどった」

知ってますよ、と蓮司は呟く。

「井島さん、あの頃、俺は中洲に国ば作ろうって真剣に思っとったとですよ」

「国なんか作ってどげんしようって思ったとか？　政府も必要になるし、軍隊もいるし、戦争も起こる。面倒くさいことばかりやなかか」

「面倒くさくても自分の国があれば認められるじゃなかですか。今の自分は日本という国では認められとらん。保険にも入れんし、教育も受けられんかった。選挙権も持てんし、パスポートも、なんもなか。稼いでも銀行にお金を預けることさえできんとです。俺のせいじゃなか。ましてや犯罪者でもない。俺はただあの親の元に、そしてここに生まれ落ちただけですたい。でも、世界が俺を拒否した。だけん、俺も世界を拒否し、自分の国を作ることにしたとです」

井島敦はじっと蓮司の目を見つめ、それから柔らかく笑いだした。懐かしい井島の笑顔であった。蓮司もつられて頬が緩んだ。

「なんがおかしかとですか？」

二人は清流公園のベンチに座って、那珂川の向こう側に沈まんとする夕陽を眺めていた。幼い頃に見た光景と何も変わらない、と蓮司は思った。変わったのは自分だ。

「国を出て三十年近くが過ぎた。俺はもう日本の方が長かけんね、俺にとって日本が故郷ったい。俺は国籍を勝ち取ったとよ」

蓮司は嘆息をもらした。笑える井島が羨ましかった。

「七歳の自分には中洲国が必要やったとです」

今度は井島がため息をついた。蓮司が続ける。

「中洲の人たちは厚い人情がある。ここを愛する人たちは見えん何かで繋がっとうとです。山笠《やまかさ》を舁いてる勇ましか男たちば見てください。あの人たちには神が宿っとります」

神？　井島敦が鼻で笑った。

「宗教はすかん。俺は神さんなんか信じとらん」

蓮司が声を出して笑うと、井島が、なんか、と笑うのを止めて文句を言った。蓮司は首からぶら下げられた紐《ひも》を引っ張り、茶色く色褪せた小さな木札を取り出した。それを見て、今度は井島が大笑いした。それは井島がかつて首にぶら下げていた櫛田神社のお守りであった。

「じゃあ、これはなんですか？」

「お前、まだ持っとったとか？」

蓮司はお守りをシャツの中に戻すと、中洲は神さんたちがのる船やけん、と告げた。

「船？」

「中洲は船の形ばしとるじゃなかですか。俺には船に見えるとです。九州の神々はここから沖へ出ていきよると。祇園山笠はその神々を崇《あが》めるための崇高《すうこう》な行事です。あれは祭りとは違う」

井島はふっと真剣な表情を作ると、神がおるっちゅうなら、まず、真っ先にお前のことば救ってやってほしかった、と呟き、夕陽の方へ視線を向けてしまった。蓮司は井島の横顔を見つめた。井島の目つきが昔とはどこか違っている。つねに何かを警戒しているような隙のない、同時に落ち着かない目であった。

「井島さんはやくざになったとですか？」

井島が蓮司を振り返り苦笑した。

「そんな度胸、俺にゃなか。臆病やけん。でも、兄貴分がいて、その人からいろいろと仕事が回ってくるったい。取り立てとか、もめ事の仲裁とか。暴力団対策法ができて、兄貴たちもなかなか小回りがきかんけん。だけん、俺に出番が回ってきよった。ま、その」

蓮司は言い淀んだ井島の顔を見つめた。なんか、と井島がバツが悪そうに吐き捨てた。一瞬、蓮司は正数のことや、正数を半殺しにしたあかねの夫だった男のことを思い出した。

「中洲っちゅうても、ここも一つの世界やけん。戦争もあるし、和平もある。誰も好んで殺し合いなんかしたくなか。でも、必要な時もあっとよ。アメリカとかロシアとか見てみんか、一緒ったい。力の力学。やる時はやる。ミサイルや銃で撃ち殺す。なんも変わらん。俺がやくざなら、アメリカやロシアはその親分ったい」

蓮司は頷かなかった。井島の口元は緩み続け、目元が弓なりに撓った。

「ほんとは俺もビビっとうったい。いつまたフルボッコされるかわからんけんね。でも、ここで生きるためやけん。しょうがなか」

井島が蓮司の肩を叩いた。

「お前とまたこうやって会えてよかったばい。お前は俺の一番年下の仲間、弟分、そして、命の恩人やけん。な、蓮司」

蓮司は井島の目を見た。あの日、井島に貰ったコロッケパン。喉に詰まらせながら食べたあの惣菜パンの味が忘れられなかった。なんかあれば、俺はだいたいロマン通りにおるけんね、と言った。井島が立ち上がった。蓮司はあの頃のように井島敦を見上げた。

「中洲国に軍隊が必要な時は俺ば頼ってくれ。一肌脱ぐけん」

井島は笑いながら手を振り上げ、歓楽街へと戻って行った。

二〇一七年三月、
春が近くなり、中洲に柔らかく淡い光りが降り注ぐようになった。蓮司は絆真と連れ立って、久しぶりの国境警備に出かけることになる。一つ一つ、中洲にかかる橋を巡っては、昔欄干に記した×印が消えていないか、残っているかを確認して回った。雨ざらしのせいでほとんどの×は薄れており、その上から再度新しくマジックでなぞる必要があった。
弁天橋、大黒橋、博多大橋、中洲新橋にはまだ×印が残っていた。小さな橋では、すでに消えたものもあり、新たに×印を描く必要があった。
福博であい橋の欄干の×印は確認できなかったので、二人は橋の中央の欄干に新規に×を記した。福岡側に洋風建築の旧福岡県公会堂が見えた。それは光りを背で浴び、美しいシルエットを描きだしていた。二人は橋の中ほどに立ち、暫くの間、福岡側と中洲を交互に見比べた。

「緋真、自分が生まれた世界を愛することにどんな恥じらいが必要なんやろか。中洲は島国で日本に比べたら比較にならんほど小さかったい。けど、ここを訪れる日本人や外の国、中国、韓国、アメリカなんかの観光客の数はすごか。中洲の素晴らしさをいったい誰がきちんと世界に伝えきれとるんか。中洲は誇りを持つべきたい、中洲の独自の文化を守る必要があるし、外からの侵略を許しちゃいかん。日本とはいえ、勝手に踏み入ることは許されんったい。俺は中洲を守りたいと。中洲が中洲であり続けられるようにせんといけん。滑稽かもしれんけど、それが俺の中洲への忠誠心やけん」

緋真は黙っていた。前方から数名の若者が橋を渡ってきた。その中の一人が緋真に気が付き、あ、緋真だぁ、と馴れ馴れしく声を張り上げ、つられて全員が笑顔で緋真に視線を送った。男子たちは緋真の横にいる蓮司を見た。年恰好は同じだが、蓮司は眼つきも服装も存在自体が圧倒的に大人であった。蓮司が強い視線で睨むので、眼鏡をかけた男子たちは視線を逸らした。女子の一人が緋真に近づいてきて、彼氏？と訊いた。

「うん」

と緋真が答えた。蓮司はその軽々しい女子高生を睨みつけた。

「わ、怖っ。緋真、お幸せに」

そう言い残し、高校生たちが笑いながら走り去って行った。ごめんね、と緋真は蓮司に謝った。本当だったら、あのグループの中に自分もいたのかもしれない、と蓮司は思った。何不自由なく平凡な家庭で育ち、緋真と同じ学校に進学していたら、いったい自分はどんな高校生だったろう、どんな将来を夢見ていただろう。一度、緋真に連れられて行った小学校の校庭を思いだした。そこで遊ぶ罪のない子供たちの無邪気さを思いだした。

「緋真、俺はお前の彼氏なんか？」

「ごめんなさい」

「何で謝ると？」

「彼氏でよかと？」

蓮司は黙った。緋真は蓮司を守りたかった。緋真にとっては実際中洲なんかどうでも構わなかった。蓮司が中洲を愛しているので、緋真も同調しているに過ぎない。毎日、少しずつ蓮司が愛《いと》しくなるのが嬉しくて、どこか不思議で、なぜかおかしくて仕方がなかった。

緋真が、

「一度家に戻らんといけん。やらないけんことがあるけん」

と言いだしたので送り届けた。いつもほぼ一緒だが、緋真には帰る家があり、そこには緋真の家族との暮らしがあった。家事や、掃除や、家の役割があるに違いなかった。蓮司は緋真の家族のことを訊いたことがなかった。踏み入ってはならない領域だと思っている。

源太のところに顔をだそうと中島公園に差し掛かった時、携帯が振動したので、取り出し覗くと瀧本優子からであった。

「瀧本さん、どげんしたとですか?」

蓮司が告げると、瀧本の荒々しい呼気が蓮司の鼓膜を引っ掻いた。

「あかねが中洲に戻って来たとよ!」

蓮司は目を見開き、立ち止まった。言葉が喉元で詰まり呼吸を止めた。

「昼間、見覚えのない番号の着信があって、気になるけん出てみたら、あかねやったと。久留米で働いとったけど不景気やけん戻って来たって。中洲で働くつもりやけん仕事ば紹介してほしいって、言われた」

蓮司は奇妙な混乱に見舞われた。そもそも瀧本優子からあかねの名前が不意に飛び出したことも唐突だった。あるいはホストクラブのオーナーあたりから聞いた可能性もあると思い直し、一旦そのことは飲み込んだ。いつになく興奮気味に語る瀧本の慌てようの方が気になった。

「で、どうしたとですか？」

「うちの子たちが蓮司のことば言うとまずかけんね。やけん、今は募集がない、と曖昧にごまかしといた。中洲は狭かけん、そのうち、あんたがホストクラブで働いとることがばれるかもしれん。そしたら、あかねのことやけん、あんたば頼ってくるっちゃないかな」

　蓮司は金の無心をするあかねを想像した。瀧本優子は電話口で声をわずかに潜め、

「美人さんやけど、もう若くないけんね、中洲での働き口は見つけられんやろ」

と付け足した。

「だけん、私んとこへ電話が入ったっちゃろ。どこか他所《よそ》へ行ってくれればいいっちゃけど」

　翌日、ホストクラブに出勤すると代表がやって来て、社長のところにお前の母親から電話があったげなよ、と言った。

「蓮司のことは曖昧にしとったけど、それでよかったか、と心配しとった。電話番号聞いとうけん、一応、渡しとく」

　番号が記されたメモを手渡された。蓮司はそれを受け取り、暫く考えあぐねた。けれども、自分にとってあかねは世界でただ一人の母親。父親がああなった今、母親が

息子を頼るのは当然のこと、産んで貰った恩もある。蓮司は自分から母親に電話することにした。

あかねは、

「心配しとったんよ」

と携帯電話の向こう側でしらじらしく涙声混じりに告げた。

蓮司はあかねと二人で暮らした時期のことを思いだした。あかねは昔の知り合いから福岡市の外れに部屋を借りていたが、そこにはあまり戻って来なかった。たまに戻って来ても男連れであった。その時は夜であろうと、外に出とけ、と言われた。いる時でも、夕方まで母親は寝ていたし、冷蔵庫はあったが中はつねに空っぽだった。戻って来た時に僅かな生活費を与えられたので、それで買えるものを買い、飢えを凌いだ。そこは、中洲のような知り合いが大勢いて外に出ればなんとかなるような場所ではなかった。集合団地が連なる住宅地でコンビニくらいしか明るい場所はなかった。昼日中、家の周りをうろうろしていると周辺の住人たちにじろじろと見られた。蓮司は家に籠りがちになるが、テレビもラジオもない。窓が一つあり、そこからは殺風景な住宅地しか見えなかった。何より、あかねの前で正数の話はタブーだった。父親がどうなったか心配だったので何度か訊いたが、あからさまに不機嫌な顔をされた。ストレスが溜まり辛くなると、仕方がないので、ひたすら歩き続けた。太陽を浴びたい時は隣町の公園で人目を避けて一人遊んだ。一年は我慢できたが、目を閉じると中洲のことばかり、源太や緋真、康子、カエル、平治、井島のことばかり思いだす。なによりその郊外の町には山笠がなかった。蓮司は常にそこから脱走することだけを考えていた。

ある夜、蓮司はコンビニで補導され、福岡市こども総合相談センターに送られた。根岸吉次郎はすでに退職した後でいなかったが、過去の資料から春吉のあかねの実家に連絡が行き、徹造が迎えに来た。蓮司はセンターに残りたいと徹造に頼み込んだが認めてもらえず春吉に連れ戻された。あかねは電話で蓮司を激しく叱った。バスに乗って一人で帰って来いというので、あかねの元には戻らずそのまま中洲へと足を向けた。遠くに中洲が見えた時、少年の目は微かに濡れ、視界も霞《かす》んだ。

「よかった。お前がちゃんと生きとって、元気そうで安心したとよ」

あかねは、春吉の実家に身を寄せている、と電話口で言った。仕事を探したけど、ホステスとして雇ってくれそうなところが今んとこ見つからんと。

翌日、あかねはさっそく娘のトマを連れてホストクラブにやって来た。開店前のミーティングの最中のこと。控室に顔を出すと、幾分ふくよかになったあかねが、娘のトマと並んでソファに腰掛けていた。あかねは立ち上がり、芝居気たっぷりに、心配しとったとよ、と押し寄せる勢いで切り出した。どれだけ自分が蓮司を心配していたかを滔々《とうとう》と語った。開店前のもっとも忙しい時間帯だったので、落ち着いて話せる雰囲気ではなく、明日の午前中に春吉に行くけん、待っといて、と告げた。するとあかねは表情を強張らせ、この子を見てなんとも思わんとね、と涙ながらに訴えた。

「トマはいつもお兄ちゃんの話ばかりしよるとよ。会いたいっちゅう気持ちをわかってやらんね。世界でたった二人きりの兄妹やろ。なんか優しい言葉をかけてやったらどうね？」

蓮司は妹の顔を見つめた。あの日、この子はまだ生まれていなかった。妹が祖父母の養女になったことは知っていた。戸籍もあり、学校にも通っている。自分の妹だけでも社会に適応できてよかった、と蓮司は思った。赤ん坊の頃しか知らないトマはすでに小学校の中学年のはず。清楚な白いシャツを着た妹は目鼻立ちがしっかりしており、特に目元はあかねにそっくり、すでに仄かな色気があった。蓮司が覗き込むようにじっと見つめるものだから、トマは恥ずかしそうに視線を逸らしてしまった。

「お前はここでナンバーワンってね。すごかね。母さん、鼻が高かよ」

あかねが不意に態度を変え誇らしげに自慢しはじめたので蓮司は返答に困った。瀧本優子の心配がすでに現実のものとなって押し寄せている。

「どこで暮らしとうと？　部屋とか借りとるっちゃろ？　ナンバーワンやもんね」

蓮司は力なく首をふり、知り合いのところに間借りしとったい、と伝えた。

「間借り？　もう立派な社会人やけん、そんなとこ早《はよ》う出て、一人暮らししたらよか。広かマンションば借りなさい。男は力を見せつけないけん」

「でも、戸籍がなかけん、部屋ば借りれんったい」

「なら、代わりに借りてやっちゃる。ここで一番なら立派なところに住むことができるやろね。なんなら、トマと三人、親子水入らずで暮らすこともできるとよ」

蓮司は妹の目を見つめた。何かを訴えている。でも、言えない。言い出せない。あの時の自分と一緒だ。それが痛いほど蓮司にはわかるから、

「元気にしとうとか？　学校は楽しかね？」

と優しく声をかけた。トマははにかむような笑みを浮かべ可愛らしく頷いてみせた。

「おじいちゃんとおばあちゃんは優しくしてくれよっとか？」

「うん」

「よろしく言っとってな。遊びに行くけんって」

はぁ、と大きなため息を漏らしながらあかねが立ち上がると、二人の間に割って入った。

「なんで近くにおるくせに顔ださんと。あの二人も心配しとったた。もう、ずっと会ってなか。薄情な子やね。あん人たちももう年やけん、生きとるうちにはよ来《こ》んね。切

なかったい」

ホールからノリの良い開店の音楽が流れ始め、それに合わせるように、店員たちがシャンパンコールの声出し練習をはじめた。トマが驚いて声のする方を振り返る。華やかな世界やね、とあかねがため息交じりに漏らした。表情や態度から、ウキウキしているのが伝わってくる。

「懐かしか。お父ちゃんも同じように働いとったとよ。蛙の子は蛙ったい」

誇らしげにあかねが告げた。あの男に袋叩きにされた、あの夜の父親の骸《むくろ》のような姿を思い出した。目の前で血だらけになり、動かなくなった父親の身体を七歳の蓮司は見下ろしていた。流れ出た血が床を赤く染めた。精神が崩壊する瞬間でもあった。悪夢から醒めるために、いったいどれだけの時間を要したであろう。あの日のことを夢に見なくなったのはつい最近のことである。

「母さん、仕事に戻らんといかんけん」

断ち切り、行こうとすると、あかねに呼び止められた。

「蓮司、あるだけでよかけん、少し融通してくれんね。仕事がなくて困っとうとよ」

あかねが蓮司の目をじっと見つめてくる。蓮司は財布からあるだけの札をとりだし母親に握らせた。声を震わせ、悪かね、また来るけんね、とあかねは言った。

あかねはその後頻繁に金の無心をするようになった。蓮司は仕方がないと思ったが、瀧本優子は強い懸念を表明した。

「一生、あの女にまとわりつかれることになるとよ。よかと？」

「でも、母親やけん」

瀧本優子は、あかねを自分のクラブで働かせてみてはどうか、と一計を案じた。自立させれば無心に走らないのではないか……。ところがあかねは瀧本の提案を一笑に付し、

「もう働かんでもよくなったと。これからは悠々自適の生活を送ることになりそうやけん」

と、電話を切った。

あかねは開店前の店に顔を出して、蓮司から金を受け取ると、そのまま別のホストクラブへ遊びに行くようになった。あっという間に金を使い切るので、翌日にはまたやって来る。底なしの無心の循環が始まった。

そのことを聞かされた瀧本優子は怒りに震え、自分の大切なものを汚されたような悔しさに見舞われた。瀧本優子はあかねを蓮司から引き離さなければならない、と考えた。でも、どうやって？

折しも、あかねから瀧本の元に電話が掛かってきた。

「姐《ねえ》さん、一緒にホストクラブ行かん？」

　中洲で遊ぶ友人がいないので瀧本に誘いがかかった。いい機会だから説得しようと考え、瀧本優子はあかねと喫茶店で待ち合わせることになる。

「あの子はわたしが産んだ。おなかば痛めて産んだとよ。その子がわたしに金ば用立てるのは当然やなかですか？　別になんとも思わんし、そんなこと優子姐さんに言われる覚えないっちゃけど」

　瀧本優子の忠告をあかねは鼻で笑って聞き流した。

「でも、ナンバーワンやけんって、まだ子供やないね？　どこまで稼いどるか知らんけど、毎日、金せびっとったら、すっからかんになってしまうちゃない？」

「おっしゃる通り、あの子はまだ子供やけん、金の使い方がわからんと。だけん、わたしが代わりに使ってやりようったい。それにわたしが困っとうけん、くれるとです。あげんよか子はおらんでしょ。姐さん、やきもちば焼いとうと？」

　あかねの独演はなかなか終わらない。息子の自慢話、子育ての苦労話、仕舞いには、蓮司には幼い頃から何か才能があると信じてたったい、と捲し立てた。

「あの子が小さい頃、わたしがどんなに苦労ばして育てたか、誰も知らんけん、そげんせからしかこと言うてくっちゃん。でも、あの子はわたしに大切に育てられたことを覚えとうと。だけん、尽くしてくれる、小遣いばくれるとです。今、あの子が人気なのはわたしの遺伝子を受け継いどるからでしょ？　違いますか？」

瀧本は呆れ、噴き出してしまった。

「障害者になった正数の面倒みんでよかとね？」

あかねは下を向いて、

「別に。もう別れました。結婚もしとらんし」

と素っ気ない。

「あなたは別れたですむけど、蓮司の父親なんやろ？」

あかねはぷいと視線を逸らしてしまった。この女が生涯蓮司にたかり続けるのは目に見えている。なんとかしなければ、と瀧本優子は心の中で呟くのだった。


暖かくなり、中洲は再び多くの人出を取り戻しつつあった。宮台響は当番日、早朝の清々《すがすが》しい光りを浴びながら、中洲警部交番に到着した。携帯に菜月から、おはよう、今日も頑張って、とラインの着信があった。

「なんばニヤニヤしよっとか」

当番明けの池谷巡査部長が、携帯をそそくさと仕舞う宮台響をからかった。

「恋人からか？　なんて？　朝から熱いラブラブメッセージか？」

響は思わず相好を崩してしまう。結婚の日取りが決まったところであった。

「いつね？　いつ結婚するとね」

「内緒ったい。結婚するまで秘密やけん。とくに池さんには内緒！」

同僚たちが一斉に笑った。笑い声が当番明けの警官たちを和ませた。岡田巡査が自転車置き場の掃き掃除をしている。さわやかな風が交番の中を駆けぬけ、昨夜の中洲の熱を一掃した。

「池さん、ゆうべはどげんやった？　なんか事件あったと？」

「あったばい。酔っ払いが次から次にやって来て、暴れる暴れる。寝れんかったったい。大事件やろが」

一同が大笑いした。響は池谷から昨夜の引き継ぎの指示を受けた。当番明けの警官たちが本署へと戻っていく。サッシの引き戸は開いており、春の柔らかな光りが建物の中へと降り注いでいる。昨夜、菜月の家族らと一緒に食事をし、結婚の日取りや諸々を取り決めた。初秋、二人は晴れて夫婦になる。

夜、宮台響が見回りをしていると、不意にドン・キホーテから蓮司が出てきた。大きな紙袋を抱えた蓮司はそのまま明治通りを福岡方面へと向かった。岡田巡査に、ちょっと気になる奴がおるけん、様子ば見てくる、と言い残し、蓮司のあとを追いかけた。蓮司は二つ目の角を曲がり、見慣れた路地へと曲がった。そして、そのまま見覚えのあるビルの階段を上り始めた。宮台響は慌てて立ち止まった。二階には恋人の菜月が勤める託児所がある。託児所の入り口前で蓮司は呼び鈴を押した。響は瞬きさえできなくなった。菜月が顔を出し、慣れ知っている者へ向けるような柔和な表情で何か言葉を向けた後、蓮司を中へと招き入れてしまった。響は天地がひっくり返るほどに仰天した。いったい何が起こっているというのか。思わず、なんで、と通行人に聞こえるほどに大きな声を上げてしまった。人々が街灯の下に佇む警官を振り返る。ドアが閉まり、世界は静まりかえった。響は動けなくなってしまう。路地の上に黄色い満月があった。

子供たちは蓮司が顔を出すと、ユウキを先頭に、我先にと走って集まってきた。みんなすっかり蓮司と仲良しになっている。

「今日は、おにぎりやないけんね」

そう告げると蓮司は紙袋を子供たちの前に置いた。

「なに？」

ユウキが大きな声を張り上げた。子供たちの後ろに菜月ともう一人の保育士が立ち、微笑みながら見守っている。

「今日は、これったい」

蓮司が人気アニメのキャラクター玩具を一つ掴んで取り出すと、子供たちは歓声を張り上げた。すごかー、すごかー、すごかーとユウキがはしゃいだ。子供たちは袋を囲み、中からおもちゃを引っ張り出して、奪い合った。

「だめよ、喧嘩しちゃ。仲良くね、仲良くわけあうとよ」

蓮司は子供たちがおもちゃを選んで楽しそうに遊ぶ様子を見て満足だった。この子たちは母親が迎えに来るまでここにいる。クラブの閉店時間までだから、深夜を過ぎる。一度起こされ、眠い目を擦りながらタクシーに揺られて郊外の家まで戻る。それでも、ここにはこの子たちに優しくしてくれる保育士がいて、一生懸命働く母がいる。大変だけれど、愛されているのだから大丈夫だ、と蓮司は思った。

「これからお仕事ですか？」

菜月が蓮司の黒っぽい恰好を見ながら訊ねた。ええ、と蓮司は肯う。

「俺、ホストなんすよ」

蓮司が告げると菜月の同僚が、

「やっぱりね。そうやろなって思っとりました。ドン・キホーテにたくさんポスター貼ってありますもんね？」

と興奮気味に告げた。菜月は思いだした。エスカレーターで上り切ったところの壁一面に、若い男の子たちの顔が載った大きなポスターが何枚も貼られてあるのを。アイドルかな、と思ったら中洲のホストたちであった。

「あの中におるっちゃろ？　見たことある」

菜月の同僚がミーハーな目をして問い質《ただ》す。さあ、と蓮司はごまかした。菜月は夜の中洲で見かける華やかな女性たちとは違い、垢《あか》ぬけずおっとりしていた。子供たちをあやしている時の菜月はまるで年長の子供そのもの。子供たちの前では、声の出し方もアニメの主人公みたいだし、歩き方もぬいぐるみのようであった。子供たちの反応や信頼感が全然違う。子供たちにとって菜月は自分たちを理解するキャラクターであった。

「なんがおかしかとですか？」

菜月が微笑む蓮司に訊き返した。いいえ、すいません、と蓮司は謝った。その時、ドアが開き子供を抱っこした母親が飛び込んできた。

「ごめんなさい、先生。寝坊しちゃって。この子、宜しくお願いします」

菜月が化粧をした派手な恰好のお母さんから子供を受け取った。蓮司はそれが誰か知っていたので、背中を向けた。瀧本優子のところで働いているホステス、蓮司の筆おろしを申し出た元気な女性であった。子供はすぐにおもちゃを見つけ走った。若い母親は、すいません、助かります、と告げると出ていった。

「大変ですね、皆さんもだけど、お母さんも」

「シングルの方が多かとです。中にはここに子供を預けることに引け目や後ろめたさを覚える人もいます。普通の家庭のように子供を育ててあげられんという負い目。確かに子供たちは辛いですよね。一度寝て、必ず夜中に起こされるわけやけん。でも、かわいそうだな、と思ったら負けなんです。みんな生きてるのだから大丈夫、と思わんとやっていけん。時々、お母さんたちの愚痴を聞いたりします。私が愚痴を言うこともありますよ」

蓮司は唇をぎゅっと結び、小さく頭を下げた。そこには感謝の気持ちが混ざっていた。菜月に、では、と言い残して立ち去ろうとすると、

「あの」

と呼び止められた。靴を履きかけながら蓮司は振り返る。

「いつもすいません。でも、こんなにしてもらえると、その、ちょっと恐縮しとります」

「よかとです。彼らの笑顔、和むんですよ。時間ができたら、また、立ち寄らせてもらいますけん、じゃあ」

蓮司はユウキの頭を摩って、託児所を後にした。階段に出ると、頭上で満月が輝いていた。春の特大の月であった。

そうなんだ、と菜月は呟き、蓮司の顔やその時の態度を思い返した。

「あいつが蓮司ったい」

でも、と菜月が話す響を遮った。

「響から聞かされていた蓮司君という人物はもっと、なんていうのかな、暗くて、どこかに狂気を隠し持っているような印象だけど、託児所におにぎりやおもちゃを届けに来る彼はとっても優しいお兄さんったい。子供たちにもとっても人気があるっちゃん。あの子たち、人を見抜く力があるけん、嘘じゃないと思う。あの優しさ」

響は、優しくないとは言ってないったい、と小さく抗議した。

「正直、俺は蓮司のことを知っているようで知らん。子供の頃の蓮司しか知らんったい。今の蓮司がどういう人間になったとか、わからん。だけん、俺も驚いとう。あいつが子供たちにおにぎりを届けるような人間になるなんて想像したこともなかけんね」

「うん。ユウキはとっても難しい子なんやけど、あの子が心を委ねているのがわかるっちゃん。まるで父親に抱っこされてるみたいに、安心しきっとうと。父親を知らない子なんやけどね。同じ匂いを感じるのかな。べったりよ」

「蓮司は幼い頃の自分をユウキに投影しとうのかもしれんね。昔の自分に手を差し伸べたいんと違うかな。ユウキに優しくすることであの頃の自分の孤独を癒しようんやろうか」

二人は暫くそれぞれの中の蓮司少年を想像し黙った。

「あいつ、ホストになったとか」

響が呟いた。

「中洲のホストはみんなアイドルみたいやけんね」

菜月が言った。響は微笑む菜月を横目に、

「でも、まだ未成年は未成年ったい。酒を出す、ホストクラブで働いちゃいかん」

と告げた。

「え、報告すると?」

菜月は抗議するような目で響を睨んだ。

「警察官やけん。未成年者がホストとして働いているのをほっとくことはできん」

「でも」

菜月が反論した。

「法律ではそうだけど、じゃあ、どうやって生きていけばよかと? もうあと一年で十八やけん、見逃してあげたら? 必死で生きとうやなかね、中洲で。周りはなんもできんのに、彼から仕事奪うのは知り合いとしてどうかと思う」

響は視線を逸らした。

「それに、彼が十七歳か十八歳か、戸籍ないっちゃろ? その差をどうやって判別すると?」

二人はお互いの顔を見た。宮台響はため息をつき、やりきれないという風に小さくかぶりを振った。

二〇一七年四月、
あかねによる金の無心が連日に及ぶようになると、さすがに蓮司もこのままではよくないと思うようになった。金があるから無心に来る。自分が無一文になればどうなるだろう。考え抜いた末、ホストクラブを辞めることにした。稼ぎ頭の蓮司に抜けられては商売が立ち行かなくなる、社長と代表は思い留まるよう蓮司を引き留めたが、蓮司の決意は固かった。

「マサトがいなくなり、お前にまで辞められたら、考えてもみてくれ、ここはどうなっとか?」

社長が懇願した。困っている時に仕事を世話してくれた恩のある人だったので、蓮司は後ろめたくなった。

「あかねば寄せ付けんようにするけん、なんとか続けてもらえんとやろか」

「すいません。ちょっとだけ休ませてください」

蓮司は申し訳なく思い、成人したら必ず戻ってくる、と約束した。あかねは激怒した。いつものようにホストクラブへ顔を出すと、蓮司は辞めたという。社長が出てきて、お前が金の無心ばするけん、辞めてしまったったい、どげんしてくれるとや、とあかねに文句を言った。

あかねは通りに出ると携帯をとりだし、震える手で蓮司に電話をかけた。なんで辞めたと、恥ば掻いたやないね、といきなり怒鳴りつけた。

「ホストに疲れたけん暫く休むことにしたと」

「金は？」

「金は母さんに渡したけん、もうなか」

あかねは街灯の下で立ち止まり、なんば言いようと、自分の言いよることがわかっとうとね、と吐き出した。あかねの怒りは収まらない。同じような文句を何度も何度も繰り返した。蓮司は目を閉じ、小さく嘆息をついた。

「あんたは馬鹿っちゃない？　せっかく努力してナンバーワンになったのに、それを呆気《あっけ》なく辞めてどげんすると？　金がないって、嘘やろ。今まで稼いで貯めた金を持っとろうもん、なんで嘘つくと？　金を渡したくないけん嘘つきよるっちゃろが」

「嘘やなか。金はもうなかったい。母さん、まだ一年も働いとらんとよ。それもナンバーになったんはここ最近。母さんに毎日何万円も渡しとうとけんね、もうなか」

「あんた、誰と結託してこげん愚かな仕打ちばしよると？　家族がみんな困っとうのに、よくそんな酷い仕打ちしきるね。トマはどげんするとね？　じいちゃん、ばあちゃんは誰が面倒見るとね？　ここまで育ててきた人間を地獄に突き落としてそれであんたは嬉しいと？　トマは学校に行けんくなるし、ばあちゃんは介護を受けられんくなるっちゃけんね」

「母さんが戻ってくる前はみんなちゃんとやっとった。自分が遊ぶ金がほしいだけやろ。瀧本さんから聞いたったい。渡した金で毎晩、別のホストクラブで豪遊しよっちゃろ。そのために自分は毎日働いとるわけやなか。そのためにこれからも働き続けるつもりはなか」

蓮司が強い決意を伝えるとあかねは黙ってしまった。その視線は凝固し、どことは言えない場所で動かなくなった。唇が震えだし、奥歯を嚙みしめると、顎に筋が立ち、眼尻が吊り上がった。街灯の元に立ち尽くす赤鬼を人々が避けていく。

「この親不孝めが！」

と不意にあかねは爆発した。蓮司は思わず携帯を放した。十数秒間があき、スピーカーから今度はすすり泣く声が漏れてきた。大げさな芝居だったが必死さが込められている。あかねは携帯に顔を押し付け泣いているに違いない。ガサガサとスピーカーの音が割れ、聞き取りにくい。

「蓮司、蓮司……」

赤鬼は蓮司の名前を泣きながら連呼した。蓮司はその哀れな姿を想像し、思わず目を閉じてしまう。

「蓮司、よかね、よう聞いときよ。確かに、調子に乗って遊び歩いた母さんが悪かった。でも、ずっと苦しかったったい。働き詰めで、この年まで遊ぶことができんかったのは知っとろうもん。不意に金が手に入って、はしゃいでしまった。昔のように、父さんが元気やった頃のように、楽しくなりたかったとよ。ホストクラブの華やかな雰囲気見たら、自分もそういうところでもう一度遊んでみたくなったったい。それくらいよかろうが。母さんだって生きとるし、息抜きをしたかったと。でも、すまなかった。ちょっと甘え過ぎやったね。もう、ホストクラブには行かん。だけん、後生だから、もう一度、あそこで働いて、金ば稼いでくれんね？　社長さんは今でもお前のことを待っとうけん、すぐに戻ってまた働いて金ば稼ぐと。家族を救うと思って、働くったい。お前は長男やけん、父さんがあんな風になった今、大人になったお前が家族を支えるのは当たり前のことやろ。蓮司、頼みます。トマを助けてやってください。世界でただ一人の可愛い妹が学校で恥ばかかんように援助してやってくれんね。蓮司、聞いとうとね？」

蓮司はずっと目を閉じていた。仕方なく、

「料理屋で修業を積んで板前になろうと思っとうと」

と消えかかるような声で返した。一瞬の真空が生じた。蓮司が目を開いた次の瞬間、再び騒音が溢れ出した。

「あほか、お前は！　はっ、修業？　今からね？」

「今からってまだ十七やけん、これからでも十分間に合うやろ」

あかねは再び興奮して、なんば寝ぼけたこと言いよるとか、と大きな声を張り上げた。

「ホストは修業なんちゃ積まんでも生まれ持った才能でやっていけるやないね。何の才能も持たん人間が修業ばするっちゃろ？　寝言ば言わんと。頭がおかしくなったとか？　修業したところでホストで稼げる金の何十分の一も稼げんとよ。どこで修業するとね」

「どこでんよかやろ」

あかねは息が継げなくなり黙った。目を吊り上げ、携帯を睨みつけた。今にも携帯を地面に叩きつけそうな勢いであった。あかねは両手で携帯を握り直すと、自分の口元に持ってきて、顔を真っ赤にしながら中洲じゅうに聞こえるような大声で怒鳴りだした。

「こん薄情もんが！　育てた恩を忘れたとね！　今日まで必死にお前のことを育ててきたわたしに死ねちゅうとね？　お前みたいな自分勝手な子を産んだことを恥じる。

情けなか。情けなかったい。それが親に対して言う言葉なんね。母さんが死んで後悔せんどきいね。わかったね！　だいたいお前は」

蓮司はあかねが怒鳴っている途中で携帯を切った。これ以上、あかねの言葉を受け止める気力は残っていなかった。熱帯魚の目になって、携帯をソファの上に放り投げた。あかねからの着信が続いた。けれども蓮司はもう出ることはなかった。一晩中、携帯は鳴り続けた。その繰り返されるヒステリックな騒音はあかねの絶叫そのものであった。ベルの着信音の消し方がわからなかったので、明け方、蓮司は瀧本から貰った携帯を風呂の水の中へと水没させた。

二〇一七年五月、

清流公園と中島公園の緑は生い茂り、通りを抜ける風には仄かなぬくもりが混ざるようになった。人々は幾分薄着になり、幾分華やかな色の服を選び、光りを求めて通りに出はじめた。しかも誰もが心の底からの笑顔であった。

蓮司は老舗料亭「千秋」を訪ね、料理人として働く黒田平治と面談した。事情を説明すると、平治は笑いながら、よかよか、なんも心配するな、と力強く言った。

「高橋会長との約束やけん。蓮司ば頼むけんって預かった。俺が元気なうちは責任もって面倒みるけん」

と言い切った。蓮司は割烹着《かっぽう》を羽織り、一番下の見習いとして働き始めることとなる。包丁の正しい持ち方さえわからないので最初は覚えなければならないことがたくさんあった。三十人ほどの大所帯でここにも上下関係はあったが、平治のおかげでマサトから受けたような嫌がらせはなく、誠実に仕事と向かい合うことができた。朝早くから夜遅くまで蓮司は勤勉に働いた。学歴のない蓮司だったがそこには将来があり、描くことのできる幾何《いくばく》かの現実的な夢があった。

同世代の見習いがもう一人いた。熊本から出て来たばかりの桑原勉《つとむ》は明るく元気でいつも周囲を笑わせ和ませる面白い若者だった。蓮司にとって勉は同じ年齢の、しかも生まれてはじめての男の友人となった。同世代の友人を通して、蓮司の世界観に変化が生じた。勉と自分を比較することで物事を考える基準が生まれ、勉のアドバイスによって蓮司は自分の行動を正当化することができ、勉との日々のやり取りが蓮司を孤独から救った。

蓮司は人参の皮を剝いている時、自分は学校に通ったことがないけん、と勉に告白した。勉は笑いながら、自分より学歴のないやつがおったんか、と言った。勉は中卒で、いつもそのことがコンプレックスだった。学歴のない蓮司の存在は俺の励みだ、などと皮肉った。

「やけど学校なんか行ったって実際なんも役にたたん。人より早く社会に出て世渡りば学んで人間関係に揉まれてこそ、男は成功するったい」

辛口だが勉の言葉には蓮司への優しさが溢れていた。男友達を持ったことのなかった蓮司にとって勉の出現は新鮮だった。日々の暮らしにかつてない張り合いが生まれることになる。これが友情というものかと蓮司は思った。ならば緋真との関係はなんだろう。男と女の違いだろうか。勉との友情はさばさばしており、隠すものがないほどにあっけらかんとしていて、しょっちゅう笑いが起こり、何より対等で、同性同士の信頼の上にあった。緋真とは親密できょうだいのようで、何でも相談できるが、けれども対等とは言えず、蓮司は緋真にあたることもあったし、緋真は献身的だったが不意に怒ったり感情的になって蓮司を困らせることもあり、その奇妙な綱引きにお互い疲れ切ることがあった。

料亭の仕事はホストとは比べ物にならないほどに厳格で重労働だった。厨房は戦場のように一瞬の油断も許されず、つねに神経を張り巡らせ、臨戦態勢で挑み続けなければならない。蓮司は下っ端の見習いに過ぎなかったが、勉や平治がいるおかげで緊張と生き甲斐をもって日々を過ごすことができた。そして、何より、そこには夢があった。学歴も戸籍もない蓮司がつねに切望してやまなかったものは夢だった。ここで技術を身につければ少なくとも料理人としてやっていくことができる。店を持つことだってできるかもしれない。祖父、徹造も中洲でかつては小料理屋をやっていた。蓮司は徹造が拵える雑煮のことを思い出した。美味しいものが食べられなかった幼い頃の自分にとってそれは一番のご馳走だった。人に喜んでもらえるような料理を作ることができる板前になりたい、と蓮司は思った。その夢をここで叶えることができる。

仕事が終わりマンションに戻る。エレベーターの扉が開くと、モーター音などでわかるのだろう、緋真が時々先回りをして廊下の暗がりで待ち受けていた。料亭で働きだしたことを緋真は歓迎した。何より、金持ちの女たちの誘惑を受けないですむ。髪を短くし、スポーツ刈りにした蓮司は逞しくなった。朝早く出かけ、夜遅くに帰ってくるが、戻ってくるたび精悍《せいかん》になっている。それが手に取るようにわかるので、緋真は嬉しかった。蓮司は部屋に戻ってくると毎日、勉の話をした。勉の兄弟の話や、勉の野心、勉の少年時代、勉の辛辣《しんらつ》な冗談や失敗談などを……。生まれてはじめて持った友人のことを幸福そうに語る蓮司の生き生きとした表情は、はじめて見る彼の新鮮な一面であり、緋真を心底安心させるものであった。

緋真が勉と会ったのは五月末のこと。店が休みなので、蓮司が勉を釣りに誘った。蓮司は勉に源太と緋真を紹介した。四人ははじめて一緒に会ったが、そう思えないほど気が合った。緋真はとても素敵な男友達を蓮司が連れてきたことが嬉しくてしょうがなかった。源太と蓮司と勉は釣り糸を垂らした。

「なんが釣れっとですか？」

勉が明るく源太に訊いた。

「ウナギ」

源太が微笑みながら答えた。

「昨日、大雨やったろうが、雨の次の日はウナギがこの辺にぎょうさん集まってくるったい。それも天然のウナギが」

蓮司が得意げに告げると、まじか、天然のウナギがこんな場所で釣れっとか、と勉は大声で驚いてみせた。

「蓮司が最初にウナギを見たのは六歳の時やった。この子は蛇だと思って私の後ろに逃げ込んでぶるぶる震えとったんばい」

源太がばらした。蓮司が、ビビっとらん、と言い張った。緋真と勉は笑った。緋真がこのような人間味のある蓮司を見たのは久しぶりのことだった。額も頬《ほ》っぺたも艶やかで、しかもその瞳は中洲じゅうの光りを受け止めキラキラと輝いている。この人はまだ十七歳なんだ、と改めて気が付くと、緋真はこれまで感じたこともないほどの大きな感動に包み込まれた。まだ、自分たちには無限の時間がある。会った時からこの人が好きでよかった、と思った。そう思うと緋真は泣きそうになった。

「あ、来た！」

勉の釣り糸がぐいぐいと川底に引っ張られていく。源太と蓮司が立ち上がり、勉の背後に回り込んだ。黒い魚影が暴れ、川面で跳ねた。

「ウナギったい！」

源太が勉を手伝い、一緒に竿を持ち上げた。蓮司がリュックからいつものまな板と専用包丁を取り出し、素早く、捌くための準備をはじめた。釣り上げたウナギはみんなの足元で動き回った。緋真が騒いで蓮司の後ろに逃げ込む。

源太が手袋をはめ、四つん這いになって、動き回るウナギの首根っこをぎゅっと一気に捕まえた。勉が、驚いたぁ、ほんとうにウナギやんか、と声を張り上げた。蓮司が我先に包丁を摑み、ウナギを捌きはじめる。すっかり慣れた手つきであった。源太が蓮司の頼もしい包丁捌きを誇らしげに見つめた。時が流れていた。六歳の少年が十七歳になった。そこには十一年という中洲の時間が刻まれていた。四人は協力しあって炭を熾すと、ウナギを焼いてかば焼きにし、頰張った。

瀧本優子の元に再びあかねから連絡があり、姐さん時間取れんやろか、としおらしい声で相談を持ち掛けられた。瀧本は悩んだが、今後のことをうやむやにさせておくわけにもいかず、先日と同じ喫茶店で向かい合うことになる。

「姐さん、この間のお誘いね、よく考えてやっぱり信頼できる優子姐さんのところで働かせてもらうのがベストかなって、ちょっと思い直したんよ」

瀧本優子はあかねに、なんで？　悠々自適なんと違うと？　と告げた。

「蓮司がホストクラブば辞めてしまったんよ」

瀧本優子はため息を漏らした。まったく、自分勝手な子やけんね、誰があそこまで育ててやったか忘れたと、恩知らずにもほどがあるったい、とあかねが毒づいた。

「だけん、姐さん、お願いします。仕事ください」

「あん時は雇ってやってもいいと思ったけど、あんな偉そうな啖呵《たんか》切られたら雇う気には普通なれんったいね」

するとすると不意にあかねが、蓮司に知恵付けたんは姐さんやないと？　と言い出した。

「姐さん、あの親不孝者を匿《かくま》っとるんと違う？　あんたが蓮司をわたしから引き離したんやないと？　ホストの子たちに聞いたったい、姐さんはしょっちゅう蓮司ば指名しとったげなね」

瀧本優子は僅かに視線を逸らした。ほら、図星やん、とあかねが迫った。

「指名しただけったい。個人的には知らん」

あかねはじっと瀧本優子の目を見た。逃げるわけにはいかない。瀧本も一歩も引かずその目を睨み返した。このまま、あかねを放置していると何をしでかすかわからない、と瀧本優子は思案した。自分のところで雇って、見張った方が得策かもしれない。

「スナックの方でよかったら、ちょうど女の子が一人辞めたとこやけん、雇ってもよかよ」

　あかねの仏頂面《ぶっちょうづら》がパッと笑顔になった。

「姐さん、それ、ほんと？」

「ええ、でも、時給ね、能力給ってことでよかね」

　あかねは頷き、やっぱ、持つべきものは友達やね、と言った。瀧本優子も笑みを浮かべてみせた。不愉快な気分を必死でごまかすための、精いっぱいの作り笑いであった。


　蓮司は慣れない仕事を終えて家路についた。覚えなければならないことが山積みで、料理人の経験がない蓮司にとっては毎日がまさに修業、店を出た途端にどっと疲れが押し寄せた。料理人の仕事はホストとは真逆、派手さの一切ない、スポットライトも当たらない地味な仕事であった。包丁で指を切ったり、血豆ができたり、ケガが絶えなかったが、肉体を動かせば動かすほどつまらない迷いが払拭《ふっしょく》され、同時に清々しい気分を持つことができた。

マンションのエレベーターに乗り、停止階ボタンを押したその瞬間、すっと背後より誰かが乗り込んできた。振り返ると、瀧本優子であった。蓮司は驚き、息を呑み込んでしまう。上りはじめたエレベーターの中で瀧本は、見つけた、といたずらっ子のように告げた。

「どうしてわかったとですか？」

「携帯にGPS付けとったと。最初からずっとここの場所は特定しとったんよ。でも押しかけていいか迷っとったっちゃん。会いたかった。心配したんよ」

「すいません。母さんからしつこく電話が掛かってくるけん、あの携帯は使わなくしたとです」

蓮司はどうしたらいいのか悩んだ。ホストクラブをやめた経緯などを説明したかったが、部屋には緋真がいる。エレベーターが最上階で止まり、音をたてて扉が開いた。瀧本優子は扉が閉まらないように、開閉ボタンを指で押さえてしまう。時々、緋真がモーター音などを察知してエレベーター前で待っていることがあった。

「もしかしてだれかと一緒？」

と瀧本が言った。蓮司が言い淀んでいると、そこからは見えないが、廊下の奥の方で、チェーンががちゃがちゃと外される音がした。

「蓮司？」

遠くから緋真の警戒するような弱々しい声が届けられた。瀧本優子は開閉ボタンから手を外し、一階のボタンを押した。扉が閉まり、再びエレベーターは降下しはじめる。

「若い子と住んどうっちゃね」

「幼馴染みです。時々、食べ物を届けに来てくれるとです。七歳の頃からの知り合い」

瀧本優子は隙をついて蓮司に抱き着いた。そしてこの若い青年を困らせるため、その首に手を回し引き寄せキスをしてしまう。蓮司は驚いたが抵抗できなかった。それは生まれてはじめての口づけだった。瀧本の熱く柔らかい唇が蓮司に吸い付いた。

「顔中に口紅がついちゃったわ。その顔で上に戻ったら、あんたの幼馴染みちゃんはびっくりするわよ」

瀧本優子は蓮司の手を引っ張って外へと連れ出し、マンションの駐車場の奥まった場所に連れ込みキスの続きをした。蓮司はされるがまま瀧本優子の唇を受け入れた。キスを通して柔らかく濃厚な女性の肉体を感じた。今まで意識の中に封じこめ、抹殺し続けてきた欲望にささやかな種火が灯った。蓮司は思い出してしまう。幼い頃に必死で見ないようにしていたあかねと正数の肉体的な交接。ベッドはぎしぎしと音をたてた。その都度、蓮司は目を瞑り、寝たふりをしなければならなかった。酸っぱいにおいとあかねの掠れた声と揺れるベッドが嫌だった。迸るエネルギーと終わりのない欲望がベッドを揺らし続けた。その行為がいったい何を意味するものかわからなかったが、子供ながらに邪悪な気配を感じ取り、いつの頃からか蓮司は心を遮蔽《しゃへい》するようになった。二人は隠そうとせず獣のように、蓮司が寝ている横で行為を繰り返した。あえぐ声が耳から離れない。獰猛《どうもう》で、単純で、実に野蛮な運動だと蓮司は思った。蓮司は淫らな行為を見ることができなかった。見ちゃいけないものだということだけを理解していた。

成長していく中で、蓮司は男女の交接に関わる話題や映像やポスターや文言を視界から完全に排除し、セックスに近寄らず生きてきた。ホストクラブで手を握られても、抱き着かれても、嫌悪感しか覚えなかった。性的なるものが目の前に出現すると、当時の自分の感情が蘇り、不愉快になりわいせつを遮蔽した。瀧本優子の分厚い唇はその長きにわたり塞いできた穴を押し広げようとする暴力であった。差し込まれる舌先が我慢する少年の心にめりこみ、心の奥底に隠蔽していた性的な炎を煽った。不愉快で我慢ならないのに、抵抗する気持ちとは裏腹に、内側から欲望が迫《せ》りあがった。気が付くと、蓮司は正数やあかねが欲望に溺れたように、その沼地に足をとられていた。柔らかく肉感的で小柄な彼女の肢体を抱きしめながら、何かに縋《すが》るようにその唇を受け止めた。緋真に抱き着かれた時のあのどこか痛みを伴う重苦しい接触とは明らかに違う性的な暴威。カタルシスはなく、剝き出しの欲望の嵐が吹き上げていた。頭の中に父と母がお互いの肉体をぶつけ合って興奮する絵が浮上する。かつて一度も思い出したことがない、思い出したくもない、けれども、毎晩見続けてきた男女の裸が蓮司の脳裏で明滅した。蓮司の肉体が震えた。瀧本優子が蓮司のそそり立つ肝をぎゅっと絞り出すような力で摑まえ揉みほぐすと、蓮司の全身に電流が駆け巡り、思わず大声を張り上げてしまった。それは闇を引き裂く恐ろしい声となって駐車場に反響した。瀧本優子は慌てて、蓮司の口を両手で力任せに塞がなければならなかった。蓮司は壁に押し付けられ、目をひん剝いて虚空を睨んだ。

あかねは、実家は辛気《しんき》臭いと毛嫌いし、中洲で一人暮らしを始め、瀧本優子が経営するスナックで働きだした。新しい男はあかねより三十歳も年上の妻子ある外国籍の男で、昔からの客の一人であった。中洲にマンションを持っており、あかねはそこで暮らすことになる。男は週に二日とか三日程度やって来て、あかねと夜を過ごした。男のおかげでスナックの仕事をしなくても食べるには困らなかったが、あかねはその男と二人きりになるのを嫌い、毎晩スナックに顔を出した。男はあかねを養ってはくれたが、好きなタイプでもなく高齢で、いちいち細かく、仕事以外での外出は制限された。そのうえ執拗にべたべたしてくる。我慢をしてキスをするのは幾何かの小遣いのためであり、美味しいものを食べに連れて行ってくれるからであり、小綺麗なマンションを無償で貸し与えてくれるからだった。あかねはあの手この手で男から小遣いを巻き上げると、仕事帰りにホストクラブで豪遊した。シャンパンをあけ、若いホストたちとキスをし、楽しい刹那《せつな》の中で生きた。あかねは今が楽しければそれでよかった。

ところがある日、父徹造から不穏な連絡が飛び込んだ。

「加藤から連絡があったったい。どこにおるか知らんと言っといたが、そっちに行くかもしれん。一応、警察には通報しとったけんね」

元夫、加藤文亮《ふみあき》が刑期を終え出所した。事件の後、あかねは文亮と正式に離婚をした。けれども、文亮の執念を誰よりもあかねが一番知っていたし、到底、このままで終わるとは思ってもいなかった。あかねは用心したが、中洲から離れ、別の場所へ逃げることはもうしたくなかった。年配の愛人に相談をし、守ってほしいと訴えた。任せとけ、と男は言った。

いつ文亮が現れるかわからないという恐怖に怯えながらも、あかねはホストクラブ通いをやめることができなかった。若いホストに入れあげていたせいもあり、愛人が中洲に泊まらない夜、彼女はびくびくしながらも足繁くホストクラブへ立ち寄って、シャンパンをあけた。ホストに貢ぎ、ホストに見つめられる時、あかねは生きる意味と喜びを実感した。結局、中洲の外に逃げることもできなかったし、中にいればあかねの派手な存在は目立った。

緋真は高校の三年生になっていた。成績優秀な緋真に学校側は進学を強く勧めたが、緋真は時間の許す限り蓮司の傍にいたいと考え、進学には消極的であった。担任は瀧本優子に連絡をとり、国立大学に入学できる実力があるのに進学しないのはもったいないと再三力説するが、瀧本は教育に無関心、クラブ経営で忙しいので娘の将来に気が回らない。自立心が強く親よりもしっかりとしている娘の緋真。瀧本優子は娘の性格をよく心得ていたので、その人生は本人に委ね、長年放任してきた。大学に行きたければ学費は払うし、行きたくなければ別に行く必要はない、という考え方。緋真も進学や自分の将来について母親に相談したことがない。塾通いはおろか、受験のための勉強さえしたこともない。将来、蓮司と生きることしか彼女の頭の中にはなかった。

授業が終わると緋真は誰とも話をせず教科書やノートを鞄に詰め、帰り支度を始める。隣の席の大倉聡は高校入学時から緋真に恋心を抱いていた。けれども、緋真は人付き合いが悪い。親しくしている女友達もほとんどいず、クラブにも入っていない。授業が終わると一番に学校を飛び出す。聡が勇気を出して声をかけても、当たり障りのない返事しか戻って来ない。趣味も、家族構成も、将来の夢も何も語ろうとしなかった。かといってクラスメイトに嫌われているわけではない。成績が優秀な上に機転が利きその上優しい性格なので、目立ちはしないが、仲間外れになることもなかった。

「もう帰ると？」

聡は帰り支度をしている緋真に勇気を出して声をかけた。ええ、そうよ、と落ち着いた声音が戻って来た。暗くもない、明るくもない。冷たくはないし、控えめに優しい。消しゴムをよく借りていたら、ある日、使ってないから一つあげます、と新品をくれた。先生たちの評判はいいが、クラスの役員をやりたがらない。まるで見えない防護服を着ているような子。もしかしたら、特殊な信仰を持っているからかもしれない、と大倉聡は想像した。愛とは誤解なのだ、と聡は自分が緋真に現《うつつ》を抜かす理由について結論づける。特別可愛いというわけではない。気が合うのかどうかもわからない。ちょっとミステリアスな緋真のことが気になってしょうがないのは、自分が同じように変わり者だからに違いない、と分析した。

「あの、お茶でも飲まん？　喫茶店で」

「え？　どうして？」

聡のこの提案に緋真は不思議そうな顔をした。なんで、お茶？

「だって、同じクラスなのに、席だって隣同士なのに、俺らはあまりにお互いのことを知らな過ぎるけん。受験のこととか相談もしたかし」

「ありがとう。でも、知り合いになってもどうすることもできんでしょ？」

聡は驚いた。どうすることもできない、とは何のことだろう？　悩んでいると、緋真は鞄を抱え、じゃあ、と言い残した。

聡は緋真への想いが募《つの》りすぎて、勉強に手が付かなくなった。彼女のどこが好きなのか、聡は一冊のノートに事細かに認めていた。そこに緋真の好きなところをすべて記していった。漫画が得意だったので、聡は緋真の横顔を描き続けた。グラウンドで体操をしているところや、食堂で一人ぽつんと食事をしているところなどを、独特のタッチで描いた。

聡は校門で緋真に追いついた。そしてノートを手渡した。緋真は受け取ったもののどうしていいのかわからず持てあました。家に帰り、蓮司のところへ持っていくものを準備した後、時間があったので、聡に手渡されたノートを開いてみた。日付があり、かわいい似顔絵があり、短文の日記がそれに続く構成であった。

『なぜ、ぼくが君のことを好きかって？　その質問はくだらないと思う。人を好きになる時、理由があっちゃならない。人を理由によって好きになるのは間違えている。ぼくは君を好きだと思った瞬間に疑うことなく君を好きになっていた。そして、一度好きになったその想いは日に日に募っていった。気が付いたらもう嫌いになることができないところまで来てしまった。ただそれだけのこと。けれども、それが運命であることをぼくは知っている。毎日、ぼくはウキウキしているんだから、それが証拠だ。なぜかなんて聞いちゃいけない。ぼくが若く、まだ未来に希望を持っているからに他ならない』

緋真はこのノートを気に入った。そこにはもう一つの物語が存在し、そこには自分が蓮司のことを思う気持ちと似た気持ちが描かれていた。この書き手が蓮司であればどんなに素晴らしいだろう、と緋真は思った。そして、ノートを閉じた。

二〇一七年六月、

伏見源太はテントから出て晴れ渡る世界を眺めている。源太が生きる世界とはおおよそ中島公園の周辺、せいぜい半径百メートル四方の世界。源太はもともと金融関係の仕事に従事していたが、人間関係のすったもんだに疲れて、というよりも人との付き合いが向かず、挙句にお金と人間に翻弄されて心を痛め、すべてを捨てて旅に出た。結婚はしたことがないし、子供もいない。誰かに干渉されるのが幼い頃から苦手だった。まだ金融マンだった頃に不動産屋の親戚に「中洲に出物のマンションがあるが見るだけで構わないから一度見てくれ」と頼まれ、仕方なく出かけてみると、マンションよりもその前に横たわる小さな公園に魅了された。福岡市のど真ん中にあり、那珂川と博多川の合流点にあるおよそ猫の額ほどの人気《ひとけ》のない公園だったが、そのこぢんまりとした空間に自分らしいサイズを見つけた。マンションを買う前にテントを張って試しに暮らしてみると、悪くない。都会の中にある離島のような場所が何より気に入った。大好きな釣りもしたいと思った時にできるし、世捨て人のように世間を眺めながら生きるにはうってつけだった。自分以外他に同じような者、たとえば定住しているホームレスなどもいなかった。そのスペースを独占できるのでストレスは感じないし、少し歩けば中洲の歓楽街だからか寂しくもない。貯めたお金でマンションを買った。テント生活がメインだったが、いざという時の避難所として、あるいは書庫、あるいは荷物置き場としてマンションは役立った。

伏見源太は人間が好きではなかったが、人間嫌いではない。挨拶をしたり、言い訳をしたり、説明をしたり、気を遣ったり、気持ちを察したり、心配したり、心配されたりの人間関係が面倒くさいだけだった。蓮司はなぜか一切気を遣わないで済む珍しい部類の人間だった。源太の前に不意に蓮司が現れ、二人は二秒後には心を通じ合わせた。源太にとって蓮司は草木や自然物や無生物や人工物に宿っているとされる超自然的な存在、つまり精霊に他ならなかった。肉体や規則や社会性から解放された自由な魂。蓮司は特別なエレメントで構成されているのだな、と源太は推量した。敬意をもって接したし、ふとした瞬間に畏怖を覚えることもあった。蓮司の境遇についても、源太は、精霊だから仕方がない、と思うようにした。蓮司に降りかかった悲しい事件の一報を聞いた時も、蓮司なら対処できる、成長するため予《あらかじ》め用意された試練、宿命に過ぎない、と考え、源太は特段心配もしなかった。
源太の思想の根源にアニミズムがあった。源太は若い頃から世界中を旅し、旅する中で、遠くへ行くことだけが旅のすべてではないことを悟る。そして、あらゆる精霊はあらゆるものや場所に宿ることを知った。岩山にも宿れば、ビルディングにも宿る。なので、中洲にいても精霊崇拝は可能だった。そこに必然的に出現した蓮司は源太にとっておぼろげにではあるが霊的信仰対象でもあった。蓮司という精霊を崇めることが源太にとって幸福となったが、それを周囲に説明することも、指摘することも、話題にすることもなかった。蓮司は特別な存在なので源太が手を差し伸べる必要はなかった。源太は蓮司を遠くからそっと崇め続けた。人が太陽や海を見るように、人が自然や宇宙を遠く想うように、源太は蓮司を見た。

蓮司は仕事帰り、ロマン通りの雑多な一角で、若者たちと屯する井島敦を見かけた。井島は近づいてくる蓮司を認めると、驚いた顔をし、それから蓮司の頭を指さして笑いだした。そのあたりは井島の縄張りなのだろう、と蓮司は思った。井島の仲間たちが歩道の一角を占拠し、威嚇《いかく》とまではいかないが、ふざけあいながら周辺に目を光らせている。井島以外はかなり若く、半グレや暴走族あがりの風貌。自分を襲ったのはこの連中だったかもしれない、と蓮司は気が付き身構えた。

「どげんしたとか？　そげんか頭でホストが勤まるとか？」

「ホストはやめて、板前になろうと思っとうとです」

井島が驚き、まじか、と言った。若い連中が蓮司に背中を向けた。蓮司がそいつらをじっと睨みつける。井島が蓮司の肩を抱き、くるっと回転させると通行人をかき分け、交差点の反対側へと移動した。

「この間の連中ですか？」

「ああ。でも、奴らのせいじゃなか。マサトが依頼主やったけん」

蓮司は通りの先を見つめる。繁華街は大勢の人でごった返している。井島はここで何を待っているのだろう。こうやって井島たちはここで群れを成し毎日何かを待っている。誰かの不幸や誰かの裏切りや誰かの悪意が起こるのを。不良たちの一人が大きな声を張り上げ誰かの物まねをしてみせた。残りの者たちが野卑《やひ》な声で笑いだす。なんで、仕事ば変えたとか、と井島が訊いてきた。蓮司はあかねのことは打ち明けず、

「きっと最初からいつまでもホストをやるつもりはなかったとです」

と告げた。それがよか、と呟き、珍しく井島が真面目な顔をした。

「蓮司、俺は来年、国に一度帰ってみようかって思っとうと」

「国？」

「ああ、祖国に。もうずいぶんと長く戻ってないけん。幼馴染みとか親戚とかに会いたくなったっちゃん。本当の親とか、……。小さな村で俺は生まれたんよ。自慢するところがなんもない田舎町、緑の川や、湿った大地や、荒れた畑が地平線の先まで続いとうと……。でも、そこが俺の生まれ故郷やけんね」

井島は蓮司の肩を抱きしめた。井島は変わらなかった。蓮司にとって井島はたまに会う年の離れた兄のような存在でもあった。

「母親が病気なんよ。死にかけとっとよ。元気なうちに親孝行ばしてやらんと。産んでもらった恩があるけんね」

その時、不意に小さな影が井島の背後を横切った。ユウキだった。ユウキは人込みの中で何度も周囲を振り返りながら、道に迷ったのか、あっちへ行ったり戻ったりしている。蓮司が慌てて追いかけ、後ろからユウキを抱きかかえた。

「勝手に出歩いたらいかんちゃないと？」

「道がわからんくなったと」

「わかった。じゃあ、送り届けちゃる」

蓮司は井島に手を振り上げた。井島敦は街路樹の下に立っていた。中洲の兄は白い歯を見せびらかして笑顔を向けた。蓮司も微笑み返した。井島は大きく手を振り上げると踵を返し、弟分たちのところへ戻って行った。蓮司はその後ろ姿を暫く眺めていた。祖国という言葉が心に残った。派手なネオンが煌《きらめ》く中洲の繁華街を見渡した。賑やかで煩《うるさ》くてバカ騒ぎを繰り返す町、でも、ここが自分の祖国だ、愛すべき場所だ、と蓮司は思った。

真夜中の子供が蓮司の首に抱き着いてくる。少年のぬくもりが、粉臭い汗のにおいが、甘い口臭が幼い頃の自分を思い出させた。中洲の路地を走り回っていた頃の自分そのものであった。蓮司はユウキを肩に乗せ、託児所を目指して歩きはじめた。

菜月は息を切らしながら、路地という路地、ビルとビルの隙間という隙間、子供が隠れそうな物陰や、車の下まで、そこかしこを見回しながら汗を拭きつつ走っている。いつもならコンビニの前で中の様子を見ているユウキの姿がない。周辺を探してもどこにもいない。同僚に託児所を任せ、菜月は必死で探し回った。中洲警部交番に駆け込み、恋人の響を呼び出し、子供が一人いなくなったの、どこを探しても見当たらんとよ、と興奮気味に伝えた。響は池谷巡査部長の了承を得て岡田巡査を連れて飛び出した。菜月は大通りの方を探してくると言い残し再び走った。誘拐など最悪のことを考えると落ち着かない。子供の数に対して保育士の数が足りない、と菜月は常々上司に訴えてきた。実際、菜月は連続八日目の勤務に疲れ切っている。明日はやっと休めるという前日の出来事であった。中洲中央通り周辺、思い当たる場所という場所をあちこち探し回ったが見つからなかった。もしものことがあったら、と最悪の事態を想像した直後、ふっと眩暈《めまい》に襲われた。息が上がり、汗が噴き出し、世界が沈み込み、意識が遠のいた。角を曲がろうとして、ドンと誰かの肩にぶつかり、そのままよろけて地面に倒れ込んでしまった。光りが遠のいていく。通行人が集まってきた。視界がどんどん狭まっていく。誰かが菜月の顔を覗き込んでくる。ユウキ、と菜月は少年の名を呼んだ。

ユウキは生まれてはじめての肩車に大喜びであった。すれ違う観光客らが笑顔で蓮司とユウキを見送る。ユウキの喜ぶ姿は幼い頃の自分へのギフトでもあった。ユウキが笑えば、幼い頃の蓮司も笑った。蓮司はユウキの足首をぎゅっと強く摑まえ、暴れても落ちないようにした。ユウキは両手を振り上げて騒いでいる。少年の喜びが蓮司に感染する。

「どげんか？　楽しかか？」

「うん。すごかぁ。巨人になったごたぁ」

道の向こうから、人込みを搔き分け、二人の巡査が走ってやって来た。蓮司は立ち止まった。宮台響が蓮司を見つけるなり、おい、と遠くから叫んだ。蓮司はユウキを下ろし、後ろに隠した。

「その子はどげんしたとか？」

響が荒々しい声で告げた。

「そこの託児所の子です」

「蓮司、お前が連れ出したとか？」

「まさか。歩いとったら見かけたので捕まえて託児所に連れていくところでした」

「わかった。あとはこちらがやる」

「やだ！」

ユウキが叫び声を張り上げた。

「ぼく、お兄ちゃんと一緒にいる」

蓮司がしゃがんで、ユウキの目を覗き込んだ。

「また、遊ぼ。今日はもう遅かけん、お巡りさんらと一緒に戻らんね。託児所の先生たちが心配しとるけん」

ユウキは蓮司の目をじっと見つめた。よかな？　蓮司はユウキの頭を摩り、立ち上がる。岡田巡査が近づきユウキの手を摑んだ。救急車のサイレンが遠くから聞こえてきた。その音は離れたり近づいたりしながら、まもなく歓楽街へと侵入してきた。人々が道を開けると、大きな救急車が目の前の交差点を曲がっていった。宮台響は振り返り、その狭い路地の先を見つめた。遠くでクラブのネオンライトが赤く瞬いていた。

何かあったのかしら、と御手洗康子は食器を洗いながら耳を傾けた。一度止んだ救急車のサイレンが再び鳴りだし、まもなく遠ざかっていった。那珂川を渡って救急のある済生会病院へと向かうのだろう、と康子は想像し、たいしたことがなければよかけれど、と小さく独りごちた。

高橋カエルが倒れたのもこの季節のこの時間であった。康子は慌てて救急車を呼んだ。到着するまでの僅かな時間が何日にも感じるくらいに長かった。その間、康子は高橋の手を握りしめ、名前を呼び続けた。どこが痛むの？　どうしたらよか？　呼びかける言葉に反応を示さなくなってまもなく、体軀の大きな救急隊員が扉を開けてどたどたと飛び込んできた。康子が、倒れた時の状況を隊員に説明している間、他の隊員たちが担架《たんか》を運び込んだり、横たわる高橋の脈を測ったりした。隊員たちが数人がかりで担架を持ち上げた時、康子は、ついに高橋カエルが山笠そのものになった、と思った。救急隊員たちはまるで舁《か》き手のように勇ましく高橋を担ぎ上げると、そのまま救急車へと運びこんだ。それは高橋の個人的な神事のように見えた。康子は一緒に救急車に乗って、済生会病院まで同行することになったが、不思議とその瞬間に覚悟ができていた。山笠《やま》を舁く者はつねに命を神に捧げているもの、という高橋の常々の言葉が脳裏を掠めたからだ。それからサイレンの音を耳にするたび、あの日のことを思いだすようになった。

康子は涙を拭い、洟《はな》をすすると、食器の片付けを再開した。すると不意に扉が開き、スポーツ刈りの青年が入ってきた。もう、今日は終わったとですよ、と康子が謝った。

蓮司が明かりの下へ踏み出し微笑んでみせたので康子がやっと気が付き、

「にゃあちゃん！　ま、髪形かっこよかね。似合っとるったい」

と大きな声を張り上げた。


今年も例年通り、地鎮祭で清められた場所に山笠を飾る小屋の建設が始まった。それと前後して、山笠運営について話し合う集会が頻繁に行われるようになった。四丁目の若手で作る山笠勉強会において今やベテランとなった黒田平治は蓮司と勉を連れて出席した。新人が増えたので先輩たちが後輩たちに正しい山笠の伝統知識やルールを教えないとならない。中洲は他の流《ながれ》と異なり住人が少ない。飲食店などの従業員やその顧客が中心となって運営している。外から入ってきた舁き手にしっかりとしたルールを学んでもらう必要があった。

顔には出さなかったが、蓮司は憧れの山笠に参加できることに興奮していた。その興奮を悟られぬよう、奥歯を嚙みしめ、厳しい目つきで勉強会に参加した。山台に舁き棒を取り付ける「棒締め」の段取りについて、平治が若い衆に向けて詳しく説明を始めた。

「よかな？　山台には一本の釘も使われることがなか」

平治はいつになく真剣な表情で若い衆に向け講義した。

「こげな風に麻縄で固定しとくったい。これが『おやし棒』、これで麻縄を締めあげていくったい。締める時に大きな声で、『ボーしめた、ボーしめた』っちゃ言うとたい。麻縄で強く固定するけん、ちょっとやそっとのこっちゃ緩まん。これが山台造りの基本たい」

飲食店で働きはじめた新米の板前や従業員が中心だったが、若い衆の中にあって蓮司の真剣さが目に留まり、平治は心強く感じた。舁《か》き手は誰でもできるものではない。先輩舁き手の推薦があってはじめて参加することができる。基本、参加した最初の年から舁くことはできない。最初の頃は見習いのような仕事が割り当てられる。せいぜい舁《か》き山《やま》と一緒に走る先走り、当番町《とうばんちょう》の者であるならバケツの水をかける水当番などを受け持つ。舁き山の動きをある程度見極めることができた時、ようやく数珠繋ぎになって背後から舁き山を押す後押しを経験する。その後、経験を積んだ後にようやく、舁きやすい一番棒を任され、少しずつ舁き山に近づくことになる。けれども、蓮司は初特別だった。高橋カエルのお気に入り、そして生粋の中洲生まれであった。蓮司は初年度からいきなり後押しに選ばれた。

「蓮司、お前、気合入っとうね。そのくらい真剣に芋の皮剝けたらよかとに」

勉がいつになく真剣に耳を傾けている蓮司をからかった。

「子供の頃からの憧れやったけんね」

「山笠が憧れって今時珍しかね」

「舁き手になりたくてしょうがなかったったい」

勉が口元を緩め、蓮司は腕組みをした。

「たぶん、みんなは山笠んことを夏祭りくらいに思っとっちゃろ。でも、山笠はただのお祭りじゃなか。もっと神聖なもんやけんね。言葉が出て来《こ》んけど、なんていうとやろ、そういうの」

するると背後から平治が二人の肩を叩き、神事ったい、と言った。

「かみごと?」

勉が振り返り、訊き返した。

「神をまつる儀式のこったい」

平治が真面目な顔で告げた。蓮司はその言葉があまりにピッタリなので思わず頷いてしまった。かみごと、まさにそれだ、と思った。

勉強会の後、直会《なおらい》へと移った。できたばかりの詰所で一同が酒を酌み交わす。長老やベテランが先に酒に手を付け、そのあと新人たちの番となる。未成年の蓮司は酒を飲むことはできないが、若い衆の端っこに勉とともに座った。末席だったが嬉しくてしょうがない。一日も早く一人前の舁き手になりたかった。

二〇一七年七月、

例年通り、七月になると絢爛豪華な飾り山が公開され、いよいよ十五日間に及ぶ博多祇園山笠が始まった。人々は静なる飾り山を見上げながら、舁き山が動き出すのを待っていた。中洲へ繰り出す人の数が増えれば、当然、交番に持ち込まれる事件や酔っ払いの数も増えた。

流舁《ながれが》きを二日後に控えたその夜、宮台響は交番の仮眠室で寝ているところを池谷巡査部長に起こされた。慌てて時計を見ると朝の四時。博多川にかかる中洲新橋の下に死体らしきものがあるという連絡が本署よりあり、急行することになった。現場には発見者の男性がいて、響らを見つけるなり飛んで来た。青ざめた発見者が指さす方を見下ろすと、人が川の中ほどでうつぶせで浮かんでいる。頭が川の中に潜り込んでいるので、生きている見込みがないのは一目瞭然。遠くから幾つものサイレンが聞こえてきた。博多署が目と鼻の先なので、ほぼ同じタイミングでの到着となった。池谷が本署に無線で状況を報告した。最初に機動捜査隊が、さらに数分後、博多署の強行犯係の刑事と鑑識が到着した。まもなくパトカーや救急車が次々到着しはじめる。明けはじめた夜の中洲にサイレンが四方八方から飛び交い、赤い光りが周辺の建物を染めた。響らは証拠や痕跡を保存するために周辺の道を封鎖し、集まって来た見物人を追い出し、一帯を黄色のテープで囲って立ち入り禁止とした。機動捜査隊員が川下に降り、遺体の確認をはじめた。事件なのか、事故なのか、刑事らも交えての捜査のはじまりであった。鑑識も加わり、現場の写真撮影や状況記録、現場検証をはじめた。庶務担当管理官が現場に現れたので、事件性が強いことが響らにもわかった。

「捜査一課のお出ましったい」

池谷がやって来て、響に耳打ちをした。やれやれ、どうやら殺人事件の可能性が強まったごたる。

うっすらと空は白み、光りの筋が中洲に差し込んできた。自分たちの持ち場で殺人事件が発生したのだから、響をはじめ交番勤務の警官たちに驚きと緊張が広がった。鑑識の撮影が終わると、ビニールシートで覆われた遺体が運び出された。池谷巡査部長が響のところに走って来て、あいつだ、と声を震わせながら耳打ちした。

「井島とかいう外国人の、ほら、半グレのリーダーったい」

響は驚いた。井島は幼い蓮司に自分のお守りを持たせたりするような男であった。縄張り争いで半殺しの目にあっていた井島を救ったのは蓮司であった。響の知る限り井島と蓮司の間には強い絆が存在した。井島の死はまるで蓮司の親戚が死んだような衝撃を響に持ち込んだ。

事件後の引き継ぎに時間がかかり、宮台響が交番を出たのはいつもより数時間遅れの昼前のこと。井島敦は背後から刺され、川に突き落とされた、との報告が入っていた。着替えるために博多署に一度立ち寄った折、機動捜査隊の友人から教えられた。

所轄管内で殺人事件が発生し、しかも、殺された人間が顔見知りで、響の衝撃は二重に重たかった。犯人を見つけ出すまでは気が休まることはない。宮台響は本署を出ると、自宅には戻らず、入院している菜月を見舞うため、その足で済生会病院へと向かった。

「明日、退院やけん、来《こ》んでよかったとに。ただの過労ったい、過労」

菜月が笑いながら言った。退院は決まったが、菜月が倒れた原因が特定されたわけではない。これからもたびたび通院し、検査する必要がある。結婚を控えているのにごめんなさい、と菜月が謝った。大事にならなくてよかったったい、と響は告げた。寝ていないのと顔見知りの死に、響は言葉にできない疲労を覚えた。顔色悪かけど、大丈夫？　と病人の菜月に心配されてしまう。響は微笑み、すまん、心配させて、と謝った。

「ちゃんと原因を見つけて治さんといかん。これからは一緒やけん何も心配せんでよか」

響が告げると、菜月は頷き、響の手を握りしめた。人のぬくもりが有難かった。響は胸に溜まった重い空気を吐き出し、愛する人の目を見つめた。

「蓮司君のことなんだけど」

菜月が不意に切り出した。

「退院したら三人で一度会って、話をせん？」

なるほど、と響は思った。それがよかね。

「まず本人の希望も聞く必要があるっちゃない？　動くなら未成年の今がいいと思うと。母親に問題があるとしても、まず本人が戸籍を取得したいという強い意志を持つことが大事やけん、そのための行動をうちらで支援したらいいっちゃない？　彼はきっと社会に適合できるやろうし、そのためにも周りが手を差し伸べんとね」

「ありがとう」

響は自分のことのように嬉しかった。蓮司が無戸籍に関して詳しく状況を把握し、どうしたらいいかを明確にする必要がある、と思った。

「入院中、時間があったけんいろいろと調べてみたとよ。未成年のうちに、というのには理由があると」

菜月はノートを取り出し捲《めく》った。響が覗き込む。鉛筆でびっしり文字が埋められてある。

「親に人間として大きな問題がある場合、あかねさんの場合やけど、長年にわたる育児放棄の可能性があるけん、親権者の権利の喪失というのの審判を家庭裁判所に申し立てることができると。でも、親権を喪失してしまうと無期限で親子関係を奪ってしまうけん、平成二十四年に民法の改正が行われて、一時的に親権の行使を制限する親権停止制度ができとうと。その間に親子関係の修復を図ることができる。つまり、蓮司君本人も申し立てをできるとよ。戸籍がないけん、この制度がどこまで適用されるかわからんけど、でも、あかねさん抜きで戸籍を取得する道を探すことはできると思うっちゃん」

菜月はノートを閉じた。そして、響を見つめ、

「偶然、私が蓮司君と知り合ったのも中洲の神様の導きと思うったい」

と微笑みながら言った。響はつられて笑った。中洲の神様か。

「うん、中洲を守っとう人たち、っていう意味」

響の顔がすっと真顔に戻った。二人で窓外を眺めた。広がる雲の一部が割れ、そこから陽の光りが差し込み、中洲一帯をうっすらと浮き上がらせた。

「いよいよったいね」

菜月が窓外へ視線を向けて呟いた。

「え？　ああ。明日からまた山笠《やま》が動き出すったい」

響が菜月の視線を追うように、中洲を振り返って、告げた。

中洲の空は黒に近い紺色である。時間が静止し、何もかもが動かなくなった。厚い雲がどこからともなく流れ込んできては月と星々を隠しはじめる。音が消え、風が止み、あらゆるものが呼吸を止めた。夜が明けようとしている。白んだ空が徐々に青に変わりはじめると、中洲は静かに眠りにつき、入れ替わるように神々が島へと上陸を開始する。路地のそこかしこに神々が降臨し、彼らはいつもの場所に立ち、島に結界を張る。静寂が中洲を包み込み、邪気が追い払われ、そこに尊い光りが降り注ぎはじめる。

神々を迎える準備が整い、いよいよ博多祇園山笠が動き出す。どんよりと重たい雲が中洲の空を埋めている。ありとあらゆる精霊がここに集結し、神の出発を見送ろうとしている。全国から観光客が勇壮な舁《か》き山《やま》を見るために集まっているが、中洲の男たちは毎年この時期に山笠《やま》を舁くことで魂を清める。観光客にとっては祭りだが、博多の男たちにとって山笠は祭りごとではない、祀りごと、神事なのである。

締め込みと水法被を纏った男たちがあっちこっちから山笠目指してやって来た。その中に蓮司の姿があった。蓮司は頭に手拭《てのごい》を巻き、中洲と描かれた白い水法被を纏い、締め込みと腹巻をし、足には地下足袋を、膝から下は脚絆《きゃはん》で固め、腰には舁《か》き縄を携えて立った。憧れ続けた山笠の正装である。横に同じ恰好の勉がいる。その周辺にすっかり顔馴染みになった中洲の若い衆が群がっている。赤い鉢巻をした黒田平治が現れると、若い衆が自然に平治を取り囲んだ。蓮司をはじめ男たちの目つきが違っている。全身から気合が溢れ、男たちの周辺が独特の潔い空気に包みこまれる。馴れ馴れしいものを排除する引き締まった熱気が山笠の周囲を支配し、観光客は迂闊《うかつ》に近づくことができない。男たちは目を見開き、顎を引き締め、この日のために一年間鍛え続けてきた筋骨隆々の肉体を見せつけた。

蓮司は清々しい気持ちでそこにいた。生まれてからずっと悩み続けてきた自分自身の存在理由の謎が僅かにほどけ、いま、この若者は改めて中洲の中心地に立った。聳える飾り山笠を見上げ、さらにその上空を舞う精霊たちを見上げた。蓮司には重なる分厚い雲の中を飛び交う数多《あまた》の精霊たちの明滅が見えていた。

中洲一丁目から五丁目までの若い衆が通りを埋め尽くした。その末席に蓮司はいた。山台に飾られた達磨《だるま》人形の脇の立て板には「一喝百雷如」と書かれてある。物凄い形相の達磨が一喝する姿には迫力があり、無数の雷に匹敵する力を感じる。蓮司は勇壮な山笠に相応《ふさわ》しい人形に手を合わせ、祈りを捧げた。

緋真は源太とともに沿道から見守っていた。珍しく源太が中洲の中心部まで出ると いうので緋真が付き添った。中洲中央通りの中ほどに聳える山小屋周辺を指さし、

「あの男たちの中に蓮司がおるとよ」

と緋真は源太に教えた。ここを物凄い勢いで駆け抜けていくとよ。源太は笑顔で頷き、遠くに屹立する、飾り山笠の山小屋を見つめた。同じように沿道には今か今かと舁き山が走り出すのを待つ人々が詰めかけていた。そこには御手洗康子の姿もあった。カエルの形見の手拭《てのごい》を握りしめ、遠くを静かに眺めている。舁き山の前席中央に陣取る黒田平治の姿が亡き高橋カエルとダブって仕方なかった。康子は手を合わせ、祈りを捧げた。観光客に交じって何か得体のしれないものたちがざわざわと沿道で蠢《うごめ》きだした。この島を守り続けてきた先祖たちの霊魂であった。そしてかつて中洲で山《やま》笠を舁いたことのある高橋カエルのごとき先輩たちの魂。山笠がいよいよ始まるのだという喜びと興奮が中洲を包み込む。そこに瀧本優子の姿もあった。瀧本は自分の店が入ったビルの非常階段から従業員らと共に見守った。誰もが精霊が上空を飛び交う中洲の中心部で、山笠が動き出すのを今か今かと待ち受けている。宮台響も同僚の巡査らと通りに立って目を光らせていた。殺人事件の捜査は始まったばかりだったが、中洲警部交番の巡査たちには、この神事を見守るというもう一つの大役があった。中洲で

働く人々もここに集まった観光客も中洲に関わるすべての人間が渾然《こんぜん》一体となって、山笠が動くのを待ちわびていた。

昇《か》き山《やま》の前席の中央に黒田平治が着席した。かつて高橋カエルが座っていた席である。蓮司は昇き山の後ろに連なる後押しの最後尾に立った。その胸元には櫛田神社のお守りがぶら下がっている。蓮司は木札を強く握りしめ、目を閉じ、精神を集中させた。いよいよ、昇き手に交じって一緒に走る。夢が実現する。張り詰めた緊張感が蓮司の心を金縛りにした。はじめて平治に乗せてもらった七歳の時の、あの日の緊張が蘇る。時は流れた。

中洲流《ながれ》の紺色の旗を持った先導者が走り、数十メートルほどの道の安全を確認した。平治が音頭を取り、一同による気合を込めた一本締めが終わると、男たちは間髪を容れず腹の底から一斉に、

「いやぁー」

とうねるような叫び声を振り絞った。蓮司も、勉も一緒になって声を張り上げた。その声は中洲の地底から天空へと昇る龍のような生き声となった。蓮司は前の男の背中を押した。山笠が一気に押し上げられ浮上したかと思うと、次の瞬間、物凄い勢いで走り出した。走り出した山笠はありとあらゆる邪念を振り払い、中洲の路地を疾走した。清らかな精神の一体物となって突き進んだ。

「オイサッ、オイサッ」

先頭中央に座る黒田平治が昇き縄を振って山笠《やま》を導く。康子の目に高橋カエルの姿が過った。男たちは山笠を囲みながら中洲の路地を全力で走りぬけていく。

「オイサッ、オイサッ」

「オイサッ、オイサッ」

男たちが昇く達磨の山笠が中洲の中心を突き抜けていった。蓮司は腹の底から掛け声を張り上げていた。

「オイサッ、オイサッ」

「オイサッ、オイサッ」

「オイサッ、オイサッ」

その視界の先に蓮司の生まれ故郷、中洲が広がっていた。

二〇一七年八月、
緋真は「真夜中の子供」というマイナー調の曲を作った。緋真の声はか細いが高く、そのため繊細に空気を震わせた。蓮司にとって音楽とは祈りにも通じる緋真の歌声そのものであった。二人は窓際に座り、博多港の夜景を眺めた。会話はなかったが、緋真の歌とギターが二人を繋いだ。時々、蓮司がギターを弾き、緋真が歌うこともあった。誰のためでもない自分たちの時間がそこに流れていた。緋真はこのいとおしい時間を失いたくないと願った。

夏休みに入る直前に、緋真は大学を受験しない旨を正式に担任に報告した。そこには蓮司への配慮があった。自分が大学へ進むと蓮司との間に見えない距離ができてしまうのではないかという不安もあった。緋真は蓮司と一緒に生きたい。それは七歳の頃からの切なる夢でもあった。蓮司を支えることのできるのは自分だけ、そこには実際に十年間も支えてきた者の自負があった。

「蓮司にとって緋真はなんやろか?」

ダンベルを持ち上げていた蓮司が手を休め、緋真を振り返った。緋真は僅かに俯き、微笑んでいる。二人の視線が絡み合った。

「どういうこと? 緋真は緋真やろうもん」

「そうだけど、蓮司にとってわたしはどんな存在なんやろうね?」

蓮司は視線を彷徨わせ、なんやろうね、と呟いた。蓮司が再び光りの方に向き直りダンベルを持ち上げはじめると、緋真は俯き、目を閉じてしまった。なんでもない存在なんだ、と小さく呟いた。でも、返事はなかった。その時、滅多に鳴ることのないドアベルがけたたましい音をたて、二人を驚かせた。何かの始まりを告げる鐘の音。

緋真が飛び上がり、

「源太さんかな」

とドアを見つめて言った。

「さあ、出てみて」

緋真は戸口へと走った。鍵を外し勢いよくドアを開けると、そこに瀧本優子が立っていた。二人はお互いを確認しあい、言葉を呑み込んでしまう。最初に口を開いたのは緋真だった。問いかけるというよりも、自問するような、独り言にも似た……。

「ママ、なんで？　どうしてここに？」

瀧本優子はあまりにもびっくりし、言葉を紡ぐことができなかった。頭の中を様々なことが高速で行き来した。あの日、蓮司とキスをした日、ここにいたのは緋真だったのか。どうしてこの子はここにいるのだろう？　幼馴染み？　いつから二人はこのような関係なのであろう？　瀧本優子は眉間に力を込めて緋真を見つめることしかできなかった。そこへ蓮司が顔を出した。緋真が振り返り、

「わたしのママ」

と言った。

蓮司も動けなくなった。三人はそれぞれの顔を見つめたまま、暫くの間、何が起こ

ったのか、起きているのか、を考え込んだ。真っ先に事態を把握したのは当然、蓮司であった。しかし、緋真が瀧本優子の娘だなんて想像もしなかった。あまりにも近い距離で三人は生きてきたことになる。

「ママ、どうしてここに？　わたしのあとを付けたっちゃね？　わたしがいつも家におらんけん？　たまに朝帰りするけん、心配であとを付けたと？」

「いいえ。そんなんじゃないわ」

と瀧本優子がかぶりを振った。

「緋真、それより、何であんたここにおると？　蓮司とどういう関係なの？」

「蓮司のこと、知っとうと？」

緋真は蓮司を振り返った。再び、母親に向き直り、娘らしい言葉遣いで、

「そんなのはどうでもよかでしょ？　知り合ったけんここにおるとよ。でも、なんで蓮司のこと、ママは知っとうと？」

と訊いた。

瀧本優子はあらゆる可能性を想定し、娘のことを配慮する必要があると考えた。でも、あまりに咄嗟のことで頭が回らない、とにかく、ここに来た用件を蓮司に伝えることにした。

「あかねのところにあの男が乗り込んで来たったい」

三人はそれぞれの目を交互に見つめた。視線が交差する。

「どこに？」

蓮司が訊き返した。緋真は怪訝《けげん》な顔で、蓮司と瀧本優子の顔をもう一度見比べた。この親密なやり取り、そして不可解な繋がり。緋真は母親がホストクラブで蓮司に酒を注がれる絵を想像した。あの匂い、クリスマスの朝、蓮司の服に染みついていた香水の匂いを思いだし、思わず目を見開いて母親の横顔を睨めつけてしまった。

「私が経営しよるスナックよ。開店前の準備をしていたらあの男がやって来たと。今は何か話し合いばしよるらしい、うちのスタッフからさっき電話があった」

「警察には？」

「あれだけの事件ばやらかした人間があかねにただ会いに来たとは思えんけんね、通報はしとう。一応、蓮司にも伝えなきゃと思ってここまで来たんよ」

「それはどこですか？」

瀧本優子が名刺を取り出し蓮司に手渡した。蓮司はそれを摑むなり部屋を飛び出した。蓮司！　緋真が呼んだ。瀧本優子が追いかけようとする緋真の腕を摑んで、

「二人はどういう関係なんね？」

と訊き返した。緋真は瀧本優子の手を力任せに振り払い、睨みつけ、ママが蓮司とどういう関係か知らんけど、わたしは十年も彼と一緒に生きてきたとよ、ほっとかん

ね、余計なことしたら殺すけん、と吐き捨て、蓮司のあとを追いかけた。

店内は暗く、開店前の準備中だったこともあり、カウンター上の間接照明しか灯っていなかった。あかね以外の店員たちは裏口から外へと退避し、中にはあかねと元夫の加藤文亮の二人だけとなった。文亮は店内中央に仁王立ちとなり、カウンター席に座るあかねと向かい合っていた。文亮がやって来てからどのくらいの時間が経過しているのであろう。長くも感じるし、思ったより短いのかもしれない。あかねは携帯を控室に置いているので、どのくらいの時間が経ったのかわからない。物凄く長い時間こうやって二人は対峙しているような気もする。加藤文亮は黙ってあかねを睨みつけていた。元夫が何も語らなければ語らない分だけ、尋常ではない空気が店内を支配する。しかしあかねは逃げ出すことができない。逃げてもすぐに捕まる。ここで結論を出すしかない。じたばたしてもしょうがないのでタバコに火をつけふかした。意思に反して自分の指先が小刻みに震えているのがおかしかった。

「お前のせいで長い間くさい飯を食うことになったったたい」

あかねは鼻で笑った。

「でも、正数は障害者になった。気が済んだやろ?」

「あいつに対しては気が済んだが、お前に対しては済んどらん」

「もう一度警察に行くことになるけど、よかと？　すでに誰かが警察に通報しとっちゃなかかね。あんた、わたしに近づいたらいかん判決が出とっちゃけん。ここにおるだけで逮捕されるとよ。逃げた方がよかっちゃなかと？」

「逃げる？　何から逃げるとか？」

ドアが開いたので、あかねが、ほら来た、と呟き振り返ると、警察ではなく蓮司であった。

「蓮司！　なんばしに来たとか」

とあかねが血相を変えて叫んだ。男が振り返り、蓮司と向き合う。蓮司は全身に力を込めて男とやりあう覚悟で対峙した。正数が叩きのめされた時の、決して忘れることのできない、いまだ生々しい映像が蓮司の頭の中を過った。母親を守らなければ、と蓮司は拳を握りしめる。すると、男が一歩蓮司の方へと踏み出し、

「待て」

と冷静に言った。身構えていた蓮司が動けなくなる。店内に長く留まった湿った空気を蓮司は吸い込んだ。男の吐き出す息の音が店内に響き渡る。それはあの日と同じ獣の呼吸音。まるで深海に潜る潜水具のヘルメットの中の、あるいは救急病院の酸素吸入のマスクを通す息のような、ぜえぜえと肺の鳴る嫌な音であった。

「お前、もしかして、あの時の……」

蓮司が答えず黙っていると男が、

「俺に敵意を持つのは間違いったい」

と言った。その時、開ききったドアの向こう側から、バタバタと音をたてて、緋真と瀧本が飛び込んできた。瀧本優子が緋真を背後から抱きしめ、それ以上近づかせないよう、引き留めた。放してよ、と緋真が抗議し、二人は数秒揉みあった。衣擦れの音がする。文亮は鋭い視線を彷徨わせた。

「敵意？　父さんをあんな風にしたのはお前だ」

「俺に嘘ばついて、恥かかせた」

男が蓮司の前に聳えた。胸板が厚く、腕が太い。がっしりとした体軀をしている。この男の靴の先が正数の頭を何度も容赦なく蹴り上げた。その痛みを蓮司は自分が味わったわけではないのによく覚えている。

蓮司はこの十年、心の内側にぐっと溜め込んできた怒りを反芻し、男に一歩近づいた。文亮は蓮司を見下ろしている。蓮司は怒りに背中を押され、男に飛び掛かった。放った拳が躱され宙を舞った。次の瞬間、男の膝蹴りが蓮司の腹部を直撃する。たまらず蓮司は床に転がった。止めて、と緋真が叫んだ。瀧本優子が駆け寄ろうとする緋真をもう一度背後から羽交い絞めにした。蓮司は文亮の脚に飛び掛かり、バランスを崩した文亮がテーブルの上に激しい音をたてて崩れ落ちた。並べられていたグラスが飛び散り、割れて散乱した。蓮司が飛び掛かろうとすると文亮の足が再び蓮司の腹部を蹴り上げ、その反動で蓮司は背後に吹っ飛ばされた。ガラス片が蓮司の背中に刺さり、思わず、蓮司が身体を捩った。文亮は立ち上がり、さらに執拗に飛び掛かってくる蓮司を殴りつけた。蓮司は床に沈み込み、頭を打ち、朦朧《もうろう》とした。文亮が蓮司の首根っこを摑み、自分の顔の前まで引き寄せた。生臭い魚のにおいがした。蓮司は白濁する意識の中で男の目を捉えた。文亮の黒い二つの目が蓮司を悲しげに見つめている。正数は容赦なく次々に蹴り上げられ、血を流し沈み込んだ。自分も同じような目にあうのだろう、と蓮司は覚悟をした。すると、文亮が、

「お前は俺の子だ」

と掠れた低い声で告げた。

意外な言葉が男の口から飛び出し蓮司は混乱した。文亮は手を離し、立ち上がった。

「俺は加藤文亮だ。お前は加藤蓮司だろ」

蓮司はあかねを仰ぎ見た。あかねはタバコをふかすと、嘘よ、と吐き捨てた。

「いや、嘘じゃない。こいつにはわかるはずだ。俺が蓮司の父親だということが。それをごまかし、正数をたぶらかして、二人で逃げた。あいつがああなったのは天罰だ」

文亮はあかねと向かい合った。蓮司は手をついてゆっくりと起き上がり、

「母さん、どういうこと？」

と訊ねる。

「嘘よ、この男はとんでもない嘘つきったい」

あかねが煙を吐き出しながら言った。加藤文亮は蓮司の顔を覗き込んで告げた。

「じゃあなんか。蓮司、正数はお前を愛したんか？　自分の子なら抱きしめるとやなかか？　お前は必要とされたとか？　あいつはあかねのいいなりやった。あかねに頭のあがらない腰ぎんちゃくたい。あいつに意味もなく当たられたことはないとや？　俺がお前の傍にいたら肩車をしてやったはずたい。正数に肩車をしてもらったことがあるとや？」

加藤文亮の言葉に蓮司は翻弄された。あかねが立ち上がり、違うと、蓮司、こいつは嘘をつきようったい、わたしとお前を引き裂こうとしよると、卑怯《ひきょう》な男ったい、と抗議した。

「卑怯はどっちじゃ。ボケ！　ようも俺のことをここまでコケにしたな。正数なんかよりも俺が殺したいのはお前じゃ！」

加藤文亮は近くにあった椅子を蹴り上げた。あかねの足元に椅子が転がったが、あかねは怖い目で文亮を睨みつけて動じない。

「俺はお前が孕《はら》んどったのを知っとったけん、離婚には応じんかった。この子は俺の子や。どう計算をしても正数の子やない。その時、まだお前ら出会ってもおらんかった。お前が蓮司を逃げる道具にしたてたったい」

あかねが立ち上がり、蓮司に向かって、涙声で反論しはじめる。

「蓮司、今頃になってのこのこと出てきて、自分の子だとか言い張る頭のおかしい人間の言葉に惑わされたらいかん。正数があんたの父親であることに間違いはなか。わたしはちゃんとあの人の子を授かったという自信がある。母親やけん、誰の子を身ごもったかくらいわかるったい。あの頃の自分の行動は他でんなく自分がよう知っとる。この嘘つきを信じちゃいけん。それに、どうせまたすぐ豚箱行きやけんね」

加藤文亮が不意に動いてあかねの腕を摑んで引き寄せた。そしてポケットから飛び出しナイフを取り出し、あかねの喉元に突き付けた。

「きさん、この期《ご》に及んで嘘ばつくとか。こら、クソ女、お前は俺をどれだけコケにしたら済むとか、ああ?」

刃先があかねの喉元に達し、微かに皮膚に切り付け、血が滲み出した。

「しばくぞ、ほんとのことば言え!」

文亮が右腕に力を込めた。ヒッとあかねが息を呑んだ。蓮司が一歩前に踏み出す。

「この卑怯もの!」

あかねが叫んだ。男は目を吊り上げ、顔を真っ赤にすると、あかねの腕をへし折る勢いで捻った。あかねが絶叫する。けれども、喉元にナイフが当てられている。

「おら、言わんか、きさん！」

正数を半殺しにした日の狂暴な男の目になった。

「本当のことを言わんか！　この子の前で言え！」

文亮はあかねの首を太い腕で締め上げ、目をひん剝いたあかねの顔にナイフを当てた。

「父さん」

蓮司の一言が加藤文亮の怒りを一瞬だけ止めた。

「俺はあんたを信じるけん。俺はあんたの子やと思う」

加藤文亮が一瞬目を瞑った。怒りで震えていた顎先や手先が徐々に止まっていった。

蓮司は泰然とまっすぐに加藤文亮を見つめた。文亮も蓮司と向かい合い見つめ返した。

「いや、そうじゃなか。俺はこいつに白状させよるったい。お前は黙っとけ！　もう怖かもんはなか。あかね、はよ白状せんか！」

文亮は腕先に力を込めた、柔らかい頰にナイフの刃先が食い込み、赤く染まりはじめた。その血があかねの開いた口の中へと滴り落ちた。

「あんたの子ったい。蓮司はあんたの子、ごめんなさい。嘘つきました。もう許してください」

「もっとはっきり言わんか！　中洲じゅうに聞こえるように言え！」

文亮はさらに強く腕を締め上げた。あかねの首が絞まり、顔が真っ赤になるが、刃先が頰を押さえており、動けない。

「あんたと別れたかったけん、正数に頼んで、あの人の子ということにしてもらったとよ。あんたは子供を欲しがった。妊娠を知らせたら別れてもらえんと思ったけん、嘘ばついたとです」

膠着《こうちゃく》した状態が続いたが、微かに文亮の目が充血していた。蓮司は目の前の男の中に潜む、正数にはなく、この男にはあるもの、を必死で探した。時間が静止し、店内を漂う埃《ほこり》の細かい粒子にかぼそい照明の光りが反射し、両者を繋ぐ緊張の糸が切れかかるまで伸び切ると、そこに宮台響を先頭に中洲警部交番の警官たちがなだれこんできた。ナイフを突き付けていた加藤文亮が警官の突入に怯んだその一瞬の隙を突き、あかねは男の腕を振り払って逃げ出したが、そのストップモーションのような映像の中に蓮司は不自然さを覚えた。あまりにあっけなく文亮があかねの手を放したように思えてならなかった。まるでそのタイミングを待っていたかのような、むしろ、文亮がわざと力を緩めてあかねを逃がしたとしか思えない動作。男の視線の中に覚悟が入り交じっていたことを思いだし、蓮司はその場から動けなくなった。なのに文亮は大げさに振る舞い続け、逃げ出したあかねをどたばたと滑稽とも思えるほどの大胆な動作で追い回し、腕を摑んだりけれどもわざと放したりを繰り返し、どこか歌舞伎《かぶき》の大立ち回りを演じているような動きの中にありながら、大きな猫が小さなネズミを弄《もてあそ》ぶように、二人は店内中央で揉み合った。文亮は感情を剥き出しにし、気が触れたようにめちゃくちゃに暴れまわってみせたが、蓮司にはその所作の一つ一つにどこか演じ手の作意が感じられてならなかった。あかねの叫び声が店内に響き渡ると、警官たちがじりじりと二人を取り囲み、それはまさに舞台の上で予め決められていた芝居の演出にしか思えなかった。どこかにいる演出家の指図通り、役者たちは配置され、意図通りに動いていた。文亮は手の付けられない大悪党をわざと演じているようにしか見えなかった。何もかもが予定通り蓮司の目の前で展開されていたが、その大立ち回りの嘘くささが頂点に達した時、加藤文亮は唐突にあかねを解放し、終わりじゃ、と叫んで、背後からあかねに襲い掛かるふりをしてみせた。振りかざしたナイフが大きく空を切って、文亮がバランスを崩した瞬間、倒れ込んだあかねが蓮司の足元に転がったのとほぼ同じタイミングで、一人の警官が構えていた小道具がその若い警官の未熟さと緊張も手伝って突然火を噴いた。蓮司の脳裏に水処理施設で暴発した拳銃の銃声が蘇り、次の瞬間、幼少期の痛みや、悲しみ、憎しみ、苦しみといった長年封じ込めてきた暗い記憶が一気に決壊した。崩れ落ちていく文亮の肉体があの日の骸のような正数の肉体と重なって、どんと鈍い音を上げて床に沈み込むと、蓮司の心の中で一幕が閉じた。

薬莢《やっきょう》のにおいに包み込まれた店内で出演者たちは舞台中央に崩れ落ちた大悪党を静かに見下ろしていた。文亮は大の字に転がり、目を閉じていたが、口元は満足そうに微笑んでいた。流れ出したどす黒い血が床の上で、正数の時と同じように、徐々に溜まりはじめている。すっくと立ちあがったあかねは手を差し出した宮台響を力任せに振り払い、転がる元夫の前までよろけながら進むと、しばらくじっとその様子を見下ろしていたが、次の瞬間、文亮の顔目掛けてペッと勢いよく血の混じった唾を吐きつけた。そのまま物凄い形相で天を振り仰ぎ、わたしの顔を返してよ、お前なんか地獄に落ちればいいとよ、と叫んだ。赤く染まった顔の真ん中で二つの目が飛び出さんばかりに見開かれ、それはまるで赤鬼の形相であった。蓮司は腰を屈めゆっくりと手を伸ばし、足元に落ちて鈍色に輝く文亮の小型ナイフを拾うと、あの熱帯魚の目で、仁王立ちする母親の脇腹を静かに刺した。

二〇一九年七月、

伏見源太は堤防に腰掛け、陽だまりの中、釣り糸を垂らしている。降り注ぐ光りが川面で反射し、それがあまりに眩く、源太は何度も瞼を閉じなければならず、そのせいで眠気に襲われ、うとうとを繰り返した。世間の喧騒とは別に、そこには実に長閑な時間が横たわり、一帯の時空を相変わらずのんびりと停滞させていた。時折、釣竿が撓り、ぐいぐいと釣り糸が引っ張られていたが、源太は居眠りのせいで気づかず、そのうちいつものように餌は盗まれ、糸は再び動かなくなり、時間は止まった。

まもなく、微睡《まどろ》む源太の横に誰かが腰を下ろした。人の気配に気が付き、源太が横を向くと、蓮司であった。二人の間には二年あまりの歳月が流れていたが、源太は目を擦りながら、昨日、雨やったけんね、とだけ告げ、川面へ視線を戻した。じゃあ、ウナギが釣れるったいね、と蓮司が言うと、源太は小さく、たぶん、と微笑んだ。釣竿を一度持ち上げ、餌がなくなっていることを確認し、やれやれ、と呟き苦笑しながら、目の前の釣り針に手を伸ばした。

蓮司は堤防から脚を突き出し、少年の頃と同じように時々その足先を振りあげたりしながら、源太の横に座って川面の無数の光りの輪を眺め続けた。そこには蓮司が永遠に追いかけ続けてきたものがあった。降り注ぐ光りも、流れる川も、そよぐ風も、人間以外すべてがここでは無限であった。蓮司は眩い光りに目を細めながら、久しぶりに味わった中洲の空気を胸いっぱいに吸い込んで、ゆっくりと目を瞑った。誰にも何も言われることのない自由な精神がここにはあった。誰でもない自分が人として存在できる唯一無二の世界。蓮司にとって中洲はずっとそういう場所であった。

蓮司は源太の横で何も考えず何もせずただじっと流れていく時間を静かに見送り続けた。源太も蓮司の横にいて、けれどもいつもと何も違わず、特別なことはせず、余計なことは語らず、静かに流れていく那珂川を見つめていた。七月の風と光りは蓮司と源太を眠たくさせた。何一つ心配せずに、一切期待せず、ただそこに在ることができて、蓮司はそのことがこの上なく嬉しくもあった。何より横に幼い頃からよく知る源太がいた。そしてここにこそ還《かえ》る場所があった。

太陽が傾きはじめた頃、源太がポケットから鍵束を取り出し、その中の一つを蓮司に手渡した。蓮司はそれを受け取り、暫くぼんやり光り輝く金属を眺めていた。

「この時間、緋真が部屋におるっちゃなかろうか」

源太はそう告げると、一度釣竿を持ち上げてみた。やはり餌が盗まれていた。やれやれ、と手を伸ばし、宙で揺れる釣り針を捕まえた。

緋真は窓辺に腰掛け、ギターを爪弾きながら歌っていた。相変わらずオリジナルのレパートリーは「真夜中の子供」だけだったが、スリーフィンガーが上達したせいで、より感情を込めて歌うことができるようになった。蓮司がいなくなってからも、彼女は毎日源太のマンションにやって来ては、蓮司がいた時と変わらず、掃除をしたり、本を読んだり、時には源太のためにお菓子を焼いたり、大学には行かず、かといって働くこともせず、ひたすら待つことだけに専念し、代わり映えしない日々を過ごしていた。蓮司のいない間の自分の気持ちを制御し蓮司を待ち続けるために、あるいは自分を鼓舞するために今を残していこうと綴《つづ》りはじめた日記も、結局、白いページばかりが続くことになり、いつの日か書くこと自体、やめてしまった。いろいろなことを思いだしては時折、打ちひしがれたが、応援してくれる人たちも多く、それが励みとなって、この二年を乗り越えることができてきた。そして、もうすぐ会えるとわかってからのこの数週間、緋真は今までよりもさらに心を込めて部屋の掃除に精を出すようになった。

歌い疲れて窓下へ視線を落とすと、生い茂る緑の袂、堤防に座り釣りをしている源太が見えたが、その隣に、珍しくもう一人誰かがいた。緋真は慌てて窓を開け、身を乗り出し、目を凝らした。若い男性であった。男はゆっくりと立ち上がった。蓮司かもしれない。緋真は急いで洗面所に行き、髪形や化粧を整え直してから、とるものもとりあえず、すぐさま部屋を飛び出すことになる。

通りを挟んだ反対側の歩道に蓮司が立っているのが見えた。心臓が止まりそうなほど驚き、動けなくなった。あの真夜中の子供はいつの間にか見た目にも逞しく大人になっていた。車は走っていなかったが、足が竦んで、緋真は踏み出すことができずそこに立ち尽くしてしまう。もうじき少年院から出るとは聞いていたが、いざ、こうやって向かい合うと言葉が出てこない。刑事、弁護士や裁判所の人に会って説明を繰り返した日々を思い出し、あるいは、蓮司と道端で出会ってからのこの十二年間を振り返ったりもしたが、けれどもそれらは、脳裏を過っていく風のごとき、いつか消えてなくなる思い出に過ぎなかった。大事なのは今やけん、と緋真は自分に言い聞かせた。過去でも未来でもなく、今なのだ。

家裁は蓮司の家庭環境に問題があると判断し、蓮司の社会復帰を導きコントロールするために、少年院への送致を決定した。蓮司を担当した弁護士は無戸籍児童問題の専門家であり、蓮司のために尽力した。彼女の書いた記事が新聞に掲載されると世論が高まり、蓮司や無戸籍児童への同情が集まった。けれども、蓮司は周囲の声を拒む形で週刊誌の取材に対して独自のコメントを出した。

「自分には戸籍を取得する意思がありません。自分は誰に望まれて生まれてきたわけでもありません。しかし、自分のことを愛してくれた人々が中洲にいます。出院したら中洲に戻り、中洲の外には出ず、今まで通りそこで中洲の人々と中洲の伝統を守って暮らしていきたいと思っています」

蓮司が昭和通りを横断し絆真の方へとやって来た。中洲を流れる風を切りながら、まっすぐ歩いてくると、蓮司は絆真の目の前で立ち止まり、その切れ長の目をじっと見つめた。まだ、二人は若い、と絆真は心の中で声を上げた。まだ、二人には無限の時間がある、と思うと嬉しくもなった。絆真は我慢できずに蓮司に抱き着いた。蓮司は黙って絆真を受け止めた。三年前のクリスマスの日に絆真に抱き着かれて以来の抱擁であった。


中洲を歩きたいと蓮司が言うので、陽が暮れはじめた頃に二人は中洲の中心部を目指すことになる。蓮司が嬉しそうにしているのが絆真には手に取るように伝わってきた。二人の眼前に夕陽に照り映える中洲の淡い輪郭が広がった。明治通りを渡り、中洲中央通りに踏み入ると、そこは相変わらず大勢の観光客で溢れかえる賑やかな歓楽街であった。蓮司は楽しそうな人々の顔を眺めながら微笑んでいたが、まもなくその緩んでいた口元が引き締まった。前方に博多祇園山笠の山小屋が見えてきたからであった。そうか、もうその時期ったいね、と蓮司は独りごちた。飾り山笠を見上げる観光客に交じって、二人は暫く立ち止まり、勇壮な人形たちが織り成すドラマを眺めることになる。明後日、舁《か》き山《やま》が動き出すとよ、と緋真が告げた。蓮司の脳裏に勇壮な中洲流《ながれ》の絵が蘇る。山笠《やま》を舁く男たちの絵だったが、モノクロで、音がなかった。山小屋の周辺に長法被を羽織った若い衆が集まり舁き山の準備をしていた。きびきびと動き回る若い衆たちのその精悍な顔や体軀を、蓮司は彼らと同質の精神と意識でまっすぐ見つめ続けることができなかった。数人の顔見知りがいたので平治や勉もいるのじゃないか、と何気なく見まわしたが見つからなかった。その場を離れようとしていると、中の一人が蓮司に気が付き、驚いた顔をした。蓮司はいっそう後ろめたくなり、小さくお辞儀をして逃げ出すように立ち去った。少年院を出院したばかりの自分に山《や》笠《ま》を舁く資格はない。あかねを刺した時の鈍い感覚が、背中に彫られた入れ墨のように記憶から離れなかった。何か言いたげな長法被の男を無視し、蓮司がすたすたと遠ざかるので、緋真は慌てて追いかけた。

「また、いつか、みんなと舁けばよかったい」

緋真が蓮司の背中に向けて言葉をぶつけ励ましたが蓮司はそれには答えなかった。

「みんな蓮司のことを待っとうとよ」

緋真が回り込んで、もう一度、告げた。

「みんなって？」

「平治さんとか、勉くんとか、山笠の人たちくさ」

蓮司は立ち止まり、眉間に力を込めて、緋真を睨みつけた。あまりにその表情が険しいので、舁き山に参加したらよかとに、と言いかけた緋真の口元が動かなくなった。

二人はお互いの目を見つめあった。蓮司の心の中で様々な感情が渦巻いていた。それらは小さな思考のうねりを拵えるが、なかなか一つにまとまらない。中洲で生きていく上で、大好きな山笠を視界から排除して生きていくことなどできるのだろうか。山笠が行われる七月をあの部屋の片隅に籠って過ごすことができるのか。

二人が立ち止まった場所は中洲警部交番前であった。ちょうど扉が開き、笑いながら宮台響が若い巡査たちと連れ立って出て来た。緋真が気付き、目を留めたので、蓮司も振り向く。出かけようとしている宮台響が緋真の横に立つ蓮司を認め、驚き、緩んでいた口元を結び直した。

生ぬるい夏の風が中洲中央通りを吹き抜けていく。蓮司は響と対峙した。二人はそれぞれの思いや言葉を探したがすぐには見つけ出せなかった。自分には戸籍を取得する意思がありません、という蓮司の言葉が真っ先に響の脳裏を掠めた。人々はまるで流れ去る時間のように、道の中ほどで向かい合う二人を避けて、行き来した。若い巡査たちは響がいつまでも動かないので、どうしていいのかわからず、一度、交番の中へと引き返してしまった。沈黙の後、ようやく響が、おかえり、と告げた。蓮司は小さく頭を下げた。

「これからどうすっとか」

宮台響が問いかけると、蓮司は視線を落としたまま、

「中洲で生きていくつもりです」

とだけ答えた。緋真が満面の笑みで蓮司の怖い視線の先に手を翳《かざ》したので、蓮司が緋真を睨みつけると、緋真は笑顔を崩さず胸を張って、

「ほら」

と告げ、来た道を指さした。宮台響も笑顔になったので蓮司が慌てて背後を振り返ると、飾り山の方角から長法被の若い衆が蓮司目掛けて駆け寄って来るのが見えた。先頭にいる連中は二年前一緒に走った顔見知りの舁《か》き手たちであった。若い衆は蓮司の前で立ち止まった。おいおい、びっくりさせんなよ、と言いながら平治がその中から顔を出した。よ、おかえり。その後ろに勉もいて、笑っていた。

「蓮司、なんかぁ、その暗い顔は？　ちょうど良かった。みんなで準備ばしとうところたい。手伝え」

平治が誘うと、若い衆が一斉に笑顔になった。

「みんなお前んことば待っとったとよ」

と勉が言った。待ってた？　蓮司が呟くと、平治が一歩前に踏み出し、

「手一本！」

と周囲に轟く大きな声で号令をかけた。すると全員が一斉に肩幅に脚を開き、手をすっと前に突き出した。観光客たちが立ち止まり、巡査たちが交番の中から顔をのぞかせた。長法被の若い衆、一人一人の精悍な顔が蓮司の背中を押した。蓮司も脚を開き、手を突き出した。平治が真剣な顔になり、

「よーお」

と声を振り絞れば、長法被姿の男たちが、シャンシャン、と二拍、同じタイミングで強く手を打った。

「まひとつ！」

平治が笑顔で続けるとさらに、シャンシャン、と二拍、最後に、

「よおーとさんど」

と締め、手拍子がシャンシャ、シャン、と打ち締められた。

その次の瞬間、舁き山を囲んだ若い衆が全身に気合を込めて、

「いやぁー」

と捻り出すような叫び声を中洲の空に向かって張り上げた。気合が動力となり舁《か》き山《やま》が浮上するとそのまま一気に物凄い勢いで中洲中央通りを疾走しはじめた。舁き棒を舁いた男たちは目をひん剝き顔を真っ赤にして頭を捻り筋肉と精神の限りを尽くして山笠《やま》を持ち上げ走った。舁き棒を舁いている瞬間、瞬間に男たちは生きて死んで生きて死んでを繰り返し、強く激しくこの地上、中洲に、存在した。オイサッオイサッと掛け声が通りに響き渡り、沿道から放たれた勢い水《きおみず》の飛沫が熱し切った肉体を包み込めば、そこに夕刻の光りが反射し、中洲のそこかしこに、参加するすべての舁き手の誰や彼に、永遠の瞬間を刻み込んでいくのだった。その中に蓮司がおり一番棒を舁いていた。そのすぐ横で勉が二番棒を舁いた。平治は前席中央の表棒さばきに陣取り、舁き縄を振り回しながら山笠《やま》を先導していた。オイサッオイサッと叫び声を張り上げながら、彼らはまもなく一匹の龍へと化身《けしん》した。男たちの筋肉で支えられた山台の底の胴がねが地面と擦れて火花を散らしはじめると、舁き山はまもなく浮上し、中洲の上空へと力強く昇りはじめた。オイサッオイサッとリズミカルに発せられる男たちの太い声が動力となって、昇り龍は夕暮れの天へと駆け上がっていった。

幼い日の蓮司が沿道から昇っていく舁き山を見上げていた。そこには終わることのない少年の夢があった。いつかあの山笠《やま》を舁いてみたいという夢のはじまり、いつかあの男たちと一緒に走りたいという果てしない夢の続きがあった。オイサッオイサッ、と掛け声を張り上げながら、真夜中を生きる少年は、中洲の路地の片隅でなおも必死に夢を見続けていた。

解説　暗闇に差し込む目映い光源

田中　和生

これを書いているのは、二〇二一年二月である。いま世界は、暗闇に包まれた真夜中だ、と言ったら、あるいは訝る人が多いかもしれない。

しかし少なくとも幼い子供たちにとっては、わたしは現在の世界は真夜中のような場所だと言っていいと思う。実際、その事実を示すいくつかの指標がある。

たとえば日本の行方不明者数は、この一〇年ほど年間だいたい八万件である。もちろん二〇歳以上の成人であれば、なんらかの理由があって自ら姿を消すこともあるだろう。しかしその八万件のうち、二〇二〇年には一〇歳代が一万五千人以上、九歳以下が千二百人以上もいる。しかも自分の意志で失踪するとは考えにくい九歳以下の行方不明者は、二〇一五年までは千人を切っていたのにじわじわと増えつづけている。

世界規模で見ると、この数字はもっと異様である。民間ＮＧＯ「児童失踪・児童虐待国際センター（ICMEC）」の統計によると、子供の行方不明者はアメリカ合衆国では二〇一九年に約四二万人、インドでは二〇一六年に推定約一一万人、イギリスでは毎年八万人以上、ロシアでは二〇一五年に推定四万五千人、カナダでは二〇一九年に約四万人、オーストラリアでは毎年推定二万五千人、韓国では二〇一九年に約二万人、といった数字がある。しかしこれは統計に出たものだけで実態はそれ以上である可能性があり、またそういう統計自体が存在しない国も多い。そもそも政情が不安定だったり紛争や戦争が起きていたりする国では、どれくらいの失踪者がいるのか自体が不明である。そうした事情を考慮して、かつてICMECは世界で行方不明となる子供は、年間八百万人以上という数字を出したこともある。

一五歳以下の世界人口は現在二十億人ほどなので、八百万人という数字は一年のうち二百五十人に一人が失踪するという計算になる。臓器売買や小児性愛といった理由が小声で囁かれているが、どうしてそんな途方もない数の失踪者がいるのか、正確な理由はよくわからない。仮にその八百万人が生存しているとすれば、彼らは父母や親族といった保護者から引き離されて生きなくてはならない、真夜中の子供である。

子供らしい子供時代を送ることができないと考えれば、ほかに強制婚姻や児童労働といった問題もある。国際労働機関（ILO）と国際人権団体「ウォーク・フリー財団」が国際移住機関（IOM）と協力して作成した「現代の奴隷制の世界推計：強制労働と強制婚姻」はよく知られているが、それによれば二〇一六年時点の世界全体で四千万人以上が現代の奴隷制の被害者で、そのうち約千五百万人が強制婚姻の被害者である。さらに強制婚姻被害者の約三十七パーセントに当たる五百七十万人が、婚姻当時に子どもであったとされる。またＩＬＯが作成した「児童労働の世界推計：２０１２〜１６の推計結果と趨勢」によれば、世界全体で一億五千万人以上が児童労働に従事しており、これは五〜一七歳の子どもの約十人に一人に相当する数である。

つまり行方不明や強制婚姻といった危険が数百分の一という確率で存在し、それを逃れても十人に一人は児童労働で子供らしい子供時代を送ることができない。さらに世界的に上昇しつづける離婚率と一人親世帯の貧困、また育児放棄や児童虐待といった現実的な問題をつけ加えると、かなりの数の子供がきわめて厳しい境遇で生きていると考えなくてはならない。事実、日本での育児放棄を含む児童虐待相談対応件数は、二〇〇九年度の四万四千件から二〇一九年度の二十万件近くまで大幅に増加しているが、こうして現在の世界は幼い子供たちにとってますます危険な場所になりつつある。

それは出口が見えないという意味で、暗闇に包まれた真夜中のような状況だが、辻仁成が二〇一八年に発表した長篇『真夜中の子供』は、そうした過酷な世界で生きなくてはならない子供の姿を力強く描いた、きわめて重要な作品である。

＊

この作品で読者の視点に近いのは、冒頭に置かれた二〇一六年八月の場面で登場する警察官「宮台響」だろう。

作品の舞台となっている、福岡県の博多にある西日本最大の歓楽街中洲で、博多生まれの「響」は警察学校を出たばかりの二〇〇五年に着任し、交番で働くことになった。その「響」は、自営業を営む父親と専業主婦の母親、薬剤師をしている姉の四人家族で暮らしており、平凡かもしれないが家族的にはなにも問題のない、おそらく幸福な子供時代を送った。だからのちに中洲で保育士をしている恋人が出来ると、順調に結婚して自分も新しい家族をもつという生き方に向かって進んでいく。

そうした「響」の存在と対比されるのは、新米警官だった「響」が真夜中の中洲で出会った、六歳の男の子「蓮司」である。中洲生まれで歓楽街では「真夜中の子供」として知られる「蓮司」は、作品で次第に明らかにされていくように水商売の店で働く母親「あかね」とホストをしている内縁の夫「正数」と一緒に暮らしている。しかし自分たちの生活を維持するだけで精一杯らしい「あかね」と「正数」からは育児放棄に近いあつかいで、ときに「正数」からは虐待を受けている様子である。しかも「蓮司」が生まれたときに「あかね」は暴力を振るう夫から逃げていたため、その夫の子供にならないようにするつもりだったのか出生届を出しておらず、そのせいで「蓮司」は無戸籍児である。

側にいるのは男性を引きつける魅力はあるが自分の快楽が優先で、刹那的な生き方をしているために「蓮司」の将来など考えることのできない母親と、父親らしいことはほとんど何一つしようとしない男。住所はいつも不便な借り暮らしで、戸籍がないので住民票も存在せず、行政側の保護から漏れて小学校にも通うことができない。母方の祖父母は健在だが、生活する場所が違うのでたまにしか会うことはない。どうやって六歳まで無事に過ごすことができたのか、不思議なほどの状況だが、その秘密は中洲という土地にある。

真夜中の中洲をひとりでふらふらしている「蓮司」の存在を知った警察官「響」が、どうにかして無戸籍の問題を解決したり小学校に通えるようにしたりしようと行動している一方で、作者が幼い「蓮司」とすれ違う人物を群像劇の手法で描き出すことで見えてくるのは、家族の代わりに「蓮司」を保護してくれるほどの関係ではないが、生き延びていくことができなくなる手前でさりげなく手を差し伸べてくれる、さまざまな生き方をしている中洲に深い縁のある人々の存在である。

それは親の行きつけの居酒屋やラーメン屋の従業員であり、日本人ではないが日本で育って中洲の客引きの元締めをしている「井島敦」であり、高級マンションの一室を所有しているのになぜか川沿いの小さな公園でテント生活をしている「伏見源太」である。また「蓮司」と同い年で中洲に住む、母親が水商売の店を経営していて物質的な不自由はないが、父親はおらずかぎりなく放任に近い状態で生活している「緋真」、さらに「蓮司」を博多祇園山笠の中洲流の世界に引き入れてくれる「御手洗康子」や「高橋カエル」や「黒田平治」といった大人たちである。

もちろんそうした人々の厚意の積み重ねがあったとしても、安心できる居場所も金銭的な援助も教育を受ける機会もない「蓮司」は、それほど容易に成長していけるはずがない。だから七歳になっている第一章の末尾では、いったん中洲を離れなければならないほどの事件に巻き込まれるし、八年間の機動隊勤務を経て二〇一六年にふたたび中洲交番に帰ってきた「響」が十六歳となった「蓮司」と出会ってからの出来事が描かれる第二章でも、やはり「蓮司」はさまざまな苦難を経験する。

しかし真夜中の方へと引きずり込む力がつねに働いているかのような「蓮司」の人生は、中洲を愛する人々との絆と山笠に象徴される土地が育んできた伝統の力によって、作品の末尾にいたってぎりぎりのところで暗闇の出口まで辿りついたと感じられる。その意味でこの作品は、現在の世界で暗闇に閉じ込められている真夜中の子供たちが、その外側に出られることを証明した作者の文学的な力業であり、同時に「響」のようにすぐ隣ですれ違っているかもしれない真夜中の子供たちの存在に気づき、その行く末に心を寄せ、手を差し伸べようと考える人々への最高の手引き書になっている。

　そこに書きつけられた、行間から真摯な祈りが立ち上ってくるような言葉の連なりは、夜明け前のいちばん暗い時間に差し込んだ、わたしたちの世界が向かうべき方向を示す目映い光源である。

（文芸評論家）

＊本書は二〇一八年六月に小社より単行本で刊行されたものです

真夜《まよ》中《なか》の子《こ》供《ども》

二〇二一年三月一〇日　初版印刷
二〇二一年三月二〇日　初版発行

著者　辻仁成《つじひとなり》
発行者　小野寺優
発行所　株式会社河出書房新社
〒一五一−〇〇五一
東京都渋谷区千駄ヶ谷二−三二−二
電話〇三−三四〇四−八六一一（編集）
〇三−三四〇四−一二〇一（営業）
http://www.kawade.co.jp/

ロゴ・表紙デザイン　粟津潔
本文フォーマット　佐々木暁
本文組版　KAWADE DTP WORKS
印刷・製本　中央精版印刷株式会社

Printed in Japan　ISBN978-4-309-41800-1

青春デンデケデケデケ

芦原すなお　40352-6

一九六五年の夏休み、ラジオから流れるベンチャーズのギターがぼくを変えた。"やーっぱりロックでなけらいかん"——誰もが通過する青春の輝かしい季節を描いた痛快小説。文藝賞・直木賞受賞。映画化原作。

岸辺のない海

金井美恵子　40975-7

孤独と絶望の中で、〈彼〉＝〈ぼく〉は書き続け、語り続ける。十九歳で鮮烈なデビューをはたし問題作を発表し続ける、著者の原点とも言うべき初長篇小説を完全復原。併せて「岸辺のない海・補遺」も収録。

そこのみにて光輝く

佐藤泰志　41073-9

にがさと痛みの彼方に生の輝きをみつめつづけながら生き急いだ作家・佐藤泰志がのこした唯一の長篇小説にして代表作。青春の夢と残酷を結晶させた伝説的名作が二十年をへて甦る。

きみの鳥はうたえる

佐藤泰志　41079-1

世界に押しつぶされないために真摯に生きる若者たちを描く青春小説の名作。新たな読者の支持によって復活した作家・佐藤泰志の本格的な文壇デビュー作であり、芥川賞の候補となった初期の代表作。

大きなハードルと小さなハードル

佐藤泰志　41084-5

生と精神の危機をひたむきに乗り越えようとする表題作はじめ八十年代に書き継がれた「秀雄もの」と呼ばれる私小説的連作を中心に編まれた没後の作品集。作家・佐藤泰志の核心と魅力をあざやかにしめす。

野ブタ。をプロデュース

白岩玄　40927-6

舞台は教室。プロデューサーは俺。イジメられっ子は、人気者になれるのか?!　テレビドラマでも話題になった、あの学校青春小説を文庫化。六十八万部の大ベストセラーの第四十一回文藝賞受賞作。

ダウンタウン

小路幸也　41134-7

大人になるってことを、僕はこの喫茶店で学んだんだ……七十年代後半、高校生の僕と年上の女性ばかりが集う小さな喫茶店「ぶろっく」で繰り広げられた、「未来」という言葉が素直に信じられた時代の物語。

キシャツー

小路幸也　41302-0

うちらは、電車通学のことを、キシャツー、って言う。部活に通う夏休み、車窓から、海辺の真っ赤なテントにいる謎の男子を見つけて……微炭酸のようにじんわり染み渡る、それぞれの成長物語。

十九歳の地図

中上健次　41340-2

「俺は何者でもない、何者かになろうとしているのだ」——東京で生活する少年の拠り所なき鬱屈を瑞々しい筆致で捉えたデビュー作。全ての十九歳に捧ぐ青春小説の金字塔。解説／古川日出男・高澤秀次。

日輪の翼

中上健次　41175-0

路地を出ざるをえなくなった青年と老婆たちは、トレーラー車で流離の旅に出ることになる。熊野、伊勢、一宮、恐山、そして皇居へ、追われゆく聖地巡礼のロードノベル。

無知の涙

永山則夫　40275-8

四人を射殺した少年は獄中で、本を貪り読み、字を学びながら、生れて初めてノートを綴った——自らを徹底的に問いつめつつ、世界と自己へ目を開いていくかつてない魂の軌跡として。従来の版に未収録分をすべて収録。

リレキショ

中村航　40759-3

“姉さん”に拾われて“半沢良”になった僕。ある日届いた一通の招待状をきっかけに、いつもと少しだけ違う世界がひっそりと動き出す。第三十九回文藝賞受賞作。

夏休み

中村航　40801-9

吉田くんの家出がきっかけで訪れた二組のカップルの危機。僕らのひと夏の旅が辿り着いた場所は——キュートで爽やか、じんわり心にしみる物語。『100回泣くこと』の著者による超人気作。

走ル

羽田圭介　41047-0

授業をさぼってなんとなく自転車で北へ走りはじめ、福島、山形、秋田、青森へ……友人や学校、つきあい始めた彼女にも伝えそびれたまま旅は続く。二十一世紀日本版『オン・ザ・ロード』と激賞された話題作！

不思議の国の男子

羽田圭介　41074-6

年上の彼女を追いかけて、おれは恋の穴に落っこちた……高一の遠藤と高三の彼女のゆがんだＳＳ関係の行方は？　恋もギターもＳＥＸも、ぜーんぶ“エアー”な男子の純愛を描く、各紙誌絶賛の青春小説！

黒冷水

羽田圭介　40765-4

兄の部屋を偏執的にアサる弟と、執拗に監視・報復する兄。出口を失い暴走する憎悪の「黒冷水」。兄弟間の果てしない確執に終わりはあるのか？当時史上最年少十七歳・第四十回文藝賞受賞作！

ハル、ハル、ハル

古川日出男　41030-2

「この物語は全ての物語の続篇だ」——暴走する世界、疾走する少年と少女。三人のハルよ、世界を乗っ取れ！　乱暴で純粋な人間たちの圧倒的な“いま”を描き、話題沸騰となった著者代表作。成海璃子推薦！

人のセックスを笑うな

山崎ナオコーラ　40814-9

十九歳のオレと三十九歳のユリ。恋とも愛ともつかぬいとしさが、オレを駆り立てた——「思わず嫉妬したくなる程の才能」と選考委員に絶賛された、せつなさ百パーセントの恋愛小説。第四十一回文藝賞受賞作。映画化。

「悪」と戦う

高橋源一郎　41224-5

少年は、旅立った。サヨウナラ、「世界」——「悪」の手先・ミアちゃんに連れ去られた弟のキイちゃんを救うため、ランちゃんの戦いが、いま、始まる！　単行本未収録小説「魔法学園のリリコ」併録。

スイッチを押すとき 他一篇

山田悠介　41434-8

政府が立ち上げた青少年自殺抑制プロジェクト。実験と称し自殺に追い込まれる子供たちを監視員の洋平は救えるのか。逃亡の果てに意外な真実が明らかになる。その他ホラー短篇「魔子」も文庫初収録。

僕はロボットごしの君に恋をする

山田悠介　41742-4

近未来、主人公は警備ロボットを遠隔で操作し、想いを寄せる彼女を守ろうとするのだが——本当のラストを描いたスピンオフ初収録！　ミリオンセラー作家が放つ感動の最高傑作が待望の文庫化！

東京ゲスト・ハウス

角田光代　40760-9

半年のアジア放浪から帰った僕は、あてもなく、旅で知り合った女性の一軒家に間借りする。そこはまるで旅の続きのゲスト・ハウスのような場所だった。旅の終わりを探す、直木賞作家の青春小説。

ぼくとネモ号と彼女たち

角田光代　40780-7

中古で買った愛車「ネモ号」に乗って、当てもなく道を走るぼく。とりあえず、遠くへ行きたい。行き先は、乗せた女しだい——直木賞作家による青春ロード・ノベル。

野川

長野まゆみ　41286-3

もしも鳩のように飛べたなら……転校生が出会った変わり者の教師と伝書鳩を育てる仲間たち。少年は、飛べない鳩のコマメと一緒に“心の目”で空を飛べるのか？　読書感想文コンクール課題図書の名作！

野ばら

長野まゆみ　40346-5

少年の夢が匂う、白い野ばら咲く庭。そこには銀色と黒蜜糖という二匹の美しい猫がすんでいた。その猫たちと同じ名前を持つ二人の少年をめぐって繰り広げられる、真夏の夜のフェアリー・テール。

三日月少年の秘密

長野まゆみ　40929-0

夏の夜届いた《少年電気曲馬団》への招待状に誘われ、ぼくは遊覧船でお台場へ。船は知らぬまに"日付変更線"を超え、出会った少年と二人、時をスリップしてしまう……空中電氣式人形の秘密が今明らかに！

三日月少年漂流記

長野まゆみ　40357-1

博物館に展示されていた三日月少年が消えた。精巧な自動人形は盗まれたのか、自ら逃亡したのか？　三日月少年を探しに始発電車に乗り込んだ水蓮と銅貨の不思議な冒険を描く、幻の文庫オリジナル作品。

しき

町屋良平　41773-8

"テトロドトキサイザ2号踊ってみた"春夏秋冬――これは未来への焦りと、いまを動かす欲望のすべて。高２男子３人女子３人、「恋」と「努力」と「友情」の、超進化系青春小説。

鳥の会議

山下澄人　41522-2

ぼくと神永、三上、長田はいつも一緒だ。ぼくがまさしにどつかれたら仕返しに向かい、学校での理不尽には暴力で反抗する毎日。ある晩、酔った親父の乱暴にカッとなった神永は包丁で刺してしまい……。

歌え！多摩川高校合唱部

本田有明　41693-9

「先輩が作詞した課題曲を歌いたい」と願う弱小の合唱部に元気だけが取り柄の新入生が入ってきた――。ＮＨＫ全国学校音楽コンクールで初の全国大会の出場を果たした県立高校合唱部の奇跡の青春感動物語。

青が破れる

町屋良平　41664-9

その冬、おれの身近で三人の大切なひとが死んだ——究極のボクシング小説にして、第五十三回文藝賞受賞のデビュー作。尾崎世界観氏との対談、マキヒロチ氏によるマンガ「青が破れる」を併録。

カルテット！

鬼塚忠　41118-7

バイオリニストとして将来が有望視される中学生の開だが、その家族は崩壊寸前。そんな中、家族カルテットで演奏することになって……。家族、初恋、音楽を描いた、涙と感動の青春＆家族物語。映画化！

二匹

鹿島田真希　40774-6

明と純一は落ちこぼれ男子高校生。何もできないがゆえに人気者の純一に明はやがて、聖痕を見出すようになるが……。〈聖なる愚か者〉を描き衝撃を与えた、三島賞作家によるデビュー作＆第三十五回文藝賞受賞作。

冥土めぐり

鹿島田真希　41338-9

裕福だった過去に執着する傲慢な母と弟。彼らから逃れ結婚した奈津子だが、夫が不治の病になってしまう。だがそれは、奇跡のような幸運だった。車椅子の夫とたどる失われた過去への旅を描く芥川賞受賞作。

ひとり日和

青山七恵　41006-7

二十歳の知寿が居候することになったのは、七十一歳の吟子さんの家。奇妙な同居生活の中、知寿はキオスクで働き、恋をし、吟子さんの恋にあてられ、成長していく。選考委員絶賛の第百三十六回芥川賞受賞作！

四万十川 第1部　あつよしの夏

笹山久三　40295-6

貧しくも温かな家族に見守られて育つ少年・篤義。その夏、彼は小猫の生命を救い、同級の女の子をいじめから守るために立ちあがった……。みずみずしい抒情の中に人間の絆を問う、第二十四回文藝賞受賞作。

引き出しの中のラブレター

新堂冬樹 41089-0

ラジオパーソナリティの真生のもとへ届いた、一通の手紙。それは絶縁し、仲直りをする前に他界した父が彼女に宛てて書いた手紙だった。大ベストセラー『忘れ雪』の著者が贈る、最高の感動作！

霧のむこうに住みたい

須賀敦子 41312-9

愛するイタリアのなつかしい家族、友人たち、思い出の風景。静かにつづられるかけがえのない記憶の数かず。須賀敦子の数奇な人生が凝縮され、その文体の魅力が遺憾なく発揮された、美しい作品集。

ON THE WAY COMEDY 道草 平田家の人々篇

木皿泉 41263-4

少し頼りない父、おおらかな母、鬱陶しいけど両親が好きな娘と、家出してきた同級生の何気ない日常。TOKYO FM系列の伝説のラジオドラマ初の書籍化。オマケ前口上＆あとがきも。解説＝高山なおみ

ON THE WAY COMEDY 道草 愛はミラクル篇

木皿泉 41264-1

恋人、夫婦、友達、婿姑……様々な男女が繰り広げるちょっとおかしな愛（？）と奇跡の物語！　木皿泉が書き下ろしたTOKYO FM系列の伝説のラジオドラマ、初の書籍化。オマケの前口上＆あとがきも。

くらげが眠るまで

木皿泉 41718-9

年上なのに頼りないバツイチ夫・ノブ君と、しっかり者の若オクサン・杏子の、楽しく可笑しい、ちょっとドタバタな結婚生活。幸せな笑いに満ちた、木皿泉の知られざる初期傑作コメディドラマのシナリオ集。

昨夜のカレー、明日のパン

木皿泉 41426-3

若くして死んだ一樹の嫁と義父は、共に暮らしながらゆるゆるその死を受け入れていく。本屋大賞第２位、ドラマ化された人気夫婦脚本家の言葉が詰まった話題の感動作。書き下ろし短編収録！解説＝重松清。